QUAND FAINÉANTISE RIME AVEC MAGIE

IVY WILDE - T.1

DANS LA COLLECTION INFINITY :

Hors de portée, de **Jane Harvey-Berrick**

L'Album Face A, de **Ashley Pullo**

Femme des cavernes recherche humain, de **Penny Reid**

Hantée par les Ténèbres, de **Susan Illene**

Rêves de Glace, de **Kelly St. Clare**

La vilaine belle-soeur, de **Aya Ling**

La constance de l'étoile polaire, de **Diana Peterfreund**

Morsure Magique, de **Ilona Andrews**

Guerre ou Paix ?, de **Fanny André**

La fille du Général, de **Mylène Régnier**

Etoile de Brume, de **Lily R. Davis**

Au coeur du loch, de **Marine Gautier**

Le sang de la guerrière, de **Florence Cochet**

Mon ami le loup, de **Céline Mancellon**

Femme et libre, de **Lorelli P. Monthioux**

www.collection-infinity.fr

Helen Harper

QUAND FAINÉANTISE RIME AVEC MAGIE

IVY WILDE - T.1

Traduit de l'anglais par
Marguerite Guillemet

Infinity

Pour la présente édition © Collection Infinity 2018
Collection Infinity est un label appartenant aux éditions MxM Bookmark.

Copyright © 2017 Helen Harper
Titre original : *Slouch Witch*
Traduction © Marguerite Guillemet
Suivi éditorial : Leonor Carlus
Correction © Porte-plume
Couverture © Mirella Santana
Maquette : Ascencio Alexandre

ISBN: 9782375745038
Existe aussi en numérique.

http://collection-infinity.fr/

Volume 1

du Guide Magique, par la Cancre de Service

Pour tous les flemmards de la terre.

Hiérarchie du Saint Ordre des Lumières Magiques

Niveau Un

Néophyte
Zélator
Théoricus
Practicus
Philosophus

Niveau Deux

Adeptus Minor
Adeptus Major
Adeptus Exemptus

Niveau Trois

Magister Templi
Magus
Ipsissimus

1

Au premier abord, le type n'avait pas l'air bien méchant. Plus grand que moi, mais maigrichon, avec une tête bizarrement bulbeuse et perchée sur un cou de poulet un peu pâlichon. Il était bien habillé, en costume-cravate. Depuis le temps, j'aurais dû savoir que l'habit ne fait pas le moine. J'en avais accueilli, dans mon taxi, des gens scandaleusement riches ; mais le plus aisé d'entre eux était habillé comme un vrai clochard. C'est peut-être pour ça qu'il avait un compte en banque aussi fourni : parce qu'il ne jetait pas son argent pour des choses futiles comme, euh, de la crème à raser et du shampoing, quoi.

Quoi qu'il en soit, ce type qui venait de lever son bras chétif pour que je m'arrête semblait prêt à s'envoler à la prochaine bourrasque. Vu sa peau cireuse, il ne devait pas sortir souvent. La faute aux vents violents. Peu importe, un client de plus me permettrait de voir venir pour le reste de la semaine. Enfin, j'espérais quand même que sa destination n'était pas à perpète-lès-oies. J'avais déjà viré des clients de ma voiture pour éviter une course interminable. Pas vraiment orthodoxe, comme pratique, mais moi aussi, j'avais une vie. Des choses plus intéressantes à faire que de passer toutes mes journées à conduire des gens ici et là, et à les écouter radoter sur leurs vacances, la météo et le dernier épisode du Bachelor. C'est pas que j'aime pas mon job, pas du tout, mais je ne vis pas pour mon boulot. Je suis saine d'esprit.

Je m'arrêtai près du trottoir, et il grimpa à l'arrière, puis s'assit juste derrière mon siège.

— Cuttleslowe, grogna-t-il.

Il me jeta un coup d'œil et marqua un temps d'arrêt. Comme d'habitude. Apparemment, une femme qui conduit un taxi, c'est surprenant. Je sais pas pourquoi. C'est pas comme si conduire demandait des compétences particulières interdites au genre féminin. Les boules ballantes ne rendent pas la tâche plus facile, que ce soit pour tenir le volant ou trouver mon chemin dans une petite ville comme Oxford. Non, mes seins ne sont pas un frein à ma conduite. Et, oui, je sais me garer. J'avais déjà entendu toutes les blagues sur le sujet, et elles n'étaient jamais drôles. Les hommes peuvent être sorciers et les femmes conductrices. Première nouvelle, hein ?

— Bien sûr, monsieur, murmurai-je en lui adressant un sourire dans le rétroviseur.

Il ne prit pas la peine d'y répondre. Pas de problème. Les clients silencieux sont les plus agréables. Je déboîtai, et le conducteur de la vieille BM qui arrivait derrière moi me fit un doigt d'honneur doublé d'un regard noir. Ttttt. Il avait largement eu le temps de freiner. Les gens qui s'énervent pour des choses aussi anodines ont vraiment besoin de revoir leurs priorités. Si un peu de freinage te stresse, comment feras-tu si tes canalisations sautent, si ton môme se fait virer de l'école, ou si ta mère tombe malade ? Les petits tracas de la vie ne valent vraiment pas la peine de s'en faire.

Mon passager n'avait pas remarqué. Il tripotait sa veste dans tous les sens et son sourcil gauche tressautait furieusement, comme si quelqu'un l'avait attaché à un fil invisible et le tirait vers le haut. J'aurais pu essayer de le rassurer, j'imagine, mais ça n'aurait pas changé grand-chose. Je me contentai de monter le son de la radio et d'accélérer. J'avais hâte d'arriver à Cuttlestowe, de me débarrasser de ce type, et de rentrer chez moi pour me poser.

Nous venions juste de quitter la route principale pour rejoindre le quartier résidentiel quand je sentis sa présence derrière moi. Je n'avais pas remarqué immédiatement qu'il s'était penché : j'avais été trop préoccupée par un bus en pleine manœuvre ; mais quand le métal froid s'imprima dans la chair de ma nuque, je compris immédiatement les intentions du pauvre gars.

— Donne-moi ton fric, siffla-t-il. Maintenant.

Un flingue. Super. Pourquoi est-ce que je tombais toujours sur des dingos psychotiques ? J'humectai mes lèvres.

— Tu veux que je te donne l'argent, ou tu veux que j'évite de me prendre le bus ? Parce que je peux pas faire les deux en même temps.

Un silence. Puis :

— Gare-toi là. Et crois pas que je vais me retenir juste parce que t'es une fille.

J'envisageai une réplique insolente, mais choisis de hausser les épaules et de lui obéir. Je coupai le moteur et restai immobile.

— Donne-moi ton putain de fric.

Peut-être qu'il pensait que j'étais à moitié sourde et que répéter sa demande avec plus d'énergie m'aiderait à bien enregistrer sa demande. Je plissai les lèvres.

— Je n'ai pas grand-chose. On ne garde jamais beaucoup dans le véhicule, tu sais, au cas où quelqu'un aurait la merveilleuse idée de nous attaquer avec un flingue.

— Écoute, salope…

— Ce que je veux dire, continuai-je gaiement, c'est que tu devrais peut-être réfléchir une minute. Comparer le risque et la récompense. Je ne sais pas si t'as pris le temps, tu vois, et je veux te donner l'opportunité de peser le pour et le contre.

Je continuai d'une voix adoucie, pour lui montrer que j'étais sincère :

— Tout le monde mérite une seconde chance.

Malheureusement, mon compagnon squelettique ne m'écoutait plus. Il enfonça le canon du pistolet dans ma nuque. Okay, j'avais mal. Et il commençait sérieusement à me taper sur le système.

— Je te donne encore une minute avant d'exploser ta cervelle sur le pare-brise.

J'avais vraiment envie de l'informer que ma cervelle était bien à sa place et que s'il tirait maintenant, mon crâne s'en sortirait indemne et qu'il ferait plutôt sauter ma trachée. Mais comme l'heure n'était pas à la leçon d'anatomie, je répondis tranquillement :

— D'accord. Ma caisse est dans la boîte à gants. Il faut que je me penche.

— Pas de blague, menaça-t-il.

C'était peut-être le ton de sa voix, ou l'expression choisie… quand je me penchai pour ouvrir la boîte à gants avec ma main gauche et dessinai de l'index droit une rune sur ma cuisse, je savais exactement ce que je faisais. Et ouais, je trouvais mon humour absolument génial.

— C'est quoi ce… c'est quoi ce bordel ? bégaya-t-il.

Il abaissa la banane qui remplaçait maintenant son arme chargée. Cliché, je sais, mais je ne pus m'empêcher de sourire.

— N'essaie pas de la manger, hein, conseillai-je gaiement.

Le revolver ressemblait à une banane et avait sa texture, mais la magie avait ses limites. Malheureusement.

Ses yeux passèrent de la banane à mon visage, puis à la banane de nouveau. Contre toute attente, il était encore plus pâle qu'auparavant.

— Sorcière.

Sans déc'.

— Effectivement, roucoulai-je.

— Pourquoi tu conduis un taxi si t'es une sorcière ?

C'était une très, très longue histoire, et je n'allais pas la raconter à ce type.

— Je t'ai laissé une chance de changer d'avis, dis-je.

Son regard glissa de nouveau tandis qu'il évaluait ses chances. C'était cinquante-cinquante : soit il allait tenter de me casser la gueule, soit il prendrait la fuite. Dieu merci, il opta pour la seconde solution. Il attrapa soudain la poignée de la portière et la tira furieusement, mais, évidemment, elle ne bougea pas d'un pouce. Verrouillage central. Mais allez, j'étais d'humeur généreuse, et je pressai le bouton d'ouverture. Il tomba à la renverse, bondit sur ses pieds, manqua de trébucher, et prit ses jambes à son cou. Il bifurqua à l'autre bout de la rue après avoir évité de justesse de mourir écrasé contre le pare-choc d'un bus à deux étages.

Je l'observai une ou deux secondes tandis qu'il accélérait vers le trottoir et sa supposée liberté. J'aurais sûrement dû le laisser partir pour de bon ; moins de problèmes à tous les niveaux. Mais une petite voix insistante me chuchotait qu'il risquait d'attaquer quelqu'un d'autre… quelqu'un qui ne pourrait peut-être pas se défendre. Je ne pouvais pas le laisser s'échapper. Je levai les yeux au ciel. Franchement, j'aurais préféré me passer de ma foutue conscience.

Je comptai jusqu'à trois à voix basse, puis levai la main et dessinai une rune. Un grand craquement retentit, et une lourde branche s'écrasa sur la tête de mon assaillant. Il s'évanouit sur le coup.

— Reste ici, murmurai-je au taxi.

J'enfonçai mes mains dans mes poches et, en sifflotant, rejoignis tranquillement l'abruti qui avait pourri ma journée. Une voiture s'arrêta et une femme brune en sortit, paniquée. D'accord, peut-être qu'il avait des airs de victime sous sa branche, plutôt que d'un connard qui venait de récolter la monnaie de sa pièce. Je parvins à sa hauteur alors que l'inconnue commençait à tirer sur la branche pour le délivrer.

— Ne faites pas ça.

Elle me jeta un regard ébahi.

— Il est coincé ! Il a besoin d'aide.

Elle s'attaqua de nouveau à la branche, mais ne parvint qu'à planter des échardes dans sa veste de luxe. Un bruit de déchirure annonça la destruction irréversible du vêtement hors de prix. Je grimaçai.

— Nous risquons d'aggraver la situation. Il vaut mieux attendre les secours, conseillai-je. Et croyez-moi, ce gars ne mérite pas qu'on l'aide.

Elle secoua la tête, choquée.

— Vous imaginez ? Vous vous promenez dans la rue

en mangeant une banane, et une minute après, vous êtes écrasée par un arbre.

Je mordillai ma lèvre inférieure.

— Pas un arbre, quand même… Regardez, la majorité est toujours en place.

Je jetai un œil à la banane, qu'il avait toujours à la main. Hmm. Je me tournai vers l'inconnue.

— Vous auriez un téléphone ? Il faut appeler la police.

Les joues rosies par l'effort, elle tourna le visage vers moi, bouche bée.

— La police ? Il a besoin d'une ambulance !

— Il courait dans la rue avec un flingue dans la main, dis-je en le pointant du doigt.

— Un flingue ? Mais…

Elle s'interrompit lorsqu'elle baissa les yeux. Les runes d'annulation sont un casse-tête pour beaucoup de sorciers, surtout quand tu n'as qu'une ou deux secondes de rab et que tu n'es techniquement qu'une Néophyte de Niveau Un. Mais que voulez-vous, je ne suis pas n'importe quelle sorcière.

La brunette était toujours bouche bée et fit un pas de recul.

— J'aurais juré… que c'était une banane.

Je lui lançai un sourire rassurant.

— C'est le choc. Votre cervelle a dû paniquer quand elle a vu l'arme et a préféré ne pas l'enregistrer. C'est plutôt commun dans les situations stressantes.

Elle passa une main sur ses paupières.

— Je réagis très bien en cas d'urgence d'habitude. Mais la journée a été longue.

Ouais, c'était le cas de le dire. J'eus une pensée pour mon canapé et le temps que me prendrait le foutu rapport de police. Quelle tristesse.

***

Quand j'arrivai enfin devant mon immeuble, il faisait très sombre et le froid me picotait la figure. Mon timing laissait sérieusement à désirer. En temps normal, j'aurais pu me garer sur ma place de parking préférée (celle près de la porte d'entrée). Mais non, mes voisins avaient décidé de rentrer avant moi et de prendre les meilleurs emplacements. Je grognais et traînais des pieds. J'avais besoin d'un bon bain chaud, de bougies, de chocolat, et de vin. Genre, beaucoup de vin.

— Ivy !

En entendant l'appel guilleret, mon cœur se serra pour de bon. Je collai tout de même un sourire sur ma face et me tournai vers Ève.

— Salut ! Tu viens de rentrer du travail ?

Elle trottina jusqu'à moi, la queue-de-cheval frétillante, et me lança un immense sourire plein de jolies dents blanches et bien rangées.

— Je suis partie à dix-huit heures, donc j'en ai profité pour aller faire un jogging.

Je passai en revue son corps moulé de Lycra.

— Super, murmurai-je.

Partir à dix-huit heures n'était pas exagéré, sachant qu'elle quittait son appart' vers cinq heures trente chaque matin. J'étais au courant, parce que le mois dernier, j'avais enfilé tous les épisodes d'*Enchantement* du premier au dernier et avait rampé jusqu'à mon matelas au lever du soleil, quand Ève partait tout juste au boulot.

— Tu devrais venir avec moi un jour. Ça revigore, après une grosse journée.

Je résistai à l'envie de lui rappeler qu'elle était grande, sportive et souple, alors que j'étais plutôt du genre petite et dodue, et qui plus est armée d'une poitrine qui manquerait de m'éborgner à chaque foulée, même en investissant dans le soutien-gorge de sport le plus sophistiqué du marché. J'aimais bien Ève, mais je savais qu'elle n'accepterait pas la réponse que j'avais sur le bout de la langue (« dans tes rêves, oui ! »). Je préférai ignorer sa remarque. Avec un peu de chance, elle sauterait sur le sujet suivant :

— Comment ça va, le travail, ces temps-ci ?

Heureusement, elle tomba directement dans le piège ; son regard s'illumina d'une joie pure et ses espoirs de camaraderie sportive s'évanouirent.

— Super. Vraiment super. J'ai assimilé la plupart des runes de base et je m'en sors plutôt bien en myomancie. Mon superviseur pense que je serai prête pour les examens du Niveau Deux dès le mois prochain. J'ai peut-être mes chances pour la Branche Arcane.

Je l'observai tandis qu'elle sautillait à cette seule idée. Ève rêvait, respirait, existait pour l'Ordre. Enfin, le *Saint Ordre des Lumières Magiques*, pour utiliser le nom officiel. La plupart des gens s'en passent, il faut dire, sûrement parce qu'avec un titre pareil, même la grande organisation omnipotente en charge de presque tous les sorciers du pays prend des petits airs de secte hippie avec bande originale New Age intégrée.

— T'es sûre que tu veux intégrer la Branche Arcane ? demandai-je. C'est plein de coincés, d'intellos et de bonnets de nuit, là-bas, non ?

— Ivy ! s'écria-t-elle en frappant gentiment mon bras (et avec tant de force involontaire que je laissai échapper une grimace). C'est là-bas que tout se joue ! Bien sûr qu'ils sont sérieux : ils ont le métier le plus important de tout le pays. Sans eux, ce serait le chaos. Ils méritent notre plus grand respect.

Elle haussa les sourcils, solennelle. Ouais, ouais. Je ne voulais pas casser son délire.

— C'est vrai, mentis-je. Ils sont merveilleux.

Elle hocha la tête avec la ferveur d'une véritable convertie.

— J'espère être assez douée pour répondre à leurs exigences et rejoindre leur département.

— Tu rigoles ? fis-je en secouant la tête. S'ils ne veulent pas de toi, c'est qu'ils ont trop peur que tu leur apprennes la vie.

Cette fois, pas de bluff : Ève était peut-être un peu trop

enthousiaste à mon goût, mais je ne pouvais pas nier sa motivation, ni son talent.

— Ils auraient de la chance de t'avoir dans leur équipe, ajoutai-je.

Elle sourit.

— Merci, Ivy.

Elle marqua une pause, puis :

— Mais bref, tu as passé une bonne journée ?

J'évitai la question sans difficulté.

— Oh, comme d'hab. Tu me connais. Et, avant que tu ne me le rappelles, t'inquiète. Je n'ai pas oublié que tu partais demain.

— Tu es sûre que ça ne te dérange pas ? Je le prendrais avec moi, mais…

— Tu ne veux pas qu'on sache que tu es une sorcière.

— Pas cette fois, répondit-elle avec une grimace. Il va falloir jouer la carte de la discrétion. Mais je ne serai absente que quatre ou cinq nuits.

— Je peux m'occuper de ton familier, Ève. Sérieux.

Les chats, je savais faire. Surtout quand ce n'était pas mon propre petit monstre à fourrure.

— Je te devrai une faveur, promit-elle.

Je ravalai de justesse une invitation à venir nettoyer mon appartement pour me renvoyer la balle. Nous entrâmes dans le hall et Ève bifurqua directement vers les escaliers, avant de lancer un regard par-dessus son épaule en remarquant que je ne la suivais plus.

— Je me suis tordu la cheville, expliquai-je. Une vieille blessure de sport. Je vais prendre l'ascenseur.

— Oh, ma pauvre, fit-elle avec une grimace. Dis-moi si tu as besoin de bandages. Je connais une super kiné, tu sais.

Je lui fis un signe d'au revoir.

— Ça ira, mais merci. Vas-y, toi, dis-je en montrant les escaliers du menton.

— Si tu es sûre…

Pour l'amour du ciel. Il fallait vraiment que je trouve de meilleures excuses. J'allais finir par me sentir coupable.

— Vraiment, vas-y.

— D'accord. À bientôt, Ivy !

Ève me jeta un dernier sourire éclatant puis attaqua les escaliers au pas de course. Je pressai le bouton de l'ascenseur et m'écrasai contre le mur. C'était toujours si épuisant de la regarder faire.

***

Aussitôt entrée dans l'appartement, je lâchai mon sac et me jetai sur le canapé, droit dans les coussins, la tête la première. L'extase.

Un sifflement irrité grinça, quelque part au-dessus de moi.

— Manger.

Je relevai le menton.

— Salut, Brutus.

Ses yeux jaunes me fixaient sans ciller.

— Manger, connasse.

Je poussai un soupir.

— Je te l'ai déjà dit mille cinq cents fois. Si tu m'insultes, je te nourris pas.

— Manger.

— Laisse-moi une seconde.

— Manger.

— D'abord, je me fais du thé.

— Manger.

— Oh, la ferme.

— Manger.

Je marmonnai une insulte, me levai, et me traînai jusqu'à ma petite (mais très fonctionnelle) cuisinette. Les restes du petit déjeuner jonchaient encore le plan de travail. Je transvasai la vaisselle dans l'évier et ouvris le robinet pendant que Brutus secouait la queue.

— Manger. Manger. Mangeeeeeeeeer.

Avec un soupir, je sortis un bol propre et ouvris une boîte de pâtée, écœurée par l'odeur familière du thon industriel. J'en versai une partie dans le bol avec une cuillère et le poussai vers lui. Brutus s'avança et renifla avec délicatesse. Je me détournai pour couper le robinet.

— Manger.

Je serrai les dents.

— Je viens de te donner à manger.

Il repoussa le bol, profondément dégoûté par l'offrande de la soirée. Je l'observai avec exaspération.

— Tu aimais celui-là, la semaine dernière.

Il avait tourné le museau. Il ne voulait même pas regarder le bol.

— Brutus…

Un grondement sourd vibra dans le fond de sa gorge. Je croisai les bras. Il ne changerait pas d'avis, l'imbécile.

— Mang…

— Très bien, sifflai-je.

Parfois, résister le moins possible est la meilleure solution. J'ouvris le placard, optai pour une autre saveur, et lui présentai la boîte. Il me lança un ronronnement infime en récompense. En levant les yeux au ciel, je me débarrassai de la première portion et servis la seconde. Puis je traversai la pièce jusqu'à mon téléphone pour me commander une pizza.

2

J'aurais bien aimé vous dire que ma semaine était sur le point de s'améliorer, mais non. Le pistolet-banane, c'était seulement le début des emmerdes. En gros, si j'avais su ce qui m'attendait par la suite, je n'aurais même pas sorti le nez des couvertures ce vendredi-là.

Quand Brutus se percha sur ma poitrine en psalmodiant son mantra favori à l'heure du petit déjeuner, j'envisageais déjà de rabattre la couette sur ma tête. J'étais si bien, au chaud. Enfin, à moins que je trouve le courage de me lever pour le balancer par la fenêtre, il ne me ficherait jamais la paix. J'aurais pu, hein, mais les conséquences n'en valaient pas la peine. Pas que Brutus risque quoi que ce soit ; il n'avait utilisé que deux de ses neuf vies, de toute façon. Plutôt pas mal, vu son âge et son caractère. Mais comme l'unique fois où j'avais osé marcher sur sa queue m'avait valu sept jours de pure haine féline (au point que j'avais peur de pousser la porte de mon appart'), je préférais éviter la torture inimaginable qu'il inventerait si je décidais de lui donner une petite leçon de haute voltige.

— Je vais me lever, dis-je. Dans deux minutes.

— Manger.

— Arrête.

J'essayai de me détendre ; pas difficile. Je retombais tout juste dans le monde merveilleux de la somnolence quand une patte griffue (juste assez pour me ratisser la peau) m'écrasa la joue. J'ouvris un œil. Brutus avait dû attendre exactement deux minutes avant de me rappeler ma promesse.

— Manger.

— Ouais, ouais.

Avec un soupir, je sortis un pied de la couverture. Il faisait un froid de canard dans l'appartement. Je m'enfonçai de nouveau sous le duvet avec un geignement. Brutus décida de s'attaquer à mon visage mais j'évitai de justesse ses douces attentions en me protégeant avec mon oreiller.

Je pouvais le faire. À trois.

Un.

Deux.

Trois.

Nan. Impossible de bouger. Les dents serrées, je me préparai mentalement, et essayai de nouveau. Cette fois, je bondis sur mes pieds et fonçai vers la robe de chambre accrochée sur la porte. Je m'enveloppai dedans et partis au galop en me demandant pourquoi mon superbe parquet rutilant était horriblement glacial (j'aurais dû faire mettre de la moquette). Où étaient mes pantoufles, bordel ?

Dansant d'un pied sur l'autre, je sautillai jusqu'à la cuisine et allumai la bouilloire avant d'ouvrir le placard pour jeter un œil au ballon d'eau chaude. Il était toujours là ; il n'avait pas explosé pendant la nuit. Alors pourquoi, au nom du ciel et du pôle Nord, est-ce qu'il ne fonctionnait plus ?

Je le frappai une ou deux fois. Un glouglou étrange, puis plus rien. Je fronçai le nez et me creusai la tête. Je connaissais plusieurs runes qui me permettraient de créer une flamme artificielle, mais je n'avais jamais eu l'occasion de les utiliser et je n'étais pas sûre que mettre le feu à ma propre maison était la solution la plus intelligente.

J'attrapai un bol pour Brutus et y versai des croquettes qu'il aimait, puis m'occupai de ma tasse de thé. Je réchauffais mes doigts gelés autour de mon mug en réfléchissant à mes options. Le problème, avec la magie, c'est que c'est un art ancien, basé sur un savoir ancestral, et que ça n'a rien à voir avec la technologie. Il ne vaut mieux pas mélanger le mysticisme et les avancées du vingt-et-unième siècle, vous voyez ? Et quand la fusion est inévitable, elle se solde généralement par des explosions, des morts violentes et de très probables tornades de dards empoisonnés et d'éclats de verre sanguinolents, tout ça.

Que faire, que faire. Comme je l'avais dit à la bonne Samaritaine d'hier, parfois, il valait mieux attendre les secours. Je lançai un œil au-dehors. Ève devait être déjà partie dans le Nord, ce qui voulait dire que je pouvais toujours me carapater chez elle, m'occuper de son chat, appeler un plombier et attendre bien au chaud. En voilà, un super plan. Je hochai la tête, satisfaite. Tu gères, Ivy.

Brutus frotta son museau contre mon mollet et je m'accroupis pour lui gratter les oreilles.

— Il fait trop froid ici, expliquai-je. Je vais aller nourrir Harold chez Ève et attendre que le plombier arrive. Ou un saint-bernard avec un petit tonneau de rhum, ça me gênerait pas non plus. Tu peux venir avec moi, si tu veux.

Il me jeta un regard dédaigneux. Il ne l'avait jamais clairement exprimé, mais j'avais la nette impression qu'il considérait Harold (ou pour citer le titre complet du familier d'Ève, Harold Fitzwilliam de Major, Troisième du Nom) (oui, les sorciers aiment beaucoup les noms à rallonge et les pseudo-dynasties) comme totalement inférieur. Il abandonna ma caresse sans hésitation, pivota pour me montrer ses fesses, et déguerpit à la recherche d'un rayon de soleil matinal. Je regardai la pendule. OK. Pas vraiment matinal, le rayon de soleil. Après-midinal. Je me sentais un peu coupable d'avoir envoyé paître Brutus alors qu'il avait patienté aussi longtemps pour me réveiller.

— Je suis désolée ! Je n'avais pas vu l'heure ! hélai-je à sa suite.

Pas de réponse. Je haussai les épaules. Sans perdre plus de temps ou de chaleur corporelle, j'attrapai les clefs d'Ève et enfonçai mes petons gelés dans une paire de bottes en plastique, achetées l'année dernière, quand je m'étais persuadée que, oui, j'en aurais besoin pour aller cueillir mes propres plantes et herbes. Depuis leur acquisition, elles se morfondaient dans le même coin de l'appart', oubliées, mais impeccables.

En resserrant les pans de ma robe de chambre, je posai un pied dans le couloir de l'immeuble. Personne en vue, Dieu merci. La dernière chose que je voulais, c'était rencontrer le beau mec de l'appartement vingt-trois quand je portais ma robe de chambre miteuse, les cheveux en bataille. Quoique, il pourrait en déduire que mon lit était encore ouvert et en service. Je trottai jusqu'à la porte d'Ève, ouvris la porte, et me faufilai à l'intérieur.

Ce n'était pas la première fois que j'allais chez elle : je m'étais occupée d'Harold à d'autres occasions, quand elle voyageait pour le travail, et j'avais même été invitée à une soirée qu'elle avait organisée pour impressionner son patron. Mais bon, je l'avais malencontreusement confondu avec un des éboueurs de l'immeuble, un type toujours aimable et souriant que je croisais souvent. Lorsque je lui avais demandé comment allait l'usine à déchets, il avait cru que j'appartenais à une des nombreuses branches ennemies de la sorcellerie et s'était clairement contenu pour ne pas m'étrangler sur place. J'avais présenté mes excuses, attention, mais la situation commençait à devenir franchement inconfortable quand Ève était apparue pour me sauver et faire les présentations officielles. Bien sûr, il avait reconnu mon nom. Je ne m'étais pas frottée à l'Ordre depuis des années, mais je savais que j'étais toujours considérée comme une pauvre souillure chez les Niveaux Supérieurs. Pfff.

Chaque fois que j'entrais chez Ève, j'étais frappée par la *propreté* immaculée de son appartement. Si elle avait payé quelqu'un pour faire le ménage, je l'aurais su. Bien sûr, elle avait aussi pu apprendre à contrôler la série complexe de runes qui lui aurait permis de garder chaque pièce bien nette et bien brillante, mais j'aurais plutôt parié qu'elle nettoyait le tout à la force de ses petits bras zélés. La pauvrette méritait vraiment de sortir un peu plus souvent.

— Harold ! appelai-je. Harold ! C'est Ivy, du bout du couloir.

Pas de réponse. J'étais peut-être trop familière avec le familier. Nouvel essai :

— Harold Fitzwilliam de Major ? T'es là ?

Un miaulement ténu me parvint du salon. Je fronçai légèrement les sourcils. En me fiant au bruit, j'ouvris la porte juste à temps pour voir une petite boule de poils marron filer à toute vitesse sous la table basse. Un instant plus tard, Harold apparut à sa suite et renversa au passage des bougies noires et environ un an d'approvisionnement en pollen d'abeille enchanté sur le sol impeccable d'Ève. Je laissai échapper un petit sifflement douloureux : je connaissais le prix de ce truc. J'éternuai trois fois et fis une grimace.

— À mes souhaits, à mes amours, à mes emmerdes, marmonnai-je pour moi-même.

Mauvais présage.

Je décidai de contourner le pollen renversé pour le moment et partis à la recherche d'Harold et de sa proie. Le chat s'était glissé entre le mur et le canapé, pupilles dilatées, les yeux fixés sur ce qui se cachait en-dessous. Je l'attrapai dans mes bras et écopai directement d'une griffure scandalisée et d'un cri de révolte. Je le jetai dans la cuisine, fermai la porte derrière lui, puis m'agenouillai devant le canapé. Dans le coin obscur entre le sol et les coussins, je pouvais deviner un petit nez tremblant et des moustaches frétillantes. Une souris.

Je reculai. Hm. L'appartement d'Ève ne cachait sûrement pas de nid de souris, et même si elle m'avait parlé de ses progrès en myomancie, j'en déduisis qu'elle devait utiliser le rongeur pour perfectionner ses talents. Je tapotai mes lèvres, pensive. Je n'avais pas tenté de lire le comportement d'un rongeur depuis longtemps ; je me demandais si j'avais perdu la main.

Je laissai mon corps se détendre, vidai mon esprit

comme on me l'avait appris des années plus tôt, et me concentrai sur la souris. Pendant un long moment, elle resta figée, mais, quand je recourbai mon petit doigt en signe d'invitation, elle me rejoignit à petits pas. J'expirai silencieusement. Ouais, je n'avais pas oublié les bases.

Je passai ma main sous le sofa et la tournai sur le dos, paume en l'air. La souris ne perdit pas une seconde : elle avança prudemment, jusqu'à ce que ses petites pattes me chatouillent la peau. Je lui laissai un moment pour qu'elle se mette à l'aise, puis ramenai lentement ma main vers moi. En me levant, je la soulevai vers mon visage et croisai son regard brillant.

— Bonjour monsieur, commençai-je.

La souris se dandina.

— Pardon. Mademoiselle ?

Elle se détendit de nouveau. Je lançai un filament de magie dans sa direction.

— Tu as des choses à me dire ? demandai-je. Je ne dirais pas non à un peu de bonne fortune.

La souris frissonna, et sa longue queue retomba sur mon pouce. Surprise de ses propres réactions, elle se retourna et planta soudain ses dents dans la pulpe de mon pouce. Je lâchai un cri de douleur et la laissai tomber. Derrière la porte de la cuisine, Harold sifflait et griffait toujours. Le rongeur disparut sous le canapé sans demander son reste tandis que je fixais les gouttes de sang qui perlaient sur ma peau. Le message était clair, et il était loin, très loin d'être positif.

Avant que je ne puisse repartir à la recherche de la souris, on frappa sèchement à la porte. Ève n'était jamais à la maison à cette heure-ci : qui pouvait bien lui rendre visite ? Je traversai la pièce, ouvris la porte, et levai les yeux vers deux inconnus. Comme l'un d'entre eux portait une cape rouge à capuchon, pas besoin d'être un génie pour comprendre d'où ils venaient. Les intellos de l'Ordre : mais surtout, des intellos venus pour délivrer un message officiel. Sérieusement… Ils ne pouvaient pas vérifier l'emploi du temps de leurs propres employés avant de se ramener chez eux ?

Mon regard tomba sur le deuxième et j'enregistrai rapidement ses cheveux sombres, coupés très courts, et sa mâchoire nette et carrée. Une longue cicatrice courait de son oreille à son nez, mais n'enlevait rien à son charme. En fait, elle lui donnait plutôt l'air délicieusement dangereux. Ses yeux perçants et très bleus me fixaient froidement. Du coup, pas franchement intello, le mec. Plutôt une pub ambulante pour la masculinité à l'état pur. Bonjour bonjour.

— Ève Harrington, commença le Chaperon Rouge, nous sommes enchantés de vous informer que vous avez atteint le statut provisoire de Membre de Niveau Deux.

Je restai bouche bée. Ève m'avait dit la veille qu'elle n'avait même pas encore passé les examens. C'était vraiment l'étoile montante de l'Ordre, alors. Avant que je ne puisse en placer une, cela dit, le Chaperon attrapa mon bras et se mit à marmonner.

— Hé ! protestai-je.

Trop tard. Bien, bien trop tard.

— Vous voilà liée par sortilège à Raphaël Winter pour les cinq-cent-quatre-vingt-huit jours prochains, jours pendant lesquels se déroulera votre transition au Niveau Deux du Saint Ordre des Lumières Magiques. Il sera votre mentor et votre guide lors des missions menées sous l'égide de notre grande et puissante institution.

Une étincelle passa dans ses yeux, et sa voix s'adoucit.

— Mes félicitations. Vous n'auriez pas pu rêver meilleur partenaire. Votre collaboration promet de grandes choses.

Un picotement désagréable courait sous ma peau alors que le lien perçait ma chair et s'attachait à mon âme. Je fixais l'officiel écarlate avec horreur. Mais merde, il ne se rendait pas compte de ce qu'il venait de faire…

— Vous… vous…

Ma mâchoire bougeait, mais les mots ne dépassaient pas mes lèvres.

L'autre homme avança d'un pas, et je remarquai alors que ce que j'avais pris pour de l'indifférence était en fait une expression de mépris et de déception.

— Peut-être pourriez-vous passer une tenue plus appropriée pour cette opportunité si glorieuse, Miss Harrington.

Une opportunité glorieuse ? OK, ce type avait peut-être la gueule d'un sex-symbol, mais il n'avait pas oublié d'être un abruti prétentieux, aussi. Prétentieux et complètement ignorant. Prétentieux, ignorant, et con comme la lune. Il ne comprenait pas la situation, même quand elle le regardait droit dans les mirettes. J'avais raison depuis le début ; un intello parmi tant d'autres.

— Bande de décérébrés.

Les deux hommes froncèrent les sourcils à l'unisson.

— Complètement décérébrés, répétai-je en secouant la tête. Vous ne pigez pas ? Je ne suis pas Ève Harrington ! Est-ce que j'ai l'air d'une brune d'un mètre soixante-dix ?

Je désignai ma blondeur dodue d'un mouvement de main agacé.

— Je suis la voisine d'Ève. Je suis ici pour nourrir son chat. Elle n'est pas là. C'est pour une de *vos* missions stupides qu'elle est partie dans le Nord !

Je grattai furieusement mon bras.

— Enlevez-moi cette merde !

L'homme en rouge pâlit, les yeux ronds, le regard fixe.

— Vous plaisantez, n'est-ce pas ?

Je posai mes mains sur mes hanches et le foudroyai du regard.

— Est-ce que j'ai l'air de plaisanter ?

— Mais vous êtes forcément une sorcière, bégaya-t-il. Le sortilège n'aurait pas fonctionné, dans le cas contraire.

— Bien sûr que je suis une sorcière, imbécile, rétorquai-je. Mais je ne suis pas Niveau Un. Je ne suis même pas Néophyte. Je ne fais pas partie de votre Ordre à la con !

Ils semblaient sous le choc. Tant pis pour eux.

— Vous êtes une sorcière, mais vous n'êtes pas avec l'Ordre ?

— Vous êtes sérieux ? C'est pas obligatoire, vous savez.

Chaperon Rouge clignait des yeux, paniqué.

— Oui, mais n'importe quel sorcier doté de réels pouvoirs…

— Oh, la ferme.

Il se foutait de moi : un groupe bien connu de sorciers parfaitement bien entraînés évitaient l'Ordre comme la peste. Ils avaient même formé leur propre petite secte d'hurluberlus et fomentaient des stratagèmes sans queue ni tête pour renverser l'Ordre. Je n'en faisais pas partie, mais ça ne voulait pas dire qu'ils n'existaient pas. Sans compter que la moitié de la population non-sorcière possède des inclinations magiques, mais des compétences trop faibles pour être développées, et souvent difficiles à déceler.

— C'est pas parce que la majorité des sorciers s'engagent que nous le faisons tous.

Je pris une profonde inspiration pour m'efforcer de rester calme.

— Maintenant dégagez-moi ce lien magique, illico.

Ils échangèrent un regard.

— Vous devriez peut-être nous laisser entrer.

Pour me débarrasser d'eux vite fait bien fait, j'étais prête à me déshabiller et à leur faire un petit numéro de french cancan. Je leur fis signe de me suivre.

— Bougez-vous.

L'encapuchonné me suivit jusqu'au salon ; l'intello chieur-mais-musclé se pavanait dans l'appartement comme s'il était chez lui. Son regard se posa sur le pollen étalé sur le sol et il haussa un sourcil sombre.

— Nous avons interrompu quelque chose, peut-être ?

— Carrément, fis-je en serrant les dents, les bras croisés. Comment vous avez pu faire un truc pareil, hein ? Vous ne vérifiez pas à qui vous vous adressez avant de ligoter les âmes à coups de sortilège ?

Ses yeux étaient glacials.

— Nous avons frappé à la porte d'Ève Harrington. Elle vit seule. Vous avez ouvert la porte, vêtue de…

Il me regarda de haut en bas avec une moue de dédain.

— *Cette chose*. La logique voudrait que…

Je m'approchai d'un pas, menaçante.

— N'essayez même pas. N'essayez même pas de parler de logique quand il est clair et net que vous êtes tous les deux des abrutis. Vous n'avez pas pensé à vérifier qu'elle était chez elle ?

Un muscle tressaillit dans sa joue.

— Nous ignorions qu'elle serait absente.

— Ignorer ? rétorquai-je d'un ton moqueur. Le Saint Ordre, mesdames et messieurs ! Même pas capables de trouver leurs propres gars quand ils sont envoyés sur le terrain par vos soins !

— Je suis sûr que nous allons trouver une solution.

Il se tourna vers le Capuchon.

— Biggins ? Annulez le lien et nous pourrons laisser cette… personne libre de vaquer à ses occupations.

Je levai les yeux au ciel. Il n'aurait pas eu l'air plus prétentieux s'il avait été prendre un bain dans la Mer de la Médisance et s'était lavé les cheveux avec du Mépris pur avant de passer par ici.

— Ouais, *Biggins*, l'imitai-je, annulez le lien.

Biggins toussota. Ses joues s'étaient enflammées. Je commençais à le sentir très mal, là, au fond de mon estomac.

— C'est-à-dire, Adeptus Winter, il faut que vous sachiez que…

— Quoi ?

Biggins se gratta la nuque.

— Nous savions tous que vous n'étiez pas particulièrement enthousiaste à l'idée de prendre un stagiaire…

— Et ?

Winter le fixait avec toute la froideur de l'hiver.

— Ipsissimus Smythe voulait éviter que vous puissiez changer d'avis, en cas…

Biggins était de plus en plus écarlate. Malgré le ridicule de la situation, j'étais fascinée par le camaïeu de rouges qui lui maculait la face.

— En cas de quoi ?

— D'ennui ou, hum, d'irritation.

— Qu'est-ce que vous voulez dire par là, exactement ? siffla Winter.

Je poussai un soupir.

— C'est clair, nan ? Comme vous êtes un petit tyran qui n'aime pas travailler en équipe, ils ont décidé de lancer un lien magique irrévocable.

Winter plissa ses yeux bleus.

— Je ne suis pas un tyran, j'ai simplement un certain niveau d'exigence.

Il se redressa.

— Et aucun lien n'est irrévocable.

Il n'était pas aussi intelligent qu'il le pensait. Je déteste peut-être la phytologie, mais ça ne veut pas dire que je n'en connais pas un peu sur le sujet.

— En vrai, si on utilise de l'essence de lavande saupoudrée de trèfle rouge pendant les préparations prérituelles, puis qu'on lance la série de runes adéquate, il est possible de créer un lien irrévocable. Pas vrai ? dis-je en jetant un coup d'oeil à Biggins.

Il semblait soulagé que je me sois chargée de répondre.

— C'est exact.

Je déteste me prouver à moi-même que je connais encore des trucs comme ça.

— J'aurais dû accepter Tarquin, marmonna Winter.

Je me raidis immédiatement, et il se tourna vers moi.

— J'ai choisi Miss Harrington parce qu'elle fait partie des meilleurs éléments de son Niveau. J'ai besoin d'un apprenti ingénieux, travailleur, quelqu'un qui soit capable de prendre de réelles initiatives, de dépasser les strictes obligations pour s'investir dans notre métier. Mon travail n'est pas frivole et ne peut pas être pris à la légère.

Ooooh. Des mots à trois syllabes. Quel génie. Je l'ignorai et me tournai vers Biggins.

— Quels sont les termes précis du lien magique ?

Il déglutit.

— Il durera cinq-cent-quatre-vingt-huit jours.

— Oui, fis-je impatiemment. Ça, j'ai capté. C'est un chiffre magique important. Autre chose ?

— Vous ne pouvez être séparés par plus de huit kilomètres.

Je grimaçai. Ça risquait de rendre mon boulot de chauffeur un peu compliqué. Peut-être que je pourrais déposer une réclamation contre l'Ordre pour être dédommagée et prendre un congé de deux ans ?

— Mais encore ?

Biggins s'éclaircit la gorge.

— Toutes les missions doivent être accomplies en tandem. Vous serez obligés d'être deux et de travailler ensemble lors des enquêtes.

Je fermai les yeux. Encore pire que prévu. J'inspirai profondément.

— C'est simple, alors. Winter, prenez un congé sabbatique tant que le lien n'est pas brisé. Nous restons tous les deux à Oxford pour éviter toute conséquence problématique… et voilà, dis-je en hochant la tête.

Winter me foudroya du regard.

— Pour commencer, je vous enjoins de m'appeler Adeptus Exemptus Winter.

Je haussai les sourcils. Le garçon avait atteint le haut de l'échelle du Niveau Deux. Je me demandais s'il était à la tête de son propre département ; c'était plausible. Il avait l'air un peu jeune pour ce genre de responsabilité, mais qu'est-ce que j'en savais, après tout ?

— Ensuite, continua-t-il, je ne vais certainement pas prendre de congés. Puisque vous connaissez le fonctionnement de l'Ordre et que vous semblez avoir des compétences magiques, nous travaillerons ensemble, et nous ferons notre possible pour le travail soit bien fait... d'une façon ou d'une autre, conclut-il avec une moue de dégoût.

— Nan. Nan, nan, pas possible.

— Écoutez...

Je me redressai.

— Non, *Adeptus Exemptus Winter*, vous allez m'écouter. J'ai une vie. Je ne veux pas faire partie de l'Ordre. Vous ne pouvez pas m'obliger à travailler avec vous. Et en plus, ajoutai-je en sortant enfin ma carte maîtresse, vous pouvez être sûrs que l'Ordre ne veut pas travailler avec *moi*.

Biggins détacha soudain sa cape, comme si notre conversation l'étouffait.

— Quel est votre nom, déjà ? demanda-t-il.

Je souris.

— Ivy Wilde.

Il tressaillit.

— Oh.

Mon sourire s'élargit.

— *Oh*, c'est le mot.

3

Biggins s'était carapaté aussi sec pour aller faire son rapport auprès de l'Ordre et pour trouver une façon de défaire le lien magique ; j'aurais bien aimé être une petite souris et voir comment allait se dérouler cette conversation. Pendant ce temps, je m'occupai de nourrir Harold, puis embarquai Winter chez moi. Quand j'ouvris la porte et réalisai qu'il faisait plus froid à l'intérieur que dans le couloir secoué de courants d'air, je me souvins enfin du foutu plombier que je n'avais pas pris le temps d'appeler. C'était chiant, mais au moins, c'était un problème que je savais régler.

Le regard de Winter balaya mon salon. Pas besoin d'être un génie pour deviner ce qu'il en pensait : je n'avais pas renversé de pollen sur le sol, mais mon appartement était loin d'être aussi propret que celui d'Ève. J'attrapai un soutien-gorge perché sur le dossier de mon canapé et le tournicotai négligemment autour de mon index. Winter me fixait sans ciller. Qu'il aille se faire mettre. J'allais pas m'excuser de laisser traîner *mes* vêtements dans *mon* salon.

— Alors, dit-il en détournant enfin son regard offensé, j'imagine que vous ne faites pas partie de l'Ordre parce que vous n'êtes pas parvenue à dépasser le statut de Néophyte. Vous avez l'intelligence nécessaire, mais pas assez de puissance magique.

— Vous imaginez mal.

Il pointa mon pouce du doigt.

— Vous avez été récemment mordue par un rongeur, remarqua-t-il avec suffisance. Vous ne maîtrisez donc pas la myomancie.

Je levai le pouce en question.

— C'est plutôt la preuve que je suis *experte* en myomancie, dis-je sereinement. C'est un mauvais présage, et vous voilà, l'incarnation même de la poisse.

— Une morsure n'est pas un présage.

— C'en est un si on est aussi adepte que moi.

Il laissa échapper un ricanement.

— D'accord... Et que savez-vous faire, exactement ?

J'aurais pu lui lister mes talents, si son ton n'avait pas été aussi méprisant. Pas question de me justifier auprès de ce con. Il avait bien plus besoin de moi que moi de lui.

— Qu'est-ce que vous savez faire, *vous* ? rétorquai-je.

— Je suis un Adeptus Exemptus. Il me semble que l'étendue de mes capacités est évidente.

Mon absence de réponse suffit. Winter haussa vaguement les épaules, comme si mon silence était la preuve de mon inutilité totale, et changea de sujet :

— Pourquoi portez-vous des bottes en plastique ? Vous vous apprêtez à affronter une inondation ?

— Je porte des bottes en plastique pour protéger mes orteils des larmes pathétiques que j'arrache aux bouffons de l'Ordre comme vous.

Un éclair de colère passa dans ses yeux.

— Il faut qu'une chose soit bien claire entre nous, Miss Wilde. Je suis votre responsable. Tant que la situation n'est pas régularisée, vous obéirez à mes ordres. Je n'accepterai pas les insultes et la provocation. Mettre ma patience à rude épreuve n'est pas une option.

— C'était ça, la chose à mettre au clair ? Ça fait plutôt cinq trucs, fis-je en penchant la tête de côté. Ils ne vous apprennent pas les maths, à l'Ordre ?

Brutus choisit ce moment précis pour bondir dans la pièce et s'avachir aux pieds de mon adversaire (une interruption qui valait sûrement mieux pour moi comme pour Winter).

— Au moins, vous avez un familier, maugréa-t-il.

Il évitait mon regard, sans doute pour freiner l'animosité croissante qui s'installait entre nous.

— Il s'appelle Brutus.

Mon chat se tourna sur le dos et leva les yeux.

— Caresse.

Winter fit un bond d'au moins trois mètres.

— Votre familier vient de parler.

— Ouais.

— Caresse, siffla Brutus.

— Il veut que vous le câliniez, l'informai-je.

Winter me fixait toujours. Le bleu de ses yeux était vraiment très intense. Je haussai les épaules.

— Je l'ai depuis longtemps. Quand j'étais plus jeune et plus motivée, j'ai eu une idée super lucrative : je voulais développer un moyen de permettre aux gens de parler *avec* leur animal. Après pas mal d'essais et beaucoup d'erreurs, j'ai fini par trouver une série de runes qui fonctionnait, et voilà ! Brutus sait parler.

— Ça a marché ?

Le regard de Winter fit un aller-retour entre mon visage et le chat. Il avait l'air de penser que je l'arnaquais à coups de ventriloquie.

— D'une certaine manière, ouais. Il peut parler, mais il ne connaît qu'environ vingt mots, et la plupart ne sont pas très agréables. J'ai abandonné l'idée de me faire des millions avec mon sortilège quand j'ai compris que les gens n'auraient aucune envie de découvrir que leur chat n'était qu'un petit bâtard égoïste parmi d'autres. Il y aurait de des abandons de félins en masse si on donnait la parole aux familiers. Garder ça pour moi m'a semblé plus prudent.

Winter cligna des yeux.

— Je vois.

— Caresse, connasse.

— Ne vous vexez pas, susurrai-je, il appelle tout le monde comme ça.

Je lançai un clin d'œil à Brutus et tournai les talons. M'habiller, ça serait pas mal.

***

Je pris tout mon temps pour me préparer. Winter pouvait bien attendre. Et puis, j'avais les cheveux dressés sur la tête, hérissés d'épis comme si j'avais foutu les doigts dans la prise ; les rabattre sur mon crâne n'était pas toujours facile.

J'hésitais à mettre le seul tailleur de ma garde-robe, puis décidai que l'Ordre se foutrait complètement de mes fringues. Je serais quand même habillée, et c'était déjà ça. Du coup, je me contentai de renifler l'entrejambe du jean que j'avais porté la veille pour vérifier qu'il ferait l'affaire, et enfilai un vieux t-shirt blanc orné d'un nom de vieille série TV japonaise, *Monkey Magic*, en grosses lettres. Allez ! Qu'ils pensent ce qu'ils veulent. J'endossai mon bomber vert fluo. Au moins, ma némésis ne risquait pas de me paumer dans la foule.

Quand je sortis de ma chambre, je trouvai Winter assis du bout des fesses sur un côté du canapé, et Brutus perché à l'autre bout, le pelage dressé. Apparemment, ils ne s'entendaient pas des masses.

— Il me semble que votre familier ne m'apprécie pas, commenta Winter.

Je ravalai ma riposte (sur le discernement de mon chat) pour calmer le jeu. Eh ouais, je savais me tenir quand la situation l'exigeait.

— Brutus, dis-je, passe voir madame Burridge pour moi.

Le regard qu'il me lança me fit comprendre qu'il avait eu l'intention de s'enrouler dans un coin et de faire la sieste plutôt que d'aller espionner la vieille dame du dessus, laquelle insistait pour s'essayer sans arrêt aux runes et aux herbes médicinales alors qu'elle n'avait pas une once de pouvoir. Pour une fois, cela dit, il se contenta de se lever, de s'étirer, et de s'éclipser docilement.

Je posai mes mains sur mes hanches et me tournai vers Winter.

— Alors ? On y va ? J'ai des choses à faire. Plus vite on règle notre petit problème, mieux c'est.

Je préférais passer sous silence que mon programme comprenait majoritairement une sieste sur le canapé, une orgie de chips au vinaigre et de barres chocolatées, et potentiellement un peu de zapping télé.

Il arqua un sourcil.

— Habillée comme ça ?

Je tournai sur moi-même en battant des cils.

— Tout à fait, milord.

Peut-être qu'il préférait sa chemise immaculée sûrement taillée sur mesure, mais ça ne voulait pas dire que moi, j'allais me saper comme pour aller voir la reine.

Il poussa un long soupir.

— Très bien. Allons-y.

Je passai devant et le menai jusqu'à l'ascenseur. J'appuyai sur le bouton. Il me lança un regard surpris.

— Les escaliers seraient plus rapides.

— Je me suis fait mal à la cheville. J'évite de tirer dessus.

— Vous allez très bien.

— Vous n'en savez rien.

Ses yeux s'emplirent d'exaspération.

— Je suis un Adeptus Exemptus. Votre condition physique est parfaite.

Je m'illuminai.

— Oh, vous êtes trop mignon.

Sa bouche se crispa légèrement.

— Je veux dire que vous n'êtes pas blessée et que vous ne souffrez d'aucun problème de santé, si ce n'est votre forme physique médiocre. Vous pourriez aussi perdre un peu de poids.

Oh, il n'avait pas osé, quand même.

— Perdre du poids ?

Winter comprit son erreur innommable avec un temps de retard.

— Si vous désirez atteindre la condition physique parfaite exigée d'une sorcière de Niveau Deux, ce serait plus prudent. Notre travail nécessite beaucoup d'efforts physiques.

Rien à battre.

— Et c'est quoi, ce travail, exactement ? demandai-je d'une voix glaciale.

— La Branche Arcane, bien sûr.

Je levai les yeux au ciel. Bien sûr.

— Alors c'est une bonne chose que je ne sois ni au Niveau Deux, ni prête à travailler avec vous, à part pour briser ce stupide lien magique, fis-je.

Le visage fermé, je croisai les bras pour lui faire comprendre que je n'avais rien d'autre à lui dire.

***

Le siège de l'Ordre est situé entre la cathédrale de Christ Church et l'université de Merton. L'Ordre aime bien rappeler régulièrement qu'ils sont basés là-bas depuis bien plus longtemps que l'université elle-même, et que leurs membres ont des talents à faire pâlir d'envie les étudiants d'Oxford. La vérité, c'est que l'Ordre aime bien garder un œil sur leurs homologues académiques et s'assurer qu'ils ne se prennent pas trop au sérieux. Ils aiment cultiver leur statut vénérable, mais, de nos jours, ils ont du mal à lutter contre le rayonnement des nouvelles avancées en biosciences ou en ingénierie chimique et tout le tralala.

Franchement, je ne voyais pas pourquoi ils s'inquiétaient. Qui vivra verra. Avec des filiales dans toutes les grandes villes du pays et des représentants à la Chambre des lords, l'Ordre n'avait pas trop de souci à se faire : ils seraient encore en place bien après que l'université sera devenue obsolète.

J'évitais cette partie de la ville autant que possible. Les autres conducteurs de taxi pouvaient courir après les étudiants qui payaient leur course avec leur argent de poche. Je n'avais pas laissé l'Ordre m'exiler hors de la ville, mais je n'allais pas non plus me dandiner sous leur nez tous les quatre matins.

Winter et moi nous dirigions tranquillement vers les portes principales. Enfin, je marchais tranquillement, et Winter paradait comme un militaire. Au moins, la très agréable vue de ses fesses bien rondes et particulièrement musclées excusait un peu sa démarche. Il avait peut-être un balai coincé dans le cul, mais ça ne voulait pas dire que je ne pouvais pas apprécier l'harmonie visuelle dudit derrière. J'étais en train de me demander si son entraînement lui imposait plusieurs centaines de squats quotidiens quand il se retourna et me surprit en plein reluquage. Pendant une très brève seconde, je crus voir un éclair d'amusement sur son visage.

— Vous profitez de la vue ? grogna-t-il.

Je haussai les épaules ; il m'avait attrapée en flagrant délit, pas besoin de nier.

— Ouais. Grave, répondis-je.

— Et qu'est-ce vous diriez si je me permettais de vous porter la même attention ?

— Oh, je suis pour la parité.

Je fis volte-face pour qu'il puisse m'observer sous le même angle. Je ne reçus en réponse qu'un ricanement moqueur tandis qu'il repartait dans l'autre sens. Eh bah, fréquenter ce type ne devait pas faire du bien aux complexes.

Je me forçai à accélérer pour le rattraper et rester à sa hauteur. Les quelques étudiants qui flânaient sur le campus se faisaient de plus en plus rares et laissaient place à des sorciers de l'Ordre vêtus de capes rouges. À en juger par l'espace respectueux qu'ils maintenaient entre nous, et aux regards qu'ils jetaient dans sa direction, Winter était admiré et estimé par ses collègues. Je ravalai un sourire. Attendez un peu de voir avec qui il allait partager son bureau, les gars.

Personne ne me reconnut, parce que personne ne s'attendait à me voir ici. Cela faisait plusieurs années que je n'avais pas foulé les pavés de l'Ordre, mais je me souvenais de l'endroit : l'information circulerait bien assez vite. Ce n'était pas de la prétention : j'étais simplement réaliste. Rien de tel qu'une assemblée de sorciers pour faire courir des ragots.

— Adeptus ! appela une voix derrière nous, Adeptus Exemptus Winter !

Winter s'arrêta et je lui lançai un rictus.

— Vous avez toujours une petite minute pour vos fans, hein ?

Il sembla irrité, mais ne répondit pas.

— Practicus Lindman, dit-il en se tournant vers la jeune femme. Que puis-je faire pour vous ?

Je me figeai. Anthéa. Je ne l'avais pas vue et ne lui avais pas parlé depuis plus de huit ans. Elle semblait beaucoup, beaucoup plus sérieuse que la fille avec qui je gloussais en papotant de fausses cartes d'identité, de runes antiboutons et de sortilèges pour cheveux brillants. Elle n'avait même plus les cheveux roses ; ils étaient maintenant bruns et lustrés, tirés en un chignon soigné.

— Je suis désolée de vous interrompre, dit-elle sans me regarder. Vous parliez la semaine dernière de runes pour les déplacements séismiques et je voulais vous demander votre aide…

Elle lui montra une feuille de papier. Je vis immédiatement qu'elle avait mal incliné les deux premiers traits. Mais vu la rougeur de ses joues, je doutais que la question soit très importante : elle voulait juste parler à Winter.

Son visage à lui se détendit, et il lui sourit aimablement. Hm. Il avait peut-être un côté sympathique, finalement.

J'aurais parié qu'il ne lui avait pas conseillé de perdre du poids, à elle.

— C'est très simple, dit-il. Auriez-vous un stylo ?

Elle hocha la tête avec enthousiasme et lui tendit son crayon. Il le prit et dessina la première rune sur le côté, et lui montra son erreur.

— Vous voyez la différence ?

Elle inclina le visage.

— Oh, bien sûr ! Merci mille fois ! Est-ce que cela vous dérangerait de…

Elle me jeta un regard et sa voix se brisa net.

— Ivy ?

Je lui fis un petit signe de la main.

— Salut, Anthéa.

Elle déglutit et garda son regard fixé sur moi.

— Qu'est-ce que tu fais là ?

Elle lança un coup d'oeil vers Winter. La vraie question était claire : qu'est-ce que tu fais là, *avec lui* ?

— Juste un petit malentendu, fis-je légèrement. Comment tu vas ?

Elle cligna des yeux plusieurs fois de suite.

— Bien. Je vais bien. Je suis Practicus maintenant. Je ne vais pas tarder à me préparer pour le Niveau Deux.

— Super.

Le ton de ma voix sous-entendait sans difficulté mon manque d'enthousiasme. Elle comprit le message.

— Je vais y aller.

— Vous n'aviez pas une autre question ? rappela Winter.

Elle me lança un nouveau regard nerveux.

— Non, ça ira. Je vois que vous êtes occupé.

Avant qu'il ne puisse répondre, elle s'éloigna au pas de course. Je me demandais à qui elle parlerait de cette conversation en premier. Winter était curieux, lui aussi.

— Il semble que vous ayez beaucoup de choses à m'expliquer, Miss Wilde.

— Appelez-moi Ivy, Adeptus Exemptus Winter, fis-je, généreuse.

Pas question d'être aussi cérémonieuse que lui.

— Biggins aussi a reconnu votre nom, continua-t-il en ignorant mon interruption. Que s'est-il passé ?

Je fis l'effort de prendre l'air blasé.

— J'étais Néophyte ici. Et je ne le suis plus.

— Pourquoi pas ?

Je croisai son regard. Il n'avait pas l'air de vouloir connaître les détails sordides de l'affaire : il était simplement surpris. Je haussai les épaules. Il en saurait plus, très bientôt.

— J'ai été expulsée de l'Ordre.

Il me regarda sans ciller.

— Pour tricherie. Et agression sur autrui.

Winter ne bougea pas d'un muscle.

— Enfin, je crois que la raison officielle, c'était « conduite inappropriée de la part d'une membre de l'Ordre. »

Je souris et lui frappai gentiment le bras de mon poing fermé.

— Alors voilà, vous avez de la chance de m'avoir comme nouvelle partenaire, hein ? poursuivis-je.

Winter ne répondit pas. Avec un peu de chance, j'en avais dit assez pour qu'il ne me pose plus de questions sur le sujet. J'avais de l'espoir.

4

Le reste du chemin se déroula sans encombre. J'avais cru que revenir ici me rendrait un peu nostalgique, mais j'étais surprise de m'apercevoir que ça ne me dérangeait pas du tout. J'aimais ma nouvelle vie ; je n'avais pas besoin de l'Ordre pour me sentir acceptée ou épanouie.

Nous dûmes laisser tous nos appareils électroniques à la porte d'entrée pour qu'ils n'interfèrent pas avec la magie du bâtiment. Winter déposa son téléphone, sa montre, une oreillette, un objet en forme de cube bizarroïde, un Taser, un chargeur et d'autres trucs divers et variés. Je n'avais que mes clefs de voiture.

En tant qu'officiel haut placé de Niveau Deux, Winter avait accès à une bonne partie des quartiers généraux. Plus le sorcier est important, plus il s'élève dans les étages de l'établissement. Winter ne pouvait pas encore se balader dans les étages supérieurs, réservés aux membres du Troisième Niveau, mais la majorité du bâtiment nous était ouverte. Lorsque nous arrivâmes au septième étage, bien plus haut que ce que j'avais personnellement pu visiter de mon temps, je compris qu'on passait aux choses sérieuses.

— Attendez ici, ordonna Winter lorsque nous atteignîmes une robuste porte en chêne. Je vais annoncer notre venue.

Je l'imaginais parader dans la salle avec un clairon et entonner un petit riff militaire. Je ravalai un rictus et reçus en réponse un froncement de sourcils. Il entra, m'abandonnant par la même occasion dans le couloir. Au moins, il y avait peu de chance que je connaisse qui que ce soit à cet étage. Croiser Anthéa m'avait suffi.

Je profitai de ma solitude pour glisser jusqu'au sol et

m'asseoir en tailleur, la tête contre le mur. J'avais déjà fait le plein de grand air pour la journée. J'avais besoin de repos. Je commençais juste à me caler confortablement lorsque la porte s'ouvrit de nouveau et un autre chaperon rouge m'invita à entrer.

Je soupirai et me relevai pour le suivre. La pièce était particulièrement majestueuse, ce qui n'aurait pas dû me surprendre, connaissant l'Ordre. Une longue table polie comme un sou neuf trônait au centre, et plusieurs sorciers étaient assis autour. À ma grande surprise, Ipsissimus Collings, le Guide de l'Ordre, la présidait. L'affaire devait être sérieuse pour qu'il soit présent. Je n'avais croisé son chemin qu'une seule fois, le jour où il m'avait renvoyée. Son expression était toujours aussi lugubre.

Il se leva et me fit signe d'avancer. Je m'arrêtai près de Winter, qui, toujours raide comme un balai, s'était planté face à eux. Biggins nous rejoignit de l'autre côté. Ça commençait à faire un peu inquisition espagnole, tout ça.

— Miss Wilde, merci d'être venue.

Pas une once d'accusation ou de remontrance dans la voix de l'Ipsissimus. C'était un bon début.

— Je vous en prie.

L'Ipsissimus croisa ses doigts sous son menton et se pencha en avant.

— Tout d'abord, je me dois de vous demander comment vous connaissez Philosophus Harrington.

— Ève ? C'est ma voisine. Nous vivons dans le même immeuble et je m'occupe de son familier quand elle est en déplacement.

— Avez-vous recherché sa compagnie parce qu'elle fait partie de l'Ordre ?

Ouch. Il sous-entendait que je m'amusais à surveiller les allées et venues de ces boulets. Désolée, je n'étais pas assez motivée pour ça. Même si j'en avais eu l'envie, je n'aurais jamais trouvé l'énergie.

— Non, fis-je d'un ton plus sec.

L'Ipsissimus hocha la tête.
— Avez-vous pratiqué la magie depuis que vous avez quitté l'Ordre ?
— Je n'ai pas quitté l'Ordre, rappelai-je. J'ai été expulsée.
Il ne répondit pas. Je soupirai.
— Oui. J'ai utilisé mes pouvoirs de temps en temps.
Un des autres officiels prit la parole :
— Vos compétences ont-elles progressé ?
Je serrai les poings, puis, après m'en être aperçue, m'efforçai de me détendre un peu.
— Oui. Vous voulez une démonstration ?
Je pouvais le transformer en crapaud, si ça lui chantait.
— Ce ne sera pas nécessaire, reprit l'Ipsissimus.
Winter toussota.
— Elle a effectivement d'évidentes facilités et une bonne technique.
Je lui jetai un regard, surprise. Il était censé faire tout ce qu'il pouvait pour que je dégage du paysage, pas les encourager à me garder avec eux.
— Vous en avez eu la preuve ? Vous l'avez vue utiliser des runes ? Ou pratiquer la phytologie ? s'enquit une femme au visage sévère.
— Non, admit-il.
Les capuchons échangèrent un regard.
— Vous nous avez rejoints après l'expulsion de Miss Wilde, continua la femme.
— Elle a fait mention de ces accusations.
— Vraiment ? Dans ce cas, je pense que nous connaissons tous la teneur de ses compétences et de ses talents.
Un petit rire courut parmi les représentants. Je serrai les dents.
— Je suis là, vous savez.
L'Ipsissimus me jeta un sourire indulgent.
— Mes excuses. Mes excuses également pour vous avoir mise dans une telle… situation. Une petite erreur administrative nous a induits en erreur quant à la position

de Philosophus Harrington. Une erreur justifiable, même si elle est impardonnable.

De l'autre côté de la table, je remarquai un homme en capuchon rouge dont les cheveux ébouriffés et les yeux cernés suggéraient un état de stress carrément avancé. Facile de deviner qui avait fait ladite erreur.

L'Ipsissimus continua sur sa lancée.

— Nous avons étudié les spécificités du lien magique lancé par Adeptus Minor Biggins. Il y a bien une solution pour briser l'entrave.

Dieu soit loué. Je soupirai de soulagement.

— Super. Faites votre truc.

— Dans cent jours, un dénouement partiel va s'opérer, lorsque la magie commencera à s'estomper. À ce moment-là, nous pourrons nous occuper d'annuler le sortilège.

Je le regardai bien en face. J'avais bien entendu, hein ?

— Cent jours ? répétai-je. Cent jours ?

Le sourire de l'Ipsissimus était peut-être légèrement teinté de compassion, mais restait horriblement agaçant.

— Oui. Je crains que nous ne puissions rien faire d'autre.

— Bon, bah j'espère que vous n'aviez pas prévu de vacances à l'étranger, marmonnai-je à Winter.

Je levai le menton et m'adressai à l'assemblée :

— Alors c'est décidé. Adeptus Exemptus Winter et moi resterons à moins de huit kilomètres l'un de l'autre, et aucun de nous ne peut quitter Oxford. Vous me dédommagez pour ma perte de salaire et, dans cent jours, le sort est annulé.

— Et vous travaillerez avec lui.

L'Ipsissimus se tourna vers Winter.

— La solution n'est pas idéale, mais tant que Miss Wilde vous suit pendant vos missions et vous aide occasionnellement avec votre travail pour la Branche Arcane, les termes du lien seront remplis. Nous sommes évidemment conscients de la patience dont il faudra faire preuve, mais nous savons que vous saurez relever ce nouveau défi. Vous apprendrez beaucoup de choses en prenant en charge un élément aussi… complexe.

Complexe ? Je haussai les sourcils.

— Hum, excusez-moi ? Je ne vais pas travailler avec lui. Je ne veux pas avoir affaire à vous, ou votre Ordre.

Une expression de majestueuse mansuétude apparut sur le visage de l'Ipsissimus.

— Vous travaillerez avec lui, répéta-t-il.

— Non, certainement pas, rétorquai-je en croisant les bras.

— Lorsque vous avez quitté l'Ordre…

— Lorsque j'ai été renvoyée, interrompis-je.

Une petite veine saillait sur son front.

— Lorsque vous avez quitté l'Ordre, nous avons décidé qu'il serait plus prudent de ne pas prendre des mesures plus avancées contre vous, Miss Wilde. Vous avez agressé un de vos camarades Néophytes.

À mon tour de me raidir.

— Et alors ?

— Nous pouvons toujours porter plainte contre vous.

Je croisai son regard. Ce bon vieux Ipsissimus ne plaisantait pas. Je haussai les épaules.

— Allez-y. Qu'est-ce qui pourrait bien m'arriver, hein ?

— Vous pourriez être envoyée en prison pendant cinq ans.

Oh.

— Je ne pense pas que l'Ordre veuille ce genre de publicité, répondis-je calmement. Ça ne serait pas joli joli d'avoir une jeune membre de l'Ordre derrière les barreaux.

— C'était le cas il y a huit ans. Mais vous n'êtes plus une adolescente innocente.

Il consulta une feuille de papier posée devant lui.

— Vous conduisez des taxis.

— C'est une profession honorable.

— Tout à fait, dit-il en frottant son menton. Et vous

avez reçu des plaintes pour avoir refusé de conduire vos clients sur des longues distances. Vous ne faites que le minimum d'heures obligatoire. Depuis que vous avez quitté l'Ordre, vous n'avez rien accompli de notable. Vous n'êtes certainement pas un modèle pour les jeunes. Je doute que vous suscitiez beaucoup de compassion chez le grand public.

Je sentis mes lèvres se tordre en moue capricieuse.

— Ce n'est pas juste ! J'ai accompli beaucoup de choses depuis que j'ai été renvoyée.

Je me penchai légèrement en avant pour poursuivre.

— J'ai gagné cinq-cents balles à une compétition téléphonique pour *This Morning TV*. Et peu de gens peuvent se targuer de n'avoir *jamais* manqué un épisode d'*Enchantement.*

Winter bougea légèrement près de moi. Le pauvre, il devait être jaloux.

— Nous ne sommes pas ici pour plaisanter, Miss Wilde, répondit l'Ipsissimus.

Je montrai Winter du pouce, qui se raidit de façon beaucoup trop dramatique.

— Si je travaille avec lui, dis-je, je vais finir par vous causer plus de problèmes qu'autre chose. Cent jours, c'est pas si long. Donnez des vacances à ce pauvre garçon. Il a l'air d'en avoir besoin.

— Adeptus Exemptus Winter est un élément très important de la Branche Arcane et a un taux de réussite élevé. Il est hors de question de nous passer de lui pendant trois mois à cause d'un malentendu administratif.

— Si je vais en prison, vous devrez vous passer de lui quand même.

— Peut-être. Mais la satisfaction de vous voir enfermée compenserait sa perte.

Eh bah… au moins, l'Ipsissimus était honnête. Je réfléchis un moment ; peut-être que la prison ne serait pas si mal. Je n'aurais pas besoin de cuisiner. Je pourrais passer mes journées à glander dans ma cellule. Ça serait peut-être même reposant. Bon, j'en doutais un peu, mais…

— Et Ève ?

— Que voulez-vous dire ?

Je levai les yeux au ciel.

— C'est son rêve. Ce n'est pas de sa faute si elle est en mission et que j'étais chez elle. Elle sera vraiment triste que j'aie pris sa place.

— Nous lui trouverons une position à la mesure de celle qu'elle a perdue, je vous le garantis.

Ils avaient intérêt. Et il y avait forcément une autre option que la combi de prison pour échapper à ce bordel.

— Oh, pour l'amour du ciel, siffla Winter. Vous n'aurez rien à faire. Il vous suffira de me suivre, de faire quelques commentaires, et de remplir un peu de paperasse.

— Nous avons créé ce lien car vous ne faites pas preuve d'un bon esprit d'équipe, Adeptus Winter, dit l'Ipsissimus très sérieusement. Ce sera l'occasion de vous améliorer.

— Nous savons tous qu'elle n'a pas les compétences nécessaires pour être utile, néanmoins, commenta un des clowns autour de la table.

Il n'avait même pas pris la peine de parler à voix basse. Je le foudroyai du regard. Il ne baissa pas les yeux. C'est à ce moment-là que je me décidai : j'allais accepter leur petit arrangement. Quelque chose en moi brûlait de rage à l'idée qu'ils me considèrent comme une sorcière faible, inutile, incapable de contrôler ma propre magie. Ma colère était une braise incandescente plutôt qu'un incendie incontrôlable : mais c'était suffisant.

— Très bien, ripostai-je. C'est d'accord.

L'Ipsissimus hocha la tête comme s'il s'était attendu à une réponse positive depuis le début.

— Parfait. Alors je crois que tout est clair. Il est évident que nous tenterons, dans la mesure du possible, de passer cette erreur sous silence.

Il se leva. Une seconde plus tard, Winter me poussait

hors de la pièce comme si ma présence avait contaminé l'air pendant trop longtemps et devait être éjectée au plus vite. Trois pas hors de la pièce, et je regrettais déjà ma décision.

— Bon, c'était stupide.

Ces cent jours avaient un petit air de condamnation à perpétuité, d'un coup.

— Je suis heureux de vous l'entendre dire, lâcha Winter. Vous avez de la chance d'obtenir une seconde chance avec l'Ordre. Si vous faites du bon travail, ils pourraient même envisager de vous reprendre en tant que Néophyte.

Je résistai à la tentation soudaine de lui foutre mon pied dans le mollet.

— C'est pas ce que je voulais dire, Adeptus Exemptus Winter. C'était stupide d'accepter leur marché.

— Vous préféreriez aller en prison ?

Peu importe ma réponse ; il ne comprendrait pas. Il pensait sûrement que l'Ordre était la meilleure invention depuis les chaudrons en métal. Je décidai de rester silencieuse. À la place, je poussai un gros soupir, les épaules voûtées et les mains dans les poches.

— Je veux rentrer à la maison, dis-je distinctement.

Winter m'observa.

— Très bien. Je vais juste aller chercher les bases nécessaires pour que vous puissiez commencer à travailler, puis vous pourrez rentrer chez vous. Je suis sûr que vous manquez beaucoup à votre canapé.

Du sarcasme ?

— Oh, les trois prochains mois vont être extatiques, Adeptus Exemptus Winter, répondis-je.

Sa bouche se crispa.

— Vous n'avez pas besoin de m'appeler comme ça.

Je levai les mains en signe de défense.

— Oh non, vous m'avez bien dit que je devais utiliser votre titre, et c'est ce que je vais faire. Je ne voudrais pas enfreindre le protocole de l'Ordre. Peut-être que je devrais faire une petite révérence à la fin de chaque phrase, nan ? Vous en pensez quoi ?

— Ça suffit, grogna-t-il.

Parfait. Je commençais déjà à lui pourrir la vie. J'allais lui faire regretter ma présence pendant chaque minute des cent prochains jours, à lui et au reste de cet Ordre de mes deux.

***

J'attendis devant la Réserve pendant que Winter allait chercher les trucs qui me seraient soi-disant indispensables pour le suivre comme un petit chien. Un collier et une laisse, sûrement. Ou alors, si j'avais de la chance, il me ramènerait des petites friandises pour s'assurer que j'allais m'asseoir dans un coin comme une bonne fille et lui tendre la papatte quand il en aurait besoin. Bof. Il allait devoir porter ses petits accessoires, en tout cas ; je n'avais pas l'intention de l'aider.

Malheureusement, attendre dans le couloir n'était pas une bonne idée. Je ne restai pas bien longtemps toute seule à profiter de ma tranquillité provisoire. Le problème du QG de l'Ordre (et de n'importe quel bâtiment administratif, en fait), c'est que son architecture manque totalement d'imagination. De l'extérieur, on dirait une bâtisse ancienne potentiellement construite avec ingénuité, un vestige d'une ère révolue et tout le tralala, mais à l'intérieur, c'est juste une grosse boîte. Un immense quadrillage de bureaux ; cube beige après cube beige, calés sur d'autres cubes beiges. On est loin du siège de Google, quoi.

Bref, ça veut dire que les corridors sont interminables, et que, de ma position, j'avais tout le couloir en ligne de mire. Ma vision n'était pas bloquée par le photocopieur fatigué qu'on avait laissé devant un bureau, ni par une pile de cartons adossée au mur (sécurité incendie : zéro).

Alors, quand Tarquin Willingham de Buckingham Square, Londres, apparut à deux-cents mètres de moi, je n'eus pas d'autre choix que de le regarder lentement approcher. En théorie, ça me donnait le temps de préparer mon attaque ; en pratique, ça ne faisait qu'augmenter mon désarroi. Maintenant, je savais qui Anthéa était partie prévenir après m'avoir vue dans la cour. Je n'aurais même pas dû être surprise.

Tarquin portait une tenue un peu plus décontractée que celle de Winter : un costume, ouais, mais sans la veste et la cravate. Je me demandai s'il les avait retirées dans son bureau ; c'était l'équivalent d'un insolent retroussage de manches, par ici. Puis je me souvins que je n'en avais rien à battre.

— Je suis surprise de te voir ici tout seul, lâchai-je quand il arriva à ma hauteur. T'as pas peur que je te casse la figure ?

Tarquin fit claquer sa langue.

— J'ai passé ces dernières années à ne vivre que pour l'Ordre, Ivy. On sait tous les deux que je connais maintenant des choses dont tu n'oserais même pas rêver.

Bizarrement, j'en doutais.

— Tu veux quoi, Tarq ?

Il passa une main dans ses cheveux blonds. Sa coiffure était savamment négligée, comme s'il ne s'était donné qu'un coup de peigne nonchalant ; mais j'aurais parié qu'il y passait bien plus de temps que ça. Tarquin était obsédé par les apparences.

— Je suis content de te revoir, dit-il.

— Je te retournerais le compliment si j'étais une putain de menteuse, rétorquai-je.

Une étincelle passa dans ses yeux. Il abandonnait les courbettes.

— Comment tu as fait ?

— Quoi donc ? répondis-je en inspectant mes ongles.

— Qui est-ce que tu as amadoué pour revenir ici ? Quel genre de mensonges tu leur as racontés ?

— C'est toi, le menteur, pas moi. À moins que tu aies

aussi réécrit l'histoire dans ta petite tête, comme tu l'as fait avec tout le monde ?

— Si tu es là pour chercher les ennuis…

Je penchai la tête de côté, amusée.

— Oui ? Qu'est-ce que tu vas faire, Tarq ? T'as déjà grillé toutes tes options, non ?

— Écoute, siffla-t-il, je t'ai déjà dit que j'étais désolé. Je n'avais pas l'intention de me faire prendre en train de tricher, et je n'ai jamais voulu qu'ils t'accusent à ma place.

— Ouais, enfin, tu n'as pas été démentir, hein ?

— Ivy, tu connais mon père. S'il avait su…

— Oh, pauvre bébé. Ta vie doit être si difficile. Victime d'avoir été plagié par l'horrible Ivy Wilde.

Mes yeux étincelaient.

— Dis-moi, continuai-je, t'as fini par comprendre comment fonctionnait le sortilège de protection, ou est-ce que tu continues à voler le travail des autres pour camoufler ta nullité ?

— Je n'ai pas besoin de voler quoi que ce soit. Je suis très respecté ici, aujourd'hui, Ivy. J'ai beaucoup évolué depuis cette époque. Adeptus Exemptus Winter le sait. Il sait que…

— Adeptus Exemptus Winter sait quoi ?

Nous nous tournâmes tous les deux. Winter était derrière nous, une boîte dans les bras, son regard dur et interrogateur posé sur Tarquin.

Tarquin déglutit.

— Vous savez qu'Ivy est capable de repartir de zéro. Qu'elle n'est pas la même personne qu'il y a huit ans et qu'elle peut faire table rase du passé. Vous êtes très généreux de lui donner une seconde chance.

Il ne pouvait pas s'en empêcher. Il avait si peur de voir son nom terni par ses conneries qu'il continuait à mentir comme un arracheur de dents, même quand personne n'en avait rien à faire. En tout cas, *je* n'en avais rien à faire. Il m'avait rendu service, finalement. Si je n'avais pas été accusée à sa place, je n'aurais jamais fait l'expérience de la véritable liberté. J'aurais été à la botte de l'Ordre comme ils l'étaient tous.

— Hmmm, fit Winter. Adeptus Major Price vous a envoyé chercher quelque chose, peut-être ? Je ne vois pas pourquoi vous seriez venu de votre propre chef.

Soulagé qu'on lui offre une issue de secours, Tarquin hocha vigoureusement la tête.

— Tout à fait, Adeptus. Il faut que je me dépêche. Merci beaucoup. *Je* prends mes devoirs très au sérieux, comme vous le savez.

Il ne m'avait pas regardée en prononçant ces derniers mots, mais j'avais compris son attaque pseudo-subtile. Il fit une petite courbette et détala dans l'autre sens, comme la fouine qu'il était.

Winter et moi le regardâmes s'éloigner. Quand Tarquin disparut au bout du couloir, Winter me jeta un regard.

— Vous voulez me dire de quoi il s'agissait vraiment ?

— Nan.

— Hmmm, dit-il de nouveau.

Pour éviter qu'il ne pose plus de questions, je lui souris largement.

— C'est pour moi ? dis-je en montrant la boîte qu'il tenait dans les mains.

— Quoi ? Oh, oui.

Il me la tendit ; j'allais devoir porter mes affaires, au final.

— C'est tout ce dont vous aurez besoin. Familiarisez-vous avec son contenu ce soir. Nous commencerons demain, à l'aube, à la salle de sport.

— À l'aube ?

Winter hocha la tête impatiemment.

— Sport ?

Il soupira.

— C'est mon rôle de m'assurer que vous êtes capable d'accomplir ce travail. Lorsque nous ne serons pas en mission, je serai votre mentor et votre entraîneur. Et croyez-moi, j'aurais préféré m'en passer.

Je me foutais de ce qu'il préférait : c'était la perte de *mon* temps qui me restait en travers de la gorge. On m'avait promis que je n'aurais qu'à le suivre partout et commenter la situation de temps en temps. Je n'aimais pas du tout la tournure que prenaient les évènements.

— Je ne vais vous accompagner que pendant cent jours. Ça vaut pas la peine. Si j'étais Ève, les choses seraient différentes, mais je ne suis pas Ève, donc je pense vraiment…

— Arrêtez de me contredire. L'Ipsissimus a été très clair. Je ne dois pas prendre mes responsabilités à la légère, quelle que soit l'identité de mon stagiaire. Je dois prouver à l'Ordre que des liens irrévocables comme celui-ci ne sont pas nécessaires, car je serai toujours prêt à remplir mes fonctions comme convenu, quelles que soient les circonstances. Je serai à la salle demain.

Ses yeux s'assombrirent, autoritaires.

— Ne soyez pas en retard.

— Oui, Adeptus Exemptus Winter. À vos ordres, Adeptus Exemptus Winter.

Il ignora mon sarcasme.

— Vous vous comporterez comme il convient à un membre de l'Ordre de se comporter, malgré votre expulsion passée. Notre profession est sérieuse, et je n'accepterai pas de la voir discréditée par des commentaires impertinents ou une attitude irrespectueuse. J'ai travaillé dur pour arriver où je suis aujourd'hui, et je refuse de voir ma position compromise parce que vous serez avec moi, où que j'aille. Certaines personnes pensent peut-être que l'Ordre est obsolète, mais ils se trompent. Ma mission, et la mission de l'Ordre, est vitale pour le bien de notre pays. La magie ne doit pas être prise à la légère. C'est un pouvoir sérieux et solennel. Vous devrez donc vous montrer polie et civile.

Il jeta un œil à mes vêtements.

— Et vous porterez des vêtements appropriés et élégants. Si vous vous montrez respectueuse avec moi, je le serai avec vous, et nous sortirons relativement indemnes de cette collaboration.

Quel abruti pompeux. Je fis claquer mes talons et lui lançai un salut militaire.

Il ouvrit la bouche pour dire quelque chose d'autre, puis changea d'avis. À la place, il tourna les talons et disparut dans la même direction que Tarquin, sans même me dire au revoir. Je haussai les épaules.

Plutôt que de me faire prendre en train de mater ses fesses encore une fois, je baissai les yeux sur la boîte et inspectai son contenu, le cœur lourd. Ça ne promettait rien de bon.

5

Quand j'arrivai enfin chez moi, après avoir fait un tour chez Ève pour vérifier qu'Harold avait de l'eau, de la nourriture, et n'avait besoin de rien, j'avais les pieds en compote et vraiment, vraiment les boules. Je laissai tomber la boîte à babioles de Winter sur la table de la cuisine, décidai de ne même pas lui jeter un coup d'œil, puis retournai au salon. En plus, aucun plombier ne voulait passer chez moi avant lundi, à moins de payer un tarif déplacement hors de prix, et le froid n'améliorait pas mon humeur. Je m'emmitouflai dans ma couverture, me roulai sur le sofa, et reniflai.

— C'est qu'un rêve, me consolai-je. Un horrible cauchemar. Je vais me réveiller et pouvoir en rire pendant des lustres.

Je fermai les yeux et me pinçai le bras. Brutus se joignit généreusement à l'effort de guerre et me mordit à son tour. Rien à faire. J'ouvris les paupières et baissai les yeux vers lui.

— Ouais. C'était trop demander. Au moins j'aurai essayé.

Il cligna des yeux.

— Oreilles.

Je me penchai et le grattai derrière les oreilles. Un ronronnement profond vibra dans sa gorge.

— Plus.

Je continuai.

— Plus.

— Je suis ta servante, fis-je, sans une once d'ironie.

Sa queue fouetta soudainement le sol.

— Stop, connasse.

Je retirai immédiatement ma main. J'avais déjà subi

assez d'attaques psychologiques pour la journée ; je n'avais pas besoin de me prendre des griffures avec ça. Brutus sauta du canapé et disparut, apparemment agacé d'avoir été caressé une seconde de plus que ne l'exigeait son bon plaisir.

Je m'enfonçai dans le canapé et réfléchis à la situation. Il y avait forcément une issue ; peut-être que l'Ordre n'avait simplement pas considéré certaines options. Je fixai le plafond, pensive, puis sortis mon téléphone. La tonalité retentit pendant plusieurs secondes, et j'allais abandonner quand mon correspondant décrocha enfin.

— Quoi ?

— C'est pas avec un ton pareil que tu vas te faire des amis et te mettre les gens dans la poche, tu sais, répondis-je en remontant ma couverture.

— Bonsoir. Vous êtes bien au grand laboratoire de « j'en-ai-rien-à-foutre ». Comment puis-je vous aider ?

Je souris. Iqbal était ma véritable âme sœur.

— Salut, chéri.

— Je suis occupé, Ivy. Tout le monde ne peut pas se permettre de glander sans arrêt. Certains d'entre nous ont un boulot.

— J'ai un boulot.

— Rester assise toute la journée et tourner un volant vers la gauche de temps en temps, c'est pas un boulot.

Je haussai les sourcils.

— Et rester enfermé à lire, si ?

— Essaie, avant de parler, railla-t-il.

Des bouquins sur l'histoire des îles Britanniques ? Hum, sans façon.

— Ça avance, la thèse ? demandai-je.

Iqbal était déjà en doctorat lorsque nous nous étions rencontrés. Quelqu'un allait forcément finir par lui dire qu'il allait perdre son financement s'il ne se bougeait pas un peu les fesses pour écrire un truc, non ? Il s'en était toujours sorti pour l'instant. Enfin, il avait déjà fait mourir sa grand-mère sept fois. L'université était très généreuse quand il s'agissait d'accorder des congés exceptionnels.

— J'ai écrit deux-cents mots aujourd'hui, dit-il avec un brin de fierté.

— Super !

— Mais j'en ai effacé trois-cent-soixante-deux.

— Ah. C'est bien de se corriger. T'en as combien, au total ?

— Dix-huit.

— Dix-huit mille ? C'est trop bien.

Un silence.

— Non. Juste dix-huit.

Ah.

— Ça pourrait être pire.

— Ah bon ? dit-il d'un ton morose. *Impact de la Magie sur la croissance et l'expansion de l'Empire Britannique, par Iqbal L. Sharif.* C'est tout ce que j'ai. Et je compte l'initiale de mon deuxième prénom dans le nombre de mots. En plus, j'envisage de supprimer le mot « expansion ».

— Tu sais que t'es mon héros, pas vrai ?

Il ricana.

— Tu veux quoi, Ivy ? J'imagine que t'appelles pas pour t'informer de l'état stagnant de ma recherche.

Je tournicotai une boucle blonde autour de mon doigt.

— Pourquoi pas ? C'est à ça que servent les amis. Je suis là pour te soutenir.

— Allez, crache le morceau.

Bon, très bien.

— On m'a jeté un sortilège de lien assez compliqué, dis-je avant de lui donner les détails de la situation.

— Wah. L'Ordre te déteste vraiment, hein.

— En vrai, le sortilège ne me concerne pas. Si j'ai bien compris, ils l'ont rendu irrévocable parce qu'ils pensent que leur agent est du genre à laisser tomber son stagiaire à la première occasion.

— C'est qui, l'agent ? répondit-il après un bref silence.

— Adeptus Exemptus Winter.

Iqbal siffla doucement.

— Punaise, meuf.

— Tu le connais ?

— Je connais son nom. Tout le monde connaît son nom. Pas toi ?

— Je fais pas attention aux petites affaires de l'Ordre. Tu le sais, Iqbal.

— Je sais que c'est ce que tu dis. Je pensais juste…

— Quoi ? Que je dis que je m'en fous mais que je traque leurs faits et gestes ?

— Bah… ouais.

Je levai les yeux au ciel.

— Je suis pas une personne compliquée, tu sais. Je fais ce que je dis.

Les secrets, c'était une perte de temps et d'énergie. La plupart du temps. J'avais fait une grosse exception à la règle des années plus tôt.

— Mais bref, je veux savoir si…

— S'il y a une façon de briser le lien avant les cent jours obligatoires. Je peux regarder si je trouve quelque chose, mais il s'agira sûrement d'un sortilège ancien et on sait tous les deux que ce sont les plus difficiles à maîtriser. La bonne nouvelle, c'est que j'ai les bouquins adéquats avec moi.

Je souris.

— Super.

— Rappelle-toi que ce genre de sort peut être tiré des Cryptiques. Et dans ce cas…

— Je sais, coupai-je.

Les Manuscrits Cryptiques sont la Bible de l'Ordre. Leurs pages recensent la magie la plus puissante qui soit. Il s'agit majoritairement de magie primitive : des enchantements sous leur forme la plus pure. Heureusement, ce genre de pouvoir est rarement exploité ; même les membres du Niveau Deux doivent demander une autorisation officielle pour pouvoir accéder à une seule et unique page des Cryptiques. Et j'avais entendu dire qu'il y en avait des milliers. Mais je savais que l'Ordre ne s'y serait pas référé juste pour un lien magique, même s'il s'agissait de faire obéir Winter.

— S'ils ont utilisé la magie des Cryptiques, c'est mort.

— C'est clair, fit Iqbal. Bon. Et qu'est-ce que tu me donnes pour que je t'aide ?

Pfff, salaud.

— De la joie dans ton cœur.

— Bof, Ivy. J'ai besoin de plus que ça.

Je grimaçai.

— Qu'est-ce que tu veux ?

Pas d'hésitation au bout du fil.

— Karaoké.

— Espèce de monstre.

Je pouvais presque l'entendre sourire comme un imbécile.

— Au moins deux heures. Au moins trois chansons pour toi. Et l'une d'entre elles doit être un duo avec moi.

— Y a forcément une autre option. Mes économies ? Mon premier-né ? *N'importe quoi* ?

— C'est mon dernier mot.

Foutu Iqbal.

— Pas de rap.

Je suis congénitalement incapable de parler aussi vite.

— OK.

— Et pas Sonny et Cher pour le duo.

— D'accord.

Il avait l'air plutôt content de lui. Ça m'inquiétait, mais je n'avais pas le choix.

— Très bien. Trouve-moi une solution, et j'irai chanter, dis-je, la mort dans l'âme.

— Je suis déjà dessus.

J'hésitai une seconde, et puis :

— Et, avant que je te laisse… est-ce que tu sais quoi que ce soit sur Winter ?

Iqbal resta silencieux un moment. Il prit son temps pour me répondre.

— Reste sur tes gardes. Ce type veut arriver au sommet de l'Ordre et il ferait n'importe quoi pour y parvenir. C'est un gosse de militaire. Il vient d'une famille non magique. Son père est un haut gradé, et Raphaël était sensé marcher sur les traces de Papa avant que sa magie ne se manifeste. Sa famille s'attend à ce qu'il s'élève dans la hiérarchie de l'Ordre aussi vite qu'il l'aurait fait à l'armée. Il n'est pas à la tête de son propre département comme la plupart des Adeptus Exemptus, mais c'est parce qu'il sait que le chemin le plus rapide pour arriver au sommet, c'est la Branche Arcane. Il attend le bon moment. En tout cas, c'est ce qu'on entend sur lui.

Ça ne me disait rien qui vaille. L'ambition me mettait toujours très mal à l'aise.

— Merci, chéri, dis-je avant de raccrocher.

J'avais fait ce que je pouvais. Je bâillai et posai ma tête contre l'accoudoir du canapé. Un de ces jours, il faudrait que j'apprenne à Brutus à me faire des tasses de thé. Et la vaisselle après coup, tant qu'à faire.

— Brutus ! m'écriai-je. Viens ici, sale gosse, et explique-moi comment faire une sieste éclair.

Il se faufila dans la pièce et sauta sur la table basse. C'était bizarre : il m'ignorait quand je l'appelais, d'habitude.

— Problème.

Ses moustaches tremblèrent.

— Quel problème ?

— Problème.

Franchement, il me faisait plus de mal que de bien, parfois.

— Si tu ne comptes pas t'expliquer…

Il leva les yeux et fixa son regard très haut sur le mur derrière moi. Soit j'étais hantée, soit il avait vu une araignée. Brutus détestait les araignées.

— Problème.

— Tu ne vas pas lâcher l'affaire, hein ?

Je me redressai.

— Il n'y a rien sur le mur, Brutus. Même pas une toile d'araignée. Et derrière le mur, il n'y a que l'appartement d'Ève.

Je me figeai. Brutus me regardait d'un air de dire que j'étais particulièrement stupide, mais je commençais enfin à comprendre.

— C'est Harold ? demandai-je.

Merde, Ève serait bouleversée si quoi que ce soit lui arrivait alors qu'elle n'était pas à la maison. Brutus entreprit de se nettoyer le museau. Je grimaçai et bondis sur mes pieds. C'était tout ce que j'arriverais à lui arracher ; il fallait que j'aille voir par moi-même.

Je collai l'oreille contre le mur. J'entendis un bruit sourd de l'autre côté. Quelqu'un était bien dans l'appartement ; à moi de découvrir qui.

Si Ève n'avait pas été une sorcière, avec ses propres sortilèges de protection (considérés comme indispensables pour les employés de l'Ordre, même si mettre en place de telles sécurités était épuisant et complètement inutile contre les agressions non magiques), j'aurais simplement lancé une ou deux runes afin de découvrir l'identité de l'intrus. Je n'aurais même pas eu à ouvrir ma porte d'entrée. Malheureusement, je savais que ma magie ne pouvait pas briser ses sortilèges. J'allais devoir me bouger les fesses.

En jurant dans ma barbe, je rejoignis mon Cagibi de l'Oubli, baptisé ainsi parce que la petite pièce était devenue une vraie décharge pour tout ce dont je n'avais plus besoin, et ressemblait maintenant à la bouche de l'enfer, remplie de petits monticules de fringues froissées, de boîtes non identifiées, et de tout et n'importe quoi. Avec un peu de chance, le visiteur d'Ève aurait disparu avant que je trouve mon bonheur dans ce foutoir.

Sous une pile de couvertures, je pêchai ma vieille bombe lacrymogène, achetée par une amie bien intentionnée, inquiète que la profession de taxi ne soit la porte ouverte au viol et au démembrement, et pas forcément dans cet ordre. Hmm, nan. Je la jetai sur le côté et attrapai un anorak à l'odeur douteuse et une casquette de base-ball un peu écrasée. Puis, à la dernière seconde, je remarquai un vieux badge, vestige de l'époque postexpulsion de l'Ordre où j'avais bossé comme réceptionniste pour une grande compagnie pharmaceutique (ça n'avait pas duré bien longtemps). Je l'épinglai sur ma poitrine en camouflant une partie des lettres avec une écharpe. Satisfaite, je ramassai le carton le plus proche et sortis en sifflotant.

Je traversai le couloir et m'arrêtai devant la porte d'Ève. J'entendis un murmure de voix : il y avait plus d'un potentiel cambrioleur à l'intérieur. J'avais un mauvais pressentiment. En bougeant un peu la boîte sur mon bras, je levai la main et frappai à la porte.

Les voix s'éteignirent immédiatement. Je frappai de nouveau. Je ne voulais pas défoncer la porte et attaquer alors que j'étais en infériorité numérique et que les types que je m'apprêtais à assommer pouvaient être les frères clandestins d'Ève. Enfin, si mon stratagème ne fonctionnait pas, j'allais peut-être devoir en arriver là.

Heureusement, les intrus qui furetaient à l'intérieur étaient assez intelligents pour comprendre que je les avais entendus et que faire semblant d'être absents ne servirait à rien. Malheureusement pour *eux*, ils n'étaient pas aussi intelligents qu'ils le pensaient.

La porte s'ouvrit sur une femme aux cheveux bruns. Elle portait un jean et une chemise élégante, et devait avoir la trentaine ; elle m'était complètement inconnue. Je collai sur ma face une expression consacrée d'ennui impatient.

— Ève Harrington ?

— Oui ?

Menteuse. Je m'octroyai, du coup, l'autorisation silencieuse de lui faire du mal si nécessaire. Je lui lançai un sourire.

— J'ai un paquet pour vous.

Elle jeta un œil sur la boîte et tendit les bras.

— Merci.

Je gardai la boîte.

— J'ai besoin d'une signature, dis-je aimablement, avec un haussement d'épaules. C'est obligatoire. Par contre, j'ai perdu mon stylo : le gars l'a gardé à ma dernière livraison. C'est dingue, non ?

Je secouai la tête.

— J'étais déjà presque arrivée ici quand je m'en suis aperçue. Franchement, vous pouvez pas imaginer combien de stylos je perds en un mois.

Pseudo-Ève me fixait, paumée.

— C'est… terrible, lâcha-t-elle finalement.

— Ouais, acquiesçai-je. Enfin, je peux pas partir sans signature. Vous auriez un stylo à l'intérieur ?

Elle détourna le regard. J'imagine qu'elle hésitait entre son désir de refuser pour se débarrasser de moi aussi vite que possible, et sa curiosité concernant le colis d'Ève et les trucs qu'elle pourrait y trouver. Heureusement, la deuxième solution l'emporta.

— Donnez-moi une minute.

Je souris largement.

— Super.

Sans lui laisser le temps de me fermer la porte au nez, je fonçai en avant et entrai dans le vestibule. À l'intérieur, tout avait l'air normal. Discrètement, je cherchai Harold du regard ; il était hors de vue.

— Attendez-moi ici, marmonna Pseudo-Ève, clairement agacée que je me sois incrustée.

Avant qu'elle ne s'éclipse, une voix masculine l'interpella du salon.

— C'était qui ?

— C'est juste une livraison, chéri, déclara-t-elle d'une voix tendue.

Son complice apparut sous l'arche menant au salon. Il

portait aussi des vêtements décontractés, mais il avait l'air de prendre la vie bien trop au sérieux. Il n'avait sûrement que quelques années de plus que moi, mais son visage était déjà ridé ; un creux profond courait du bas de son front au sommet de son nez, et suggérait qu'il passait toutes ses journées sourcils froncés à foudroyer les gens du regard. Et ma présence ne semblait pas améliorer son humeur.

Pseudo-Ève montra la boîte que je tenais toujours.

— J'ai besoin d'un stylo pour signer.

Il grogna et se détourna.

— Je crois qu'il y en a un dans le salon. Attendez deux secondes.

Il y eut un mouvement flou et la silhouette poilue d'Harold détala hors de la pièce, ses griffes éraflant le parquet d'Ève dans la précipitation de sa fuite.

— Votre chat…, commençai-je.

— Ouais, elle fait ça tout le temps, m'interrompit la brune. Elle reviendra quand elle aura faim.

Je penchai la tête.

— Elle ? On aurait plutôt dit un mâle.

Quelque chose vacilla dans son expression.

— C'est l'habitude…. j'avais une femelle avant lui.

Son compagnon revint avec un stylo. J'étais presque sûre qu'ils n'étaient que tous les deux. Ça aurait pu être pire.

— Voilà. Qu'est-ce que vous voulez que je signe ?

— Votre mandat d'arrêt, rétorquai-je aimablement.

Il leur fallut un moment pour enregistrer ma réponse. Pseudo-Ève réagit la première et bondit vers moi, mais j'avais déjà envoyé la boîte dans sa direction, et elle tituba en arrière.

L'homme se jeta en avant, trop surpris pour penser à la magie, et m'envoya un coup de poing ; je l'avais vu venir à des kilomètres et m'écartai de sa trajectoire bien proprement, pendant que Pseudo-Ève lâchait la boîte et commençait à dessiner une rune. En reconnaissant un symbole destiné à me briser les os, je me propulsai vers l'homme et le poussai violemment sur le côté pour qu'il percute Pseudo-Ève et brise son sortilège. J'étais chanceuse : elle chancela, trébucha contre la table basse, et tomba sur le sol avec un bruit sourd. Son partenaire s'était stabilisé et repartit à l'attaque.

Je compris un peu trop tard que confronter ces deux-là était potentiellement une erreur. Harold était en sécurité, et je n'étais pas vraiment experte en kung-fu. Deux contre un, c'était pas super juste. Pseudo-Ève se relevait déjà ; lentement, certes, mais je ne donnais pas cher de ma peau lorsqu'elle aurait recouvré ses esprits. Ignorer les inquiétudes de Brutus aurait été la meilleure chose à faire. Enfin, c'était trop tard, maintenant.

L'homme m'attrapa soudain. Je me débattis et tournai sur moi-même pour que mon dos heurte le sien. Sa poigne était douloureusement puissante, et je n'avais pas la force de m'en extirper ; je levai le pied et l'écrasai sur le sien. Il poussa un cri et me délivra.

Je reculai précipitamment, haletante. Réfléchis, Ivy, m'ordonnais-je. *Réfléchis.*

Je tendis la main à l'aveugle et mes doigts se refermèrent sur un presse-papier en verre posé sur la pile bien organisée des factures d'Ève. Je le soulevai et le lançai violemment vers l'homme qui s'avançait de nouveau vers moi. L'objet le frappa à la tempe avec un craquement sinistre. Pendant une seconde, il sembla sidéré, puis il tangua vers l'avant et tomba sur le sol, la face la première. Sale con. Enfin… j'espérais que je ne l'avais pas tué.

— Espèce de petite…, siffla la Pseudo-Ève. Qui es-tu ?

Je lui aurais répondu si j'avais eu assez d'énergie pour parler. Malheureusement, j'étais si concentrée sur son visage et ses mots que je n'avais pas remarqué sa main, près de sa hanche, avec laquelle elle finissait déjà une autre rune. Cette fois, il était trop tard pour que je puisse me défendre. Heureusement, elle avait opté pour une rune moins violente. Plutôt que d'être écartelée, je me sentis projetée en arrière, et restai accrochée contre le mur du fond, les pieds à trente centimètres du sol. Je pouvais à peine cligner des yeux, et certainement pas m'échapper.

— Je vais répéter, fit Pseudo-Ève avec mouvement de tête furax. Qui es-tu ?

Mes lèvres bougèrent, mais aucun son n'en sortit. Elle me rit au nez.

— Tu ne peux pas parler, hein ?

Sa voix était pleine de mépris. Et ça m'agaçait sérieusement.

Pseudo-Ève était peut-être une sorcière douée, mais elle ne savait pas tout. Pendant qu'elle me fouillait à la recherche d'un moyen de m'identifier, elle ne remarqua pas que je pouvais encore (juste un peu) bouger mes pouces. Beaucoup de sorciers oublient qu'avoir des pouces opposables, ça ne sert pas qu'à construire des outils. Ça peut aussi être très utile en magie. On considère généralement que le dessin d'une rune requiert au moins quatre doigts et un pouce. Je souris intérieurement, plutôt fière de moi. Comme quoi, l'Ordre pouvait se tromper. Un après-midi, j'étais littéralement en train de me tourner les pouces quand j'avais découvert à quel point ils avaient tort.

Pour ne pas l'alerter, j'enchaînai des mouvements rapides et furtifs, tournicotai un de mes pouces et dessinai la forme d'un huit avec l'autre. Niveau élégance, on pouvait faire mieux, et c'était pas avec ça que j'allais gagner des compétitions de sortilèges, mais ça suffirait pour le moment. Canalisant la magie que Pseudo-Ève avait utilisée contre moi, je la lui renvoyai dans la figure. Alors que je tombais sur le sol, délivrée du champ de force invisible, elle s'envola en arrière et heurta la fenêtre, puis resta plaquée contre la vitre comme une mouche écrasée. Hah ! Prends ça, sorcière !

Je clopinai jusqu'à son complice et me baissai pour vérifier son état. Il respirait toujours. Bon, c'était déjà ça. Je passai mes mains sur son corps mais ne trouvai aucune fracture. Les lèvres pincées, je rejoignis la cuisine pour trouver de quoi attacher les deux visiteurs. Je finis par trouver une rallonge électrique dans un des tiroirs. Je luttai un peu pour relever le type et l'asseoir, puis attachai ses poignets. Pseudo-Ève me foudroyait du regard de son perchoir, mais je l'ignorais ostensiblement. Son tour viendrait bientôt. Je bâillonnai son partenaire avec un torchon et ajoutai quelques fioritures magiques au cas où il voudrait jouer les Houdini et s'extirper de ses liens. Puis je tirai sur les cordons de rideaux et me plantai devant la sorcière. Ses yeux jetaient des éclairs.

— Trois…, commençai-je en l'observant avec attention, deux… un.

Pas de changement. Ah. J'avais mal prévu mon coup. Une seconde plus tard, le sortilège s'estompa et elle s'affala sur le parquet. Je l'attrapai avant qu'elle ne puisse réagir et entortillai rapidement les cordons autour de ses poignets et de ses chevilles, puis optai pour des sortilèges plus puissants que pour son coéquipier. Je la traînai ensuite jusqu'à lui pour les caler dos à dos.

Le temps de trouver un bâillon pour Pseudo-Ève, le gars reprenait déjà conscience. Il cligna des yeux pendant plusieurs secondes, paumé. Finalement, il tourna la tête et leva le regard vers moi. J'étais près de lui, un grand sourire sur le visage. Il avait l'air encore plus surpris de ma victoire que je ne l'étais moi-même. J'observais le tandem. Ces deux-là n'étaient certainement pas des petits cambrioleurs décidés à profiter d'un appartement temporairement vide. Je m'abaissai jusqu'à ce que je sois face à face avec l'homme.

— Qui es-tu ? demandai-je doucement.

Il se tortilla dans sa rallonge électrique.

— Mmmph.

J'ignorai sa tentative de réponse.

— T'inquiète, dis-je aimablement. Je vais trouver.

Je tendis la main et attrapai son portefeuille dans la

poche de sa veste. Et voilà, direct, je tombai sur sa carte de l'Ordre.

— Matthew Connard…

— Mmmph !

— Oh, pardon. Matthew Connor. C'est une erreur facile, susurrai-je.

Je glissai mes doigts sous son menton pour le forcer à me regarder.

— Maintenant, tu vas pouvoir m'expliquer pourquoi l'Ordre a envoyé des agents fouiller l'appartement d'un de leurs membres ?

Il serra les lèvres et détourna le regard.

— Nous afons les moyens de fous faire parler, dis-je en espérant que mon air soit assez menaçant.

Malheureusement, il n'avait pas l'air très impressionné.

— Alors vas-y, rétorqua-t-il.

Je me redressai légèrement et l'observai. La ligne de mécontentement qui creusait son front se faisait plus profonde à chaque minute. Il n'avait pas peur, mais il était inquiet. Je me frottai le menton, me relevai, et rejoignis sa complice. Je la fouillai à son tour, à la recherche de son portefeuille. Elle était clairement plus intelligente que Matt le Grognon, puisqu'elle n'avait pas pris de pièce d'identité avec elle. En revanche, je trouvai dans ses poches cinq petits sachets plastiques d'herbes qu'elle avait empaquetées avec soin : romarin, gousses de bakuli, tanaisie, pois de senteur, et un autre bidule non identifié. J'ouvris le sachet et reniflai son contenu avant de reculer. Beurk. Bonjour l'odeur.

Je lui retirai son bâillon et demandai :

— Ça sert à quoi, ça ?

— J'aime beaucoup cuisiner.

— Vraiment ?

— Oui, siffla-t-elle. Vraiment.

Je jetai les sachets un peu plus loin. Quel que soit le sortilège qu'elle avait eu l'intention de lancer avec ces plantes, c'était forcément un truc louche. Je ferais des recherches plus tard. J'avais l'impression qu'ils avaient voulu faire du mal à Ève, d'une façon ou d'une autre. Et ça me foutait vraiment en rogne.

— Qui es-tu ? T'es aussi avec l'Ordre ? fis-je d'une voix impérieuse.

— Qu'est-ce que ça peut te faire ? gronda-t-elle. T'es qui, *toi*, de toute façon, merde ?

Coup pour coup, donc. Cette fille promettait d'être infernale. Déjà, elle avait l'air super vexée d'avoir été mise K.-O. par quelqu'un qui lui arrivait à l'épaule. J'optai pour une autre stratégie et scotchai un grand sourire sur ma face.

— Je suis Ivy, roucoulai-je. Enchantée de faire ta connaissance.

Elle leva les yeux au ciel.

— Laisse-nous partir. Sinon, tu vas le regretter.

Je le regrettais déjà. Dieu seul savait ce que j'allais bien pouvoir faire d'eux. Je connaissais des sorts qui les rendraient plus bavards ou qui les forceraient à dire la vérité sur leur venue, mais il me faudrait du temps pour les préparer, et je n'avais pas les bonnes plantes à disposition. Je doutais aussi qu'Ève les ait en réserve. Il n'y avait vraiment que les intellos de Niveau Trois pour garder des ingrédients pareils à portée de main, notamment parce que seuls les sorciers les plus avancés pouvaient utiliser ce genre de sorts sans risquer de transformer leurs victimes en légumes. Et il me semblait que la société civilisée voyait la lobotomie d'un mauvais œil.

Je pouvais aussi appeler la police et les laisser gérer le problème, mais ils renverraient sûrement le tandem à l'Ordre. Et tant que je ne savais pas pourquoi l'Ordre les avait envoyés chez Ève ou s'ils travaillaient seuls, je n'avais pas l'intention de faire confiance aux sorciers, que ce soit l'Ipsissimus, l'Adeptus Exemptus Winter, ou le plus jeunot des Néophytes.

Je les laissai dans le vestibule et sortis de l'appartement. Harold était à l'autre bout du couloir, ses pupilles dilatées et ses poils toujours hérissés.

— Je sais, lui dis-je d'une voix apaisante. Mais tu n'as pas à t'inquiéter. Les méchants sont attachés et ne pourront pas te faire de mal.

Il ne clignait même pas des yeux.

— Je ne sais pas qui ils sont, continuai-je. Je ne veux pas les laisser partir tant que je ne connais pas leur identité. Ève ne voudrait pas qu'ils s'échappent.

Je haussais les sourcils, insistante.

— Ils auraient pu l'attaquer.

Harold me fixait toujours.

— Ça serait génial si tu pouvais rester à l'intérieur et les garder à l'œil. Juste un jour ou deux. Pour Ève.

Son nez remua. Pendant une seconde, il sembla hésiter entre prendre ses pattes à son cou ou accepter ma requête. Heureusement, il opta pour la seconde solution et revint lentement vers moi. Il se glissa à l'intérieur, siffla vers les intrus, et s'installa sur un coussin à proximité.

J'applaudis.

— Parfait.

Avec Harold pour sentinelle, j'aurais le temps de réfléchir à ce que j'allais bien pouvoir faire d'eux. Ou alors, quelqu'un viendrait les chercher, et j'en saurais plus sur leur mission. Je souris. Déléguer était une chose si merveilleuse.

6

Un coup violent à la porte d'entrée me réveilla en sursaut. Je soulevai mes paupières lourdes et remarquai que j'étais encore sur le canapé. Un filet de bave s'étirait du coin de ma bouche au coussin près de ma tête, et ma nuque me faisait un mal de chien.

Je me redressai et me frottai les paupières. Il faisait toujours noir dehors, donc il n'y avait aucune raison tolérable pour que quelqu'un frappe chez moi ; à moins que la police ne soit venue me demander pourquoi j'avais attaché deux personnes pour les séquestrer dans l'appartement de ma voisine.

En bâillant, les yeux plissés, je tirai la couverture autour de moi puis allai déverrouiller la porte. Winter était planté là, le regard sombre. L'imbécile n'avait pas un cheveu de travers ; il était impeccable, insupportablement alerte, et prêt à repartir.

— Allez, aboya-t-il, on y va.

Je le fixai toujours, les yeux ronds.

— Qu'y a-t-il ? demanda-t-il. Vous avez perdu votre langue ?

— Mon cerveau n'arrive pas à imprimer les mots qui sortent de votre bouche, dis-je en essuyant mon visage plein de salive.

— Je parle la même langue que vous, rétorqua-t-il d'un ton glacial.

— On avait dit à l'aube. Il fait encore noir.

Il m'observait comme si j'étais dingue. Et c'était super plausible. Peut-être que j'hallucinais complètement. J'enfonçai mon index dans sa poitrine pour vérifier qu'il était vraiment là. Punaise, son corps était dur comme la pierre.

— Qu'est-ce que vous faites ?

— Je vérifie, marmonnai-je. J'espérais que vous étiez seulement le fruit de mon imagination.

— De toute évidence, ce n'est pas le cas.

— De toute évidence, l'imitai-je.

Je tournai les talons et l'abandonnai dans le couloir, puis trébuchai jusqu'à ma chambre. Je me laissai tomber sur mon lit et m'enfouis sous la couette. Il ne m'accorda qu'une seconde d'extase, évidemment.

— Debout, ordonna-t-il.

— Dégagez de là.

— Il est temps d'y aller. Je n'ai pas dit que vous rejoindrais à l'aube, j'ai dit que nous commencerions l'entraînement à l'aube. Si je vous avais laissé faire, vous seriez arrivée avec plusieurs heures de retard. Je suis venu pour m'assurer que nous soyons à la salle au lever du soleil et que nous commencions à l'heure pile.

Non seulement ce type était du matin, mais en plus il était la pédanterie incarnée. Je ne pris même pas la peine de répondre. J'avais besoin de plus de sommeil. Une seconde plus tard, j'entendis ses pas s'éloigner. Super. Les gens normaux ne se levaient pas à cette heure-ci. Il fallait que Winter comprenne que je n'allais pas me laisser faire. Je soupirai de plaisir et me roulai contre mes oreillers. Soudain, ma couverture s'envola d'un coup sec et quelque chose de très mouillé et de très froid s'écrasa sur mon visage.

— Putain de…, m'étouffai-je en me redressant.

Rebelote. Winter me jeta un nouveau jet d'eau dans la figure. Toussant et crachant, je sautai hors de lit en faisant voler des gouttes d'eau partout autour de moi.

— Qu'est-ce que vous foutez ?!

— Vous avez dix minutes, répliqua-t-il en reposant le verre vide sur ma table de nuit. Ensuite, on s'en va.

— Vous êtes chez moi ! Vous vous prenez pour qui ?

— Notre travail est très important. Nous pourrions

être envoyés en mission à tout moment, Miss Wilde. Nous nous devons d'être prêts.

Je me raidis, sérieusement saoulée.

— C'est pas *notre* travail. C'est *votre* travail. C'est moi qui vous sauve la peau en acceptant de vous aider, il va falloir que vous me montriez un peu de respect. Vous pouvez pas vous ramener chez moi et me jeter de l'eau à la figure juste parce que vous êtes un putain de bâtard sadomasochiste avec une fascination pour l'autoflagellation ! C'est de l'agression, OK ?!

Un muscle tressaillit dans sa mâchoire.

— Je pense que vous allez un peu trop loin. Je ne vous ai fait aucun mal.

— Et le traumatisme psychologique ?

— À ce train-là, c'est moi qui vais être psychologiquement traumatisé par notre relation. Qui plus est, ajouta-t-il avec un zeste de dédain, vous êtes maintenant complètement réveillée. Habillez-vous et allons-y.

J'étais à deux doigts de lui dire d'aller se faire foutre. Si mon lit n'avait pas été trempé et ma nuque complètement raide d'avoir passé la nuit sur le canap', j'aurais probablement décidé de le pourrir verbalement, mais je savais que je n'arriverais plus à me rendormir, maintenant. À la place, je comptai jusqu'à dix et croisai les bras.

— Je ne fais pas partie de l'Ordre. Je ne suis pas votre laquais. Vous savez très bien que je vous fais une faveur en acceptant de vous aider.

Son expression s'assombrit. Peut-être, peut-être qu'il commençait enfin à comprendre son erreur.

— Et vous m'auriez rejoint à la salle de sport de l'Ordre à l'aube si je n'étais pas venu ici ?

— C'est possible.

Winter manqua de me rire au nez.

— Si je n'étais pas venu, vous seriez restée au lit trois heures de plus. C'est le meilleur horaire pour se lever, vous savez. Votre corps est au summum de son énergie quotidienne. Plus tôt nous nous entraînerons, et plus vite vous progresserez.

Je levai ma main pour interrompre sa justification débile.

— Aucun de nous deux ne veut être dans cette situation, mais je fais l'effort de comprendre qu'il faut qu'on fasse de notre mieux jusqu'à ce que le sort s'estompe. Seulement, je suis pas un troufion et vous savez très bien que tout se passera mieux si on arrive à se supporter. Vous avez apparemment décidé que votre vie professionnelle va s'effondrer si vous ne me traînez pas derrière vous à toute heure du jour et de la nuit. On a pas encore commencé à travailler ensemble et je commence déjà à vous détester. Si vous voulez pas que je tire la tronche dès qu'on se retrouve en tandem, vous feriez mieux de revoir vos méthodes. Pour obtenir ma coopération et mon aide, il va falloir changer de ton. Peut-être que je serais allée à la salle de sport avant l'aube, et peut-être pas. Mais vous ne m'avez même pas laissé essayer. Vous aviez déjà décidé que j'allais échouer.

Pendant un instant, je crus qu'il allait faire apparaître un autre verre d'eau et m'arroser avec, ou me hurler dessus pour avoir osé défier son autorité. Mais il se contenta d'inspirer profondément, et baissa les yeux vers moi.

— Vous avez raison. Je suis désolé d'avoir tiré des conclusions hâtives et de vous avoir réveillée violemment. Je me suis comporté comme une personne mal éduquée et peu professionnelle.

J'en restai bouche bée. OK, mon discours m'avait semblé plutôt impressionnant compte tenu de l'heure matinale, mais enfin, je ne me serais jamais ramenée à sa salle de sport. On le savait tous les deux. J'aurais jamais cru que Winter s'excuserait.

— Eh bien, euh…, balbutiai-je. C'est réglé alors.

Il hocha la tête, une fois.

— Comme l'avez-vous su ? demanda-t-il.

— Quoi donc ?

— Que je venais du secteur militaire.

Je toussotai. Je ne voulais vraiment pas qu'il sache que j'avais fait quelques recherches sur lui.

— J'ai deviné. Vous êtes bien le genre.

Il m'observait toujours.

— Je ne me suis jamais engagé, mais mon père est officier. J'ai grandi dans l'armée et j'oublie parfois combien la vie civile est différente.

— Je comprends, soupirai-je.

— N'hésitez pas à me le dire si je dépasse les bornes.

Cette conversation se déroulait beaucoup mieux que prévu. Je lui lançai un salut un peu bâclé, la main sur la tempe.

— Affirmatif !

Les yeux de Winter brillèrent et il se pencha vers moi.

— Oh, et, Ivy ?

— Mmh ?

— Ça ne fait pas de moi une bonne poire. Notre travail est vital et je ne laisserai rien ni personne compromettre la sécurité de l'Ordre ou de ce pays. Vous vous entraînerez et vous travaillerez, et il est bien possible que vous n'appréciiez ni l'un, ni l'autre.

Je pris note de sa sincérité. Il aimait vraiment son métier, et j'avais aussi l'impression assez désagréable qu'il m'avait carrément cernée. Il avait pigé que la méthode du bâton ne fonctionnerait pas. Mais la carotte avait laquelle il voulait m'amadouer avait l'air d'être en béton armé. Même s'il avait cédé cette fois-ci, Raphaël Winter ne comptait pas se laisser faire.

— C'est compris, répondis-je.

Les cambrioleurs d'Ève me traversèrent l'esprit ; sans compter qu'Harold devait avoir faim. Il fallait que j'aille y faire un tour. Je souris à Winter.

— Donnez-moi quinze minute, et je vous rejoins en bas.

— Dix minutes.

Connard.

***

J'avais cru que le commun des mortels considérait qu'il était bien trop tôt pour sortir de chez soi, mais j'avais oublié le zèle des membres de l'Ordre. Quand Winter et moi arrivâmes, juste après l'aurore, la salle de sport était déjà à moitié pleine. Et d'après certains visages suants autour de nous, plusieurs de ces sorciers s'entraînaient depuis des heures.

— Tapis de course, aboya Winter. On va commencer par un jogging tranquille pour vous échauffer.

L'horreur s'infiltra jusque dans mes os. Dans quel monde un jogging pouvait-il être « tranquille » ? Une promenade paresseuse, peut-être, en plein soleil et avec une glace dans la main. Mais avant que je ne puisse suggérer de commencer plus lentement, il me poussa sur la machine et commença à aplatir les boutons sur le tableau de bord.

— Hé ! C'est trop rapide ! protestai-je.

— C'est à peine plus rapide qu'une marche à pied.

— Mais…

Il me foudroya du regard.

— Continuez à vous plaindre et j'accélère le rythme.

Je serrai les dents.

— Je ne vois pas pourquoi courir ferait de moi une meilleure sorcière, dis-je.

Je haletais déjà.

— Comment allez-vous rattraper un suspect si vous ne pouvez pas courir ? rétorqua Winter.

Non, mais… je n'avais pas l'intention de courir *où* que ce soit.

— Je le zappe entre les oreilles pour qu'il s'arrête.

— Un bon employé de l'Ordre ne doit jamais dépendre que de la magie, me réprimanda-t-il.

Je lui aurais bien rappelé que je n'étais pas une bonne employée de l'Ordre, mais je ne pouvais même plus parler. Je n'arrivais pas à croire que certaines personnes courraient pour l'amour du sport. Et comme Winter accélérait la cadence toutes les minutes, mon cas ne s'arrangeait pas.

Dans le miroir d'en face, je voyais mon visage devenir de plus en plus rouge. J'étais presque sûre que j'allais faire une rupture d'anévrisme d'une minute à l'autre quand il m'accorda une pause et éteignit la machine.

— Dieu merci, sifflai-je. Je peux aller prendre ma douche ?

Une étincelle d'amusement brilla dans son regard.

— Nous n'avons même pas fini l'échauffement.

— Je vous hais.

Il sourit.

— Vous avez dû venir ici quand vous étiez Néophyte, pourtant.

Tttt. J'étais un peu plus futée que ça, mon pote.

— J'étais occupée, répondis-je sèchement alors qu'il m'embarquait vers un bidule terrifiant muni de gros poids.

— À tricher ? dit-il tranquillement.

— Entre autres, grognai-je.

Je sentis les yeux froids de Winter sur mon visage et je changeai prudemment de sujet :

— C'est quoi, ça ? On dirait une machine de torture tout droit sortie du Moyen Âge.

— C'est pour développer les muscles supérieurs. Vous allez adorer.

Bizarrement, j'en doutais. Winter ajusta les poids et rectifia ma posture.

— On va commencer avec dix reps, ordonna-t-il.

Je commençai à soulever. Dix ? Si j'arrivais à deux, ça serait un miracle.

— J'ai besoin d'eau.

Il me lança un regard agacé.

— Vous n'avez pas pris de bouteille ?

— Je n'ai pas eu le temps.

Il poussa un soupir, apparemment scandalisé que j'abuse de sa gentillesse. Qu'est-ce que je devrais dire…

— Très bien. Attendez-moi ici.

— Qu'est-ce que je pourrais bien faire d'autre ?

Il me jeta un regard méfiant et je lui souris chaleureusement.

— Merci, Adeptus Exemptus Winter. Vous êtes le *meilleur*.

— N'en rajoutez-pas, gronda-t-il.

Je ravalai un ricanement. Dès qu'il eut le dos tourné, je me mis au boulot. Je me penchai en arrière en me concentrant sur les poids. J'utilisai une série de runes qui m'avait souvent servi : je détestais jeter les bagages des clients dans mon coffre et les en sortir, surtout quand leurs valises étaient lourdes. Certains s'attendaient à ce que je le fasse ; d'autres me le demandaient carrément, juste pour voir une fille galérer avec leurs affaires. Mais il y avait une solution très simple. Quand Winter revint avec un verre d'eau, j'avais fait le nécessaire.

Je pris le verre, le vidai cul sec, et fis claquer mes lèvres de contentement.

— Merci !

— De rien, murmura-t-il.

Il me regardait d'un air soupçonneux. J'allais devoir y mettre tout mon talent d'actrice.

— Dix reps ? demandai-je. Vous ne pensez pas qu'on devrait commencer avec huit ?

— Passons à douze.

— Hé !

Il haussa les épaules.

— Chaque fois que vous vous plaignez, j'en ajoute deux.

— Eh bah, ça craint, marmonnai-je.

Au moins, j'avais détourné son attention des poids.

— Prenez soin de bien respirer, me conseilla-t-il.

— Mmmh, OK, inspirai-je.

Je fis semblant d'y mettre toutes mes forces.

— Ces poids ne sont pas si lourds. Et vous n'êtes pas si faiblarde.

Il avait raison. Les poids n'étaient même pas lourds *du tout*.

— Dit le type taillé comme le jumeau de Popeye.

Il fallait que je fasse attention à ne pas avoir l'air de trop souffrir, ou il allait comprendre mon manège.

— Continuez à dire des choses comme ça, et vous n'aurez que des épinards bouillis pour le déjeuner. J'ai travaillé dur pour me muscler. Vous pouvez faire la même chose.

Ouais, ouais. Je le regardai droit dans les yeux ; mais je préférai fermer mon clapet. Avec sur le visage une expression de souffrance, je levai les poids dix fois, mâchoire serrée, en retenant ma respiration pour que mes joues restent écarlates. J'avais peut-être l'air d'y mettre toute mon énergie, mais je ne faisais que lever de l'air. Hah ! Prends ça, monsieur Je-sais-tout.

Je ne pouvais pas tricher à chaque étape. Impossible d'échapper à certaines des contorsions bizarres qu'il me forçait à faire, et parfois, il ne se détournait pas assez longtemps pour que j'aie le temps de lancer un sortilège. Mais, dans l'ensemble, la séance me réussit plutôt. Winter n'était pas débile ; s'il m'avait surveillée de près, il aurait vite pigé ce que j'étais en train de faire. Son problème, c'était l'éthique : l'idée que je puisse tricher à ma propre remise en forme ne lui avait pas traversé l'esprit.

Heureusement que notre lien magique ne survivrait que trois mois. Je crois pas que Winter serait tombé dans le panneau bien longtemps. Et puis, je ne savais toujours pas si je pouvais lui faire confiance, et vice-versa. Il était peut-être dans le même bateau que Connard et sa complice, dans l'appartement d'Ève. Ils étaient tous membres de l'Ordre, après tout.

Même si j'étais parvenue à trafiquer la plupart des exercices, je terminai la séance de sport complètement épuisée. Mon corps entier agonisait. Winter se gratta le menton et lança un œil critique à mon corps suant et débraillé.

— J'allais proposer un entraînement au combat, mais

nous en avons probablement fait suffisamment pour aujourd'hui.

— Super.

J'avais hâte de rentrer à la maison. Je me fichais que mes draps soient encore mouillés : j'aurais dormi à peu près n'importe où.

— Prenez une douche rapide, puis nous pourrons aller à la bibliothèque, dit Winter.

Je me figeai.

— Je vous demande pardon ?

— Pourquoi ? Qu'est-ce que vous avez encore fait ?

Je le foudroyai du regard.

— Vous m'avez très bien comprise. Pourquoi est-ce qu'on a besoin d'aller à la bibliothèque ?

Un éclair de sincère surprise traversa ses yeux.

— Pour étudier, bien sûr.

Après une seconde, il sembla comprendre où je voulais en venir, et ralentit son débit de parole comme s'il était en train de parler avec quelqu'un de très limité intellectuellement :

— C'est à la bibliothèque qu'on garde les livres. Les livres permettent d'acquérir des connaissances. Si vous lisez des livres, vous pouvez apprendre des choses.

Il souleva un sourcil et poursuivit :

— Vous savez lire, pas vrai ?

Je secouai la tête.

— Nan. Pas un mot. Du coup, pas la peine d'aller voir les livres.

Winter ne m'accorda même pas un sourire.

— Hmmm. Dans ce cas, il nous faudra passer plus de temps que prévu à la bibliothèque. Nous commencerons par la phonétique.

Salopard. Les coins de sa bouche tressaillirent discrètement.

— Je peux vous enseigner la chanson de l'alphabet.

— Je déteste chanter.

— Il me semble, Miss Wilde, que vous détestez tout et

tout le monde, sauf quand vous pouvez rester chez vous et ne rien faire.

Je souris largement.

— Ah, vous commencez à comprendre pourquoi cet entraînement est une perte de temps.

Il m'observait, une promesse bleu saphir dans le regard.

— Je ne m'avoue jamais vaincu, Miss Wilde. Jamais. L'Ipsissimus veut que je montre de quoi je suis capable, et c'est ce que je compte faire.

— Je vous l'ai déjà dit, je m'appelle Ivy, dis-je en posant mes mains sur mes hanches. Et l'échec, c'est très bien. Les gens qui n'échouent jamais ne sont pas conscients de leurs propres faiblesses.

Winter se pencha vers moi.

— Les gens qui échouent n'ont pas assez essayé.

J'avais l'impression de parler à un mur. J'imagine que j'aurais dû être reconnaissante : au moins, il avait un peu d'humour. Parfois. Je soupirai.

— Bon, je vais prendre ma douche.

— Quinze minutes, ordonna-t-il derrière moi. Sinon, je viens vous chercher.

C'était trop bon pour passer à côté. Je fis volte-face.

— Vous pouvez venir maintenant, si vous voulez. Je vous frotterai le dos. Vous pourrez laver mes cheveux. Et après, on pourra…

— Douche, Miss Wilde, interrompit Winter tranquillement. Dépêchez-vous.

Au temps pour moi. Ce mec n'était pas marrant du tout.

***

Comme d'habitude, Winter marchait à toute vitesse. Quand il finit par comprendre que je n'allais certainement pas courir pour rester à sa hauteur, il fit claquer sa langue et ralentit pour que je le rejoigne. Je savais que ça l'agaçait : il n'arrêtait pas d'ouvrir et de fermer les poings. Et voilà, ça, c'était amusant.

— Il y a deux méthodes principales pour utiliser la magie, expliqua-t-il d'un ton docte.

— Les runes et la phytologie, fis-je en roulant des yeux. Je suis pas complètement idiote.

— Je n'ai jamais dit le contraire. Si vous me laissiez finir…

J'effectuai une révérence grandiloquente.

— Mes excuses.

— Les runes exigent une certaine rapidité. Et, comme vous le savez sûrement, les sorciers de Niveau Un ne savent utiliser que des runes de base, et donc ne lancer que des sortilèges mineurs. Même les sorciers de Niveau Deux et Trois peinent parfois à se souvenir de toutes les runes nécessaires pour agir rapidement et efficacement en situation de crise.

— Ah, alors vous êtes un amoureux de la phytologie, hein ?

— J'utilise les deux types de magie de façon égale, répondit-il sévèrement. J'essaie simplement de vous faire comprendre, Miss Wilde, que la préparation est la clef du succès, en magie.

Il me lança un regard curieux.

— Comment êtes-vous parvenue à maléficier la faculté de parole sur votre familier ?

— Vous vous rendez compte que vous parlez comme au XIXe siècle, pas vrai ?

Winter ne détourna pas le regard. Je poussai un soupir et repoussai mes cheveux humides.

— Avec des runes.

— Et vous l'avez ensorcelé quand vous étiez une Néophyte ? Vous avez dû apprendre ce genre de formules à la bibliothèque.

— Nan, dis-je absentement, les yeux sur un groupe de sorciers qui marchait devant nous. J'ai fait ça quand j'avais quinze ou seize ans.

Winter s'arrêta.

— Pardon ?

Je compris trop tard que j'avais fait une erreur.

— Euh… les familiers vivent plus longtemps que les chats domestiques, expliquai-je innocemment, en espérant détourner son attention.

— Si vous étiez assez avancée à seize ans pour réussir un tel sortilège, alors pourquoi avez-vous triché, quelques années plus tard ?

Je haussai les épaules, mal à l'aise.

— Peut-être que j'étais trop paresseuse pour étudier.

Winter plissa les yeux.

— Je vois.

J'aurais pu lui dire la vérité ; c'était souvent la solution la plus facile, et, dans d'autres circonstances, celle pour laquelle j'aurais opté. Mais j'avais déjà essayé de me justifier trop souvent, et je savais qu'il ne me croirait jamais. Tarquin était trop habile : j'avais arrêté d'essayer de prouver mon innocence pendant des années. J'avais argumenté et hurlé et supplié ; ça n'avait jamais servi à rien, et j'avais fini par lâcher l'affaire. Plaider mon cas sans arrêt me demandait trop d'efforts et le monde n'avait aucune envie de me donner le bénéfice du doute. Les gens croyaient ce qu'ils voulaient croire. Peu importe. C'était leur problème, pas le mien.

— Ce n'était pas si difficile. Vraiment.

— Je considère que je suis un sorcier talentueux, Miss Wilde, mais je ne suis pas sûr que je parviendrais à réussir un tel exploit, même aujourd'hui.

— J'ai eu de la chance, marmonnai-je.

— La chance, ça n'existe pas.

À moi de me tourner vers lui, abasourdie. Tous les sorciers étaient superstitieux. Punaise, même moi, j'étais superstitieuse : c'est une précondition qui vient avec les pouvoirs magiques. Je n'aurais jamais pris Winter pour un sceptique.

— Les trèfles à quatre feuilles ? dis-je.

Il haussa les épaules.
— Jolies plantes.
— Les pies ?
— Ce sont des oiseaux.
— La paume gauche qui gratte ?
— Réaction allergique.
Je le fixai toujours, bouche bée.
— La moitié des croyances de l'Ordre sont basées sur des superstitions.
Winter me jeta un œil interrogateur.
— Et ?
— Je croyais que vous étiez un converti convaincu, l'adorateur en chef de l'Ipsissimus. À genoux devant sa grandeur.
— Oh, vous avez raison, murmura-t-il, moqueur. Mais je ne suis pas assez aveugle pour croire à des absurdités.
Alors là, première nouvelle. Nous reprîmes notre route. Winter était plus surprenant qu'il n'y paraissait. Nous passâmes à la hauteur du groupe de sorciers, dont le bavardage s'éteignit aussitôt, au cas où j'aurais eu des doutes sur le sujet principal de leur conversation (moi). Au milieu, Tarquin m'observait et arqua un sourcil. Je lui envoyai un baiser et continuai ma route. Aussitôt après les avoir dépassés, le murmure reprit de plus belle.
— Vous savez comment saborder tout cela ? demanda Winter.
Ses doigts frôlèrent le dos de ma main et une étrange décharge électrique vibra sous ma peau. Je bougeai mes doigts. Ils pouvaient tous cracher sur moi et raconter des bobards si ça leur faisait plaisir. Je m'en foutais. Plus ou moins.
— Comment ?
Il sourit.
— Il suffit de réussir.

7

La bibliothèque n'avait pas changé. La technologie et tout indice du savoir-faire contemporain étaient toujours bannis. De temps en temps, un intello plein d'espoir découvrait une façon révolutionnaire de scanner les vieux bouquins pour les digitaliser et, à chaque tentative, l'encre des pages originales s'effaçait pour toujours.

C'était un des arguments premiers des ennemis de la sorcellerie lorsqu'ils venaient piailler pendant leurs manifestations antimagie : l'Ordre était obsolète et n'avait pas sa place dans notre société actuelle. Je me demandais parfois s'ils n'avaient pas un peu raison.

Rien ne semblait jamais évoluer à la bibliothèque. Même l'odeur était identique : les parfums familiers de l'encre, du vélin et du cuir. Bien sûr, les bouquins les plus dangereux étaient taillés dans la chair humaine et tout ça, et on racontait même que certaines pages des Cryptiques étaient écrites avec du sang. Enfin, la grande majorité était quand même en papier. La seule chose que les bibliothécaires craignaient plus que les portables ici, c'était le feu.

Winter m'orienta vers un box de lecture qui sentait encore la beuh. Je voulais bien l'attendre pendant qu'il allait me chercher les volumes que j'aurais apparemment besoin de lire pour pouvoir le suivre sur le terrain. Je retirai mes chaussures d'un coup de talon et m'enfonçai dans mon siège. Une petite sieste, c'est toujours bon pour le moral. Malheureusement, je pouvais rêver pour rattraper mon sommeil : comme d'habitude ces jours-ci, des hurlements interrompirent mon début de somnolence. Genre, beaucoup de hurlements.

Quelques minutes plus tard, Winter déboula dans le box.

— L'entraînement est fini.
Je bondis sur mes pieds et applaudis.
— Génial ! Je suis libre alors ? Je peux rentrer à la maison ?
— Ne soyez pas ridicule. Nous avons une mission.
Par rapport à son attitude habituelle, il était positivement rayonnant.
— Oh. Super.
Winter remarqua mon manque d'enthousiasme.
— Nous pouvons retourner à la salle de sport, si vous préférez.
Il me jeta un pile de bouquins.
— Et il vous faudra quand même lire ces livres.
— Vraiment, c'est trop, raillai-je.
Je laissai les livres sur la table.
— C'est quoi, la mission ?
— Le sceptre de l'Ipsissimus qui était exposé au troisième étage a été volé, dit-il.
— Quelqu'un a piqué un gros bâton ?
Et alors ?
— Un gros bâton en or massif, incrusté de rubis et de diamants, m'informa Winter.
Oh. D'accord, alors.
— Je vous suis.
Winter se tourna.
— Prenez les livres, Ivy.
— Ils sont lourds. Je reviendrai les chercher plus tard.
— N'oubliez surtout pas.
Je mourais d'envie de lui tirer la langue, oui.
— Vous sortez parfois ?
— Sortir ?
Je secouai mes mains.
— Vous savez. Dans des bars ? Des fêtes ? Peut-être juste au cinéma ?
Il me lança un regard perplexe. Puis il reprit son chemin en m'obligeant à le suivre.

On piaillait encore à qui mieux mieux dans la bibliothèque. Peut-être que le sceptre était doué de conscience et que les bibliothécaires pensaient que hurler et pleurnicher l'encouragerait à revenir au pas de course. Un chaperon rouge en particulier nous dépassa en secouant ses bras, la cape tourbillonnante, tant et si bien que je me demandai s'il n'allait pas carrément prendre son envol. Aucun sorcier n'avait jamais réussi à voler (c'était pas faute d'essayer), mais ce type avait vraiment toutes ses chances.

Je rattrapai Winter et lui fichai un coup de coude.

— C'est quoi, le problème ? Je comprends que ce machin est sûrement très cher, mais la crise de panique, c'est un peu exagéré, non ?

Il me fixa.

— Vous n'avez vraiment rien écouté, quand vous étiez Néophyte, hm ? On ne peut pas voler les objets appartenant à l'Ordre, et spécifiquement les artefacts de valeur.

Oh, pitié.

— Et pourquoi pas ? Vous n'allez pas me dire que personne n'a jamais essayé de choper ce genre de trucs. N'importe qui pourrait venir à la bibli et prendre les objets exposés. Les non-sorciers avec des tendances criminelles ne sont pas assez intimidés par l'Ordre pour ne jamais rien tenter. Et si vous suggérez que les membres de l'Ordre sont trop nobles pour penser au crime, vous êtes un abruti et un gros naïf.

Sa mâchoire se serra.

— Vous avancez en terrain miné, Miss Wilde.

Clairement. Il avait tout juste commencé à m'appeler Ivy, et voilà qu'on partait trois pas en arrière.

— Il n'y a que la vérité qui blesse, Adeptus Exemptus Winter…

Il me fusilla du regard.

— La plupart des gens savent qu'il ne vaut mieux pas m'insulter.

Je m'arrêtai net et regardai autour de moi, l'air confus.

— Que se passe-t-il ?

— Je vérifiais juste, dis-je légèrement.

— Vérifier quoi ?

— Que je n'avais pas été catapultée à l'école primaire. Je ne vous ai pas insulté. J'ai dit que *si* vous pensiez que les sorciers de l'Ordre sont trop bien pour voler, vous seriez un imbécile. Pas que c'était le cas. Il y a une différence. En plus, j'essaie simplement de comprendre.

Winter marmonna quelque chose, puis prit une longue inspiration.

— Vous semblez décidée à me taper sur le système. Vous êtes presque supportable, et l'instant d'après j'ai envie de vous étrangler.

— Je fais cet effet-là à la plupart des gens, le rassurai-je gaiement. Allez, crachez le morceau. Je comprends toujours pas la crise de panique.

— Personne ne pense que les membres de l'Ordre sont au-dessus de tout soupçon. Après tout, certains d'entre eux sont prêts à tricher et agresser leurs collègues.

Touché.

— Et, continua-t-il, nous sommes conscients que certains éléments pourraient vouloir subtiliser les objets les plus précieux. C'est pourquoi des sortilèges de défense très puissants ont été mis en place afin de prévenir les vols.

Je haussai les épaules.

— Aucun sortilège n'est infaillible.

Certains nécessitaient plus de temps et d'efforts, mais il y avait toujours un moyen d'en venir à bout. Enfin, c'était ce que j'avais entendu dire.

Il passa une main dans ses cheveux.

— La bibliothèque est un lieu essentiel de l'Ordre. Elle rassemble de nombreux objets et livres particulièrement précieux. Je peux vous assurer, Miss Wilde, que les sortilèges de défense qui entourent ce bâtiment sont les plus puissants du pays.

— Donc… vous voulez dire que la personne qui a volé le sceptre doit être un très, très bon sorcier.

Winter hocha la tête, morose.

— Niveau Trois, ou au-delà. De fait, pour dérober le sceptre de la bibliothèque sans que quiconque ne le remarque, le coupable doit être l'un des sorciers les plus redoutables du pays.

J'enregistrai l'info.

— Très bien. Au moins, ça réduit la liste des suspects. Il faut examiner la scène du crime, trouver la solution, et ensuite on pourra faire une pause pour le goûter.

Il fronça les sourcils.

— Je vais m'occuper de l'enquête. Vous êtes une amatrice, je suis le professionnel.

Ça ne me gênait pas que Winter se tape tout le boulot, mais j'étais quand même piquée.

— Je croyais qu'on devait travailler en duo ?

— Tant que vous êtes avec moi, nous remplissons les conditions du lien magique, dit-il sèchement. Si vous faites bien attention, vous pourriez même apprendre quelque chose. Allons-y.

— À vos ordres, Adeptus Exemptus Winter.

Je croisai les doigts et espérai qu'il était bon dans son domaine. Il fallait qu'il récupère le sceptre rapidement pour que je puisse rentrer chez moi. J'avais encore des cambrioleurs sur le feu. Et *Enchantement* passait ce soir à la télé.

***

Le troisième étage était en ébullition. La plupart des personnes présentes étaient restées plantées là à regarder la vitrine vide. J'avais vu assez d'épisodes des *Experts* pour savoir que ces voyeurs-là ne feraient pas grand-chose d'autre que de contaminer la scène de crime, mais Winter m'avait bien fait comprendre que je ne servirais à rien, alors je gardais mes commentaires pour moi.

— Que font tous ces gens ici ? Il faut dégager la zone pour ne détruire aucun indice, aboya-t-il.

Ah, peut-être qu'il avait vu les mêmes épisodes que moi.

— Allons, tout le monde dehors, s'exclama un type en robe rouge, l'air nerveux.

Malheureusement, sa voix était si faible et si peu autoritaire que personne ne le remarqua. Il essaya de nouveau :

— Tout le monde descend.

Pour l'amour du ciel…

— OY ! hurlai-je.

Tous les visages se tournèrent vers moi à l'unisson, certains pâles et choqués, d'autres plus ou moins perplexes. C'était déjà mieux.

— Dégagez tous ! Et que personne ne sorte du bâtiment avant qu'un enquêteur n'ait pris votre nom ou ne vous ait interrogé, c'est clair ?

Un murmure de dissension passa dans l'assistance, mais ils m'obéirent tout de même et se dirigèrent en troupeau vers les escaliers pour rejoindre le hall et jaser sur le potentiel coupable. Le bibliothécaire me lança un hochement de tête reconnaissant alors que Winter soulevait un sourcil. Je haussai les épaules.

— Plus vite vous pourrez mener votre petite enquête, Sherlock, et plus vite on sera partis.

Il sembla sur le point de dire quelque chose, mais se ravisa et tourna le regard vers la vitrine. Je le regardai faire : il tourna autour du meuble, pinça les lèvres, et revint au pauvre bibliothécaire.

— Expliquez-moi quels sont les sortilèges en place, grommela-t-il.

La pomme d'Adam de l'employé s'agitait nerveusement.

— Eh bien, vous voyez, il y a, euh…

Winter était de toute évidence impatient ; il tapait du pied et fusillait le type du regard. Évidemment que le bibliothécaire était nerveux. On en aurait pour quinze jours, à ce rythme. J'avançai d'un pas.

— C'est quoi, votre nom ? demandai-je gentiment.

— Philippe. Philippe Maidmont.

— Vous travaillez ici ? continuai-je en ignorant le regard glacial de Winter.

— Oui. Depuis quatre ans. Je suis Practicus, mais je ne suis jamais parvenu à atteindre le statut de Philosophus.

— Ouais, ces examens sont horribles.

Il sourit légèrement.

— Oui. Oui, vraiment.

J'ignorai le regard interrogateur qu'il me lança, curieux de savoir mon propre Niveau. À la place, je lui touchai aimablement le bras.

— Philippe, est-ce que vous pouvez nous dire quels genres de sortilèges sont installés autour de la vitrine ?

Ses yeux s'élargirent.

— Oh, les sortilèges les plus puissants seulement. C'est l'Ipsissimus lui-même qui les a jetés.

— Il a fait ça quand ?

— Après la cérémonie d'intronisation des sorciers de Niveau Trois, l'année dernière.

Je calculai rapidement : les protections remontaient donc au solstice d'hiver, presque cinq mois plus tôt. L'Ordre optait toujours pour des dates favorables à la magie quand ils organisaient des cérémonies, histoire d'être encore plus prétentieux.

— Et personne n'a ouvert la vitrine depuis ?

— Non, bien sûr que non.

— Merci, Miss Wilde, interrompit Winter d'un ton sec. Il se tourna vers Maidmont.

— Quand avez-vous vu le sceptre pour la dernière fois ?

Maidmont déglutit de nouveau, le regard aussi fuyant que si Winter l'avait accusé de voler ce sceptre débile. Cette fois, quand même, il trouva le courage de répondre.

— Hier soir. J'ai fait le dernier tour autour de vingt-deux heures.

— Bordel !

Winter et Maidmont se tournèrent vers moi à l'unisson.

— Qu'y a-t-il ?

— La bibliothèque ferme à vingt-deux heures ?

Maidmont hocha la tête.

— Vous avez quelque chose à dire, Miss Wilde ? demanda Winter.

— Oh, j'ai plusieurs choses à dire, Adeptus Exemptus Winter, rétorquai-je. Qui voudrait rester à étudier à la bibliothèque jusqu'à dix heures du soir ? Ces gens-là sont pas finis, c'est pas possible.

Les yeux bleus de Winter s'emplirent d'exaspération.

— Vous avez les registres ? demanda-t-il à Maidmont.

— Oui, bien sûr, je vais les chercher. Mais il n'y avait plus personne.

Il me jeta un regard et ajouta :

— J'ai bien vérifié.

— Allez chercher les registres, ordonna Winter.

Maidmont hésita entre le salut et la révérence, comme s'il ne savait pas comment s'adresser à nous (ou à qui s'adresser, d'ailleurs), puis déguerpit.

— Vous n'aidez vraiment pas, m'informa Winter.

Je croisai les bras.

— Je vous aide beaucoup, oui. Ce pauvre homme serait toujours bloqué à la première question si je ne m'en étais pas mêlée. On n'attrape pas les mouches avec du vinaigre, vous savez. Pour faire les choses vite, il faut parfois opter pour une approche plus douce.

Un muscle vibrait dans sa joue.

— Je ne veux pas faire les choses vites, Miss Wilde. Je veux les faire *bien*. Maintenant, taisez-vous et laissez-moi faire mon travail.

Je levai les yeux au ciel. Très bien. Je m'adossai contre le mur le plus proche et décidai de lui foutre la paix. Imbécile.

Il sortit une sorte de bâtonnet de la poche intérieure de sa veste. L'objet avait la même longueur qu'une baguette chinoise, peut-être un peu plus long. Je l'observai un instant, puis étouffai un ricanement. Est-ce que c'était censé être une baguette magique ? Winter m'ignora. À l'aide de sa toute petite baguette, il sonda la vitrine. À l'instant où le bois toucha le verre, j'entendis un faible sifflement et la baguette devint verte aux extrémités. Pas besoin d'être un sorcier de Niveau Deux pour comprendre que les vestiges du sortilège étaient toujours actifs ; mais pas grand-chose, puisque le sceptre semblait simplement avoir été hissé hors de sa vitrine, sans aucun dégât. Super, la protection.

Winter fouina quelques minutes de plus, puis se tourna vers les escaliers. Ça ne me gênait pas du tout de le laisser partir, mais, alors qu'il descendait déjà les marches, il s'écria d'une voix insupportable :

— Allez, Miss Wilde ! Et on se dépêche !

Non. Je comprenais bien qu'il avait une mission à remplir et qu'il considérait la perte du sceptre comme une affaire particulièrement grave, mais je n'allais pas le laisser me parler comme ça. Me taire, je pouvais faire ; le suivre comme une esclave, c'était pas mon truc. Je me plantai bien solidement contre le mur et ne bougeai pas d'un pouce.

C'était une bonne idée, en théorie, sauf que presque immédiatement, un picotement désagréable se mit à courir sur la peau de mes bras. Je soulevai ma manche. J'avais la chair de poule, chaque poil au garde-à-vous. Et apparemment, ma peau tournait au violacé. Le picotement n'était pas seulement douloureux : il me démangeait aussi à crever. Je fixai la cage d'escalier où Winter avait disparu. Est-ce que c'était de sa faute ? Est-ce qu'il m'avait lancé un putain de sortilège ?

Je me décrochai du mur et courus à sa suite. Quand j'arrivai à sa hauteur, cependant, il se contenta de grogner :

— Pas trop tôt. Je croyais que vous vouliez qu'on en finisse aussitôt que possible.

Je plissai les yeux. Il ne semblait pas avoir de plantes sur lui, mais il aurait pu lancer une rune. Cela dit, son comportement n'avait pas changé d'un iota, et ma peau s'était déjà apaisée.

En attendant, il me houspillait toujours.

— Que se passe-t-il ? Descendre quelques marches, c'est trop pour vous, maintenant ? Vous préféreriez prendre l'ascenseur ?

Alors ce n'était pas sa faute. Ça devait être une des conséquences du lien magique. Nous n'étions pas très éloignés l'un de l'autre, mais le sortilège avait peut-être réagi à mon intention de ne pas l'aider et m'avait sanctionnée. C'était... intéressant. Plutôt que d'expliquer ce qui venait de se passer à Winter, je détournai son attention.

— Il y a un ascenseur ?

— Ne soyez pas ridicule. C'est une zone technophobe.

Il continuait sa descente. Je frottai mes bras et le suivis. Eh bah, c'était la merde. Apparemment, le lien était plus puissant encore que je ne l'avais cru. J'aurais dû être amusée que les gros bonnets de l'Ordre ne croient pas Winter capable de travailler avec quelqu'un d'autre sans filet magique. Et si quelqu'un d'autre avait subi les retombées du lien, j'aurais trouvé ça très drôle. Mais là, j'avais pas franchement envie de rire.

Winter atteignit le bas de l'escalier et s'arrêta. Il sortit sa petite baguette et tapota l'air : cette fois, le bâtonnet tourna au rouge.

— Abracadabra, marmonnai-je.

Il ne se tourna pas.

— Retournez à l'étage et prenez un livre sur une étagère, puis revenez.

Je ne bougeai pas d'un poil. Il me jeta un œil par-dessus son épaule.

— Vous ne m'avez pas entendu ?

Je clignai des yeux.

— Oh, pardon. C'est à moi que vous parlez ?

Je posai la main sur mon cœur.

— Je pensais que je n'étais là que pour vous suivre et que je ne servais à rien dans votre enquête. Je ne suis qu'une amatrice, après tout.

La bouche de Winter se crispa légèrement. J'aurais bien attendu qu'il me crache un « s'il vous plaît » à la figure, mais ma peau me picotait de nouveau.

— Très bien, sifflai-je. Un titre en particulier ?

— N'importe quel livre.

Je remontai d'un pas lourd, chopai le premier volume à ma portée, et repartis bruyamment, en prenant juste le temps de lire le titre sur le dos. *Aborder la Magie avec Compassion. Volume Deux*. Ha, ha, ha.

Je tendis le bouquin à Winter, mais il secoua la tête et montra du doigt les grandes portes de sortie, à vingt mètres de nous.

— Emportez-le dehors.

— Vous voulez m'expliquer ce qui se passe ?

Il se pinça l'arête du nez, apparemment pour endiguer une migraine.

— Miss Wilde, contentez-vous de l'emporter dehors, s'il vous plaît.

Je l'observai en silence une ou deux secondes.

— Vous regrettez que je sois pas en prison, là, maintenant, hein ?

Il ne répondit pas. Je haussai les épaules et avançai vers les portes en embarquant le livre. Une douleur brûlante me traversa.

— Aïe ! glapis-je, c'est quoi ce bordel ?

— Il faut emprunter un livre dans les règles pour pouvoir dépasser cette zone.

— Et pourquoi vous ne me l'avez pas dit ? Vous voulez me buter ou quoi ?

Le coup d'œil qu'il me jeta en disait long.

— La protection installée autour de la vitrine s'est dégradée, il aurait donc été facile de la briser. Cette protection fonctionne parfaitement.

La douleur qui courait toujours dans mes veines me le prouvait pas mal, ouais.

— Alors comment les voleurs ont-ils pu passer ?

— Je ne sais pas.

— Comment savaient-ils que la première protection s'est dégradée ?

— Je ne sais pas.

— Vous savez quoi que ce soit, ou… ?

Winter grinça des dents.

— Les enquêtes de ce type prennent du temps, Miss Wilde. Il n'y a pas de moment miracle où toutes les pièces du puzzle s'assemblent spontanément. Allez ranger le livre.

Je jetai un œil à l'escalier.

— OK, dis-je tranquillement.

Je levai une main pour esquisser une rune dans l'air, puis lâchai le livre. Il flotta vers l'étage pour reprendre sa place sur son étagère.

— Gaspillage. L'Ordre n'approuve pas les sortilèges inutiles ou paresseux.

Je posai la main sur ma bouche, théâtrale.

— Oh, quelle horreur. Si seulement je l'avais su.

Il poussa un soupir irrité.

— Allons-y. Nous avons d'autres protections à tester.

Génial.

Cette fois, au moins, Winter décida de faire le cobaye. Après avoir dépassé la première protection en marche, il attrapa un vieux bol exposé près du mur. Le cartel près du bol mentionnait que l'objet datait du XVIe siècle. Quelque chose de pervers en moi priait pour que Winter le pète sans faire exprès quand il passerait le deuxième cercle de protection. Mais il se contenta de laisser échapper un sifflement bas lorsqu'il tenta de dépasser la frontière du sortilège, le bol dans la main. Je le regardai avec attention. Ses lèvres avaient légèrement bleui.

— On devrait essayer une deuxième fois, juste pour être sûrs, suggérai-je.

Winter replaça le bol prudemment sur son piédestal. Il ne prit pas la peine de me répondre, cette fois ; à la place, il dépassa la nouvelle protection et observa les alentours pour trouver un objet à piquer. Je m'ennuyais déjà et marchai vers la porte d'entrée pour regarder les gens à l'extérieur. Ils avaient l'air heureux, les connards.

Finalement, Winter opta pour une plume à l'embout d'or.

— Ça devrait suffire, murmura-t-il.

Il la lança dans ma direction ; je n'essayai même pas de l'attraper. Je me contentai de reculer d'un pas et de la laisser tomber sur le sol. Je souris.

— Oups.

— Ramassez le stylo et essayez de passer les portes d'entrée, ordonna-t-il.

Je secouai la tête.

— Pas question.

Winter me sourit, carnassier.

— Allons, vous ne vous ferez pas mal. La dernière protection est… différente des autres.

Ça ne me rassurait pas du tout.

— C'est hors de question, mec.

J'ignorai le picotement qui courait de nouveau sur ma peau. C'était complètement ridicule. Winter pouvait sortir de la bibliothèque tout seul ; pas besoin que je souffre à sa place.

— Je vous le rappelle encore une fois, Miss Wilde, c'est moi qui commande. Vous devez m'obéir.

— Hier, vous avez dit que je n'aurais rien d'autre à faire que de vous suivre. Ça ne fait même pas une journée et vous voulez déjà me torturer.

Il haussa un sourcil.

— Je pensais que vous vouliez en finir le plus vite possible.

Il se rapprocha et attrapa la plume.

— Je vais le faire. Mais je ne suis pas pressé.

Je croisai son regard. J'avais la nette impression qu'il aurait bien passé des heures à évaluer les protections de la bibliothèque, simplement pour gagner notre petite bisbille.

Je marmonnai un juron dans ma barbe et lui arrachai la plume.

— Très bien. Mais si je me mets à convulser sur le sol, je vous le ferai regretter.

Je fis volte-face et avançai vers les portes. J'étais à dix mètres à peine lorsqu'un horrible hurlement éclata autour de moi ; c'était moins une alarme que la lamentation atroce d'une meute de harpies en pleine crise et décidées à faire exploser mes tympans. J'aplatis mes mains contre mes oreilles et continuai à avancer. Une seconde plus tard, j'entendis un grand *whoosh*, et me retrouvai entourée d'une dizaine de pics en fer sortis de nulle part. J'étais bel et bien piégée.

— Tout ça pour une putain de plume ? hurlai-je.

De l'autre côté deses barreaux de ma cellule, Winter haussa les épaules.

— La papeterie perdue constitue une importante part du budget de l'Ordre. Il est important de garder un œil sur chaque objet afin d'éviter les pertes inutiles.

Il se détourna.

— Hé !

Winter ne ralentit pas le pas. Je criai plus fort.

— Hé ! Mais faites-moi sortir !

— Je ne peux pas. Seuls les bibliothécaires peuvent vous libérer. Il va falloir attendre.

Il me jeta un œil par-dessus son épaule, un rictus aux lèvres.

— Ne vous inquiétez pas. Quand je les aurai tous interrogés, je vous en enverrai un afin qu'il vous fasse sortir. Voyez le bon côté des choses. Comme ça, nous allons chacun pouvoir profiter d'un petit moment de tranquillité.

Le salopard. Il l'avait fait exprès. Je balançai mon pied dans la herse la plus proche ; elle n'eut même pas la décence de trembler. J'aurais dû choisir la prison. Tout plutôt que ce putain de calvaire.

8

Après avoir attendu environ cent-sept ans pour que Winter vienne me sauver, j'essayai même d'user de ma propre énergie pour briser le cercle de fer ; mais la protection était bien trop puissante. Quoi que je lance, les barreaux ne tressaillaient même pas. Je n'étais pas assez arrogante pour penser que je pouvais combattre n'importe quelle magie, mais je savais que je n'étais pas sans atouts. Quiconque avait réussi à voler le sceptre était décidément très puissant.

Philippe Maidmont, qui était venu me rejoindre pour me délivrer des pics de fer, se tordait les mains en m'observant.

— L'enquête ne se déroule pas bien, me confia-t-il. Personne ne sait rien du tout.

— Je m'en fous, rétorquai-je.

Je n'étais plus d'humeur à être sympathique. Pendant une seconde, il sembla blessé et je repoussai sans ménagement une bouffée de culpabilité. Il faisait partie de ce foutu Ordre, comme l'Ipsissimus et Winter et Tarquin et tous les autres losers. Et j'avais ma dose. Je fis volte-face pour quitter la bibliothèque. Rien ne méritait autant d'efforts. Fini, la gentille Ivy.

Malheureusement, le lien magique avait un autre avis sur la question.

— Merde ! hurlai-je quand ma peau se mit à brûler de nouveau.

Pourquoi est-ce que Winter ne subissait pas ces foutus effets secondaires ? Pourquoi j'étais la seule à souffrir ?

— Où est-il ? piaillai-je. Où est Winter ?!

Les yeux écarquillés, Maidmont souleva un index

tremblant et le pointa vers la droite. Je hochai la tête. Trop, c'était trop. Je traversai la bibliothèque avec le thème musical de la Méchante Sorcière de l'Ouest dans le crâne. C'était terminé. Je me foutais des conséquences. J'ouvris la porte à la volée et entrai dans la pièce où Winter interrogeait un Néophyte pâlichon.

— Ce sera tout, disait-il. Merci d'avoir répondu à mes questions.

Je le rejoignis à grandes enjambées et inspirai profondément en préparant ma tirade rageuse. Le Néophyte remarqua mon expression et prit ses jambes à son cou sans demander son reste. Bon réflexe.

— Content de vous revoir, Miss Wilde, déclara Winter avant que je n'ouvre la bouche. Il faut que nous trouvions des gousses de bakuli, du romarin, de la tanaisie, des pois de senteur et de l'aconit.

J'eus du mal à comprendre ses mots. Lorsque j'enregistrai enfin sa dernière phrase, je me figeai.

— Répétez-moi ça, dis-je lentement.

Il comptait sur ses doigts.

— Gousses de bakuli. Romarin. Tanaisie. Pois de senteur. Aconit.

Je ne cillai pas. À l'exception de l'aconit, dont je n'avais jamais entendu parler, j'avais rencontré cette combinaison de plantes très récemment.

— Aconit ?

Il hocha la tête.

— Puant, mais très puissant.

Bingo.

— Et, fis-je avec précaution, vous utilisez ces herbes souvent ?

Winter pinça les lèvres.

— Parfois. Elles peuvent être utiles.

— Utiles pour quoi ?

— Vous vous intéressez soudain à notre enquête ?

— Répondez à ma question.

Plutôt que de se vexer face à mon impolitesse, Winter sembla curieux.

— Qu'y a-t-il ?

Je n'étais pas prête à lui répondre. Pas encore, pas maintenant qu'il était sur la liste de mes suspects pour le cambriolage d'Ève. Si c'était bien un cambriolage... Je commençais à me demander si la visite des deux guignols n'était pas plus mal intentionnée encore.

— Elles servent à quoi, ces herbes ? répétai-je.

Ses yeux bleus se firent pensifs.

— Il serait plus facile de vous montrer.

Il me regardait toujours. Il avait bien compris que quelque chose ne tournait pas rond, mais il ne pouvait pas comprendre quoi. Il devait aussi se demander pourquoi je n'étais pas en train de l'égorger pour m'avoir emprisonnée entre dix barres de fer. Mais, à cet instant précis, la coïncidence était bien plus intéressante que ma fureur.

— Super. Montrez-moi.

***

Le temps que quelqu'un nous rapporte les plantes, il faisait déjà sombre dehors. Même ma plus grosse journée de boulot en taxi ne m'avait pas obligée à rester loin de chez moi aussi longtemps. J'étouffai un bâillement. En plus, Winter semblait posséder un stock d'énergie illimité. Il vadrouillait dans la bibliothèque en aboyant des ordres à droite et à gauche en prenant des notes. Il avait réussi à interroger tout le monde, les avait laissé partir, et avait pris rendez-vous avec les personnes dont le nom apparaissait dans le registre de Maidmont. Le regarder faire me fatiguait.

Pour être honnête, j'avais du mal à croire qu'il était derrière l'attaque qui s'était déroulée chez Ève. Déjà, il était bien trop honnête et trop soucieux de l'Ordre. En plus, ça n'avait aucun sens. Mais je trouvais la coïncidence problématique et je voulais savoir à quoi servait cette foutue combinaison de plantes.

Je me sentais déjà assez coupable comme ça d'avoir pris la place qu'Ève avait désirée pendant si longtemps. Je ne voulais peut-être pas travailler avec lui, mais *elle* serait sûrement bouleversée d'avoir raté cette chance. Si je pouvais découvrir pourquoi Connard et sa complice étaient passés par son appartement, j'aurais au moins une branche d'olivier à lui offrir.

— Alors, ô maître Phytologue, Faites-moi une démonstration de votre pouvoir, lâchai-je.

Winter plissa les yeux, sans trop savoir si je me fichais de lui ou si j'étais sérieuse.

— Il est primordial, commença-il avec raideur, de prêter attention à l'ordre et aux quantités d'herbes utilisées. Différentes quantités peuvent avoir différentes conséquences.

Mince.

— Pour ce mélange, je vais prendre un cinquième de romarin pour trois cinquièmes de pois de senteur, poursuivit-il.

Je le regardai faire alors qu'il mesurait ses doses dans un petit bol en fonte. Je n'étais pas la seule à être fascinée : Maidmont et plusieurs autres bibliothécaires s'étaient rassemblés autour de nous. Si avoir une audience captivée autour de lui le mettait mal à l'aise, Winter n'en laissa rien paraître.

— Ensuite, une pincée d'aconit.

Avec l'index et le pouce, Winter ajouta un zeste de l'herbe malodorante. Je reculai légèrement en humant sa puanteur ; les autres s'approchèrent.

— Enfin, continua-t-il, un cinquième de tanaisie, et quatre gousses de bakuli.

J'attendis trois secondes. Pas de réaction.

— Eh bah, ça casse pas trois pattes à un canard.

— Chut, ordonna Winter. Vous êtes bien trop impatiente.

Il attrapa une cuillère à long manche, la plongea dans sa concoction et la souleva vers la vitrine, puis souffla doucement. Le mélange des herbes s'éparpilla sur l'encadrement de verre.

— Reculez tous.

Le groupe de bibliothécaires fit trois bonds en arrière, dégageant un large espace autour de la vitrine.

— Voilà, souffla Maidmont.

Je pivotai à mon tour. Il avait raison. Une silhouette sombre se dessinait lentement. Ses traits n'étaient pas distincts et son corps n'était qu'un fac-similé intangible. C'était clairement un homme, cependant.

— Qu'est-ce que c'est ? demandai-je, fascinée malgré moi.

— Une ombre venue du passé, murmura Winter.

— Alors c'est ce type qui a pris le sceptre ?

Tandis que je parlais, la silhouette se pencha sur la vitrine et passa des doigts dodus autour de son rebord, comme pour chercher des points d'attaque. Il se détourna, les lèvres en mouvement. Winter jura quand il disparut soudainement.

— Quoi ? Où est-il parti ? demandai-je.

Winter croisa les bras sur sa poitrine puissante et fronça les sourcils.

— Il a disparu. Il a jeté un sort pour brouiller ce genre de méthode. Et cela ne peut signifier qu'une chose : le voleur est forcément un membre de l'Ordre.

Il y avait une nouvelle dureté dans sa voix, comme s'il était personnellement blessé qu'un de ses collègues se soit abaissé à un tel crime.

— C'est tout ? fis-je en penchant la tête. On a attendu deux heures pour des herbes qui n'ont servi à rien d'autre qu'à nous apprendre que le voleur est un mec, et qu'il était seul ?

Je laissai retomber mes bras, frustrée.

— Mais quelle perte de temps. Vos herbes ne peuvent pas combattre ses runes ?

— De toute évidence, non, lâcha Winter d'une voix morose. Et ce n'est pas parce que nous n'avons pu voir qu'une personne qu'il n'y a qu'un seul coupable.

— Il y a peut-être une autre façon de...

— Miss Wilde ! Assez.

Je soupirai. Il était vraiment ébranlé, apparemment.

— OK, OK.

Je réfléchis. Si les deux cambrioleurs d'Ève étaient venus pour jeter ce sortilège-là et espionner ses faits et gestes, c'était complètement barré. L'équivalent sorcier d'une caméra cachée contre son gré.

— Qu'est-ce qui se passe si vous changez les quantités dans votre mélange ? Avec les mêmes herbes ?

— Rien du tout, répondit Winter sèchement. Nous n'en verrons pas plus.

— S'il vous plaît...

Maidmont répondit à sa place.

— Si on ajoute de l'aconit et qu'on l'utilise en dernier, on peut voir les actions futures.

Je cillai, abasourdie.

— On peut voir l'avenir ?

— Sous sa forme la plus puissante et lancé par un sorcier très doué, le sortilège ne peut montrer que les douze minutes suivantes, et la formule est peu fiable, répondit Winter. Si vous vous voyiez danser une gigue pendant six minutes, vous n'auriez qu'à décider de ne pas danser et l'action future serait annulée.

Son exemple était un peu tiré par les cheveux, mais bon, je pigeais le principe.

— Vous voulez dire que l'avenir n'est pas immuable.

— Exactement.

Je restai pensive.

— Et il y a d'autre applications ? D'autres usages ?

De nouveau, Maidmont prit la parole.

— Si on augmente le nombre de gousses de bakuli, alors le mélange peut permettre de suivre quelqu'un.

— Suivre ?

L'expression de Maidmont était enthousiaste : il aimait bien faire l'encyclopédie. Le job de bibliothécaire lui allait comme un gant.

— Il faut saupoudrer un peu du mélange sur l'individu de votre choix, et utiliser le reste pour voir où il va et où il se trouve. Un peu comme la théorie des miettes de pain, mais en bien plus avancé. Évidemment.

— Évidemment.

Winter ricana.

— Mais c'est une application stupide. N'importe quel sorcier de Niveau Deux peut lancer des sortilèges durables contre ces effets.

— Mais, Adeptus Exemptus Winter, tout le monde n'est pas un sorcier, rappelai-je.

— Les non-sorciers peuvent aussi payer l'Ordre pour s'assurer d'être protégés.

Ouais, s'ils savaient que des usages pareils existaient. Comme s'il avait lu dans mes pensées, Winter se tourna vers Maidmont avant que je ne puisse ouvrir la bouche.

— Comment savez-vous tout cela ? demanda-t-il. Ces informations demandent un très haut niveau de magie.

Le bibliothécaire haussa les épaules, mal à l'aise. Ses potes détournèrent également le regard, apparemment honteux. Maidmont avait passé ses heures de pause à lire des bouquins qui n'étaient pas autorisés aux sorciers de son Niveau, c'était clair. J'imaginais que ça faisait partie des rares avantages du métier. Il fallait bien s'amuser un peu quand on passait sa journée à pousser des chariots de livres. L'Ordre devait fermer les yeux. Après tout, connaître ces sortilèges ne voulait certainement pas dire qu'ils savaient les réaliser. Ça expliquait aussi pourquoi ils engageaient des bibliothécaires de Niveau Un ; même lorsqu'ils étaient curieux et découvraient des formules compliquées et dangereuses, ils n'avaient pas les capacités nécessaires pour les utiliser. Les seniors de l'Ordre savaient être sournois et futés quand ils en avaient envie.

Je pris note de toutes ces infos avant de revenir au sujet du jour :

— Bon, alors nous savons qui est notre suspect principal.

Ils se tournèrent tous vers moi. Je levai les yeux au ciel.

— Le sortilège de protection s'est dégradé, leur rappelai-je. C'est l'Ipsissimus qui l'a jeté. Personne d'autre n'aurait osé imaginer pouvoir voler le sceptre aussi facilement. Et peu de gens auraient eu le pouvoir de dépasser les autres protections.

Winter se figea.

— Vous êtes en train d'accuser l'Ipsissimus, le Guide honorable de l'Ordre, d'avoir volé son propre sceptre ?

Je haussai les épaules.

— C'était pas vraiment *son* sceptre, si ? Il appartient à l'Ordre. Il l'utilise simplement pour les cérémonies et il devra le transmettre au prochain Guide de l'Ordre quand il prendra ses fonctions.

— Vous êtes une idiote, asséna Winter.

Je le pointai du doigt.

— Insultez-moi si vous voulez, mais vous savez qu'il y a des chances que j'aie raison. Je vois le doute dans votre regard.

Je ne voyais rien d'autre que le bleu brillant de ses iris, évidemment, mais j'aimais bien faire comme si je pouvais lire dans ses pensées. Je jetai un regard à Maidmont.

— Est-ce que vous vous attendiez à ce que le sortilège s'estompe si vite ?

Il secoua la tête.

— Non, certainement pas.

Je souris, satisfaite.

— Et voilà. L'Ipsissimus est le suspect principal.

Winter me foudroya du regard.

— Nous n'irons pas interroger le chef de notre propre Ordre !

— Oh, dis-je innocemment. Je pensais que vous vouliez faire les choses *correctement*. Vous savez très bien que dépasser trois cercles de protections nécessite des connaissances de Niveau Trois, ou plus. Je crois bien que l'Ipsissimus fait partie du groupe, pas vous ?

Je laissai planer un silence.

— Mais si vous avez peur de lui, ou que vous êtes trop intimidé pour l'interroger…

Une étincelle brilla dans ses yeux.

— Je ne suis pas intimidé.

— D'accord. Si vous le dites.

Winter serra les dents.

— Très bien. Je vais demander un rendez-vous afin de le rencontrer dès demain matin. Mais je m'occuperai de l'interrogatoire. Vous tiendrez votre langue, Miss Wilde.

Je souris largement.

— Génial. Alors on pourra sauter la salle de sport demain matin.

Je battis des cils en espérant être vaguement séduisante.

— Maintenant, on peut rentrer à la maison ?

9

J'étais tout juste en train de déverrouiller ma porte quand mon téléphone fixe se mit à sonner. Dans l'espoir qu'Iqbal ait déjà trouvé un moyen de briser le lien magique, je puisai dans les restes de mon énergie et bondis à l'intérieur pour décrocher. Je sautai sur le combiné en ignorant le regard perplexe que Brutus me lança, surpris par ma rapidité inhabituelle.

— Allô, haletai-je. C'est Ivy.

— Ivy ! Comment vas-tu ? Est-ce que tout se passe bien ? s'enquit la voix d'Ève.

Mon cœur se serra. Qu'est-ce que j'allais bien pouvoir lui dire, hein ? Avec un peu de chance, quelqu'un l'avait déjà mise au courant et je n'aurais pas à lui annoncer que j'avais piqué le job de ses rêves.

— Tout se passe… pas trop mal, dis-je avec précaution. Et toi ?

Elle poussa un soupir.

— C'est le bazar, ici. Déjà, l'assemblée de la ville ne savait pas que je venais. En plus, ils ont des problèmes de frais de grenouilles, c'est absolument dégoûtant. Franchement, tu ne veux pas savoir le détail de la chose. C'est vraiment assez atroce.

Elle avait raison : je ne voulais pas savoir.

— T'as eu des nouvelles du siège de l'Ordre ? demandai-je avec une désinvolture forcée.

— Pas du tout.

Elle avait l'air un peu agacé.

— Sachant que je m'occupe de tout, toute seule, ils auraient pu me contacter. Les Niveaux Un comme moi ne sont pas censés s'occuper des missions de cette ampleur, sans aucune aide. Je crois que c'est un test, poursuivit-elle à voix basse. Si je m'en sors bien, peut-être qu'ils me laisseront passer l'examen et entrer au Niveau Deux. Ou peut-être que c'est un accès direct pour la Branche Arcane.

Je grimaçai.

— Mmmh.

— Bref, je ne peux pas rester au téléphone trop longtemps. Je voulais juste prendre des nouvelles d'Harold.

— Il va bien. J'allais justement le voir, là.

— Super.

Elle semblait soulagée.

— Je sais qu'il n'est pas aussi intelligent que Brutus, mais je l'aime très fort. J'espère qu'il ne se sent pas trop seul sans moi.

J'aurais pu lui dire qu'il ne risquait pas de souffrir de solitude avec la visite que lui avaient rendue mes deux otages, mais le lui apprendre par téléphone ne me semblait pas être la meilleure façon de faire. Ça, et puis le fait que j'étais une grosse lâche.

— Il faut que j'y aille, fis-je, mal à l'aise.

— Ah oui, pardon. Merci beaucoup pour tout ce que tu fais, Ivy. Je sais pas ce que je ferais sans toi.

Je grimaçai de nouveau alors qu'elle raccrochait. Je doutais qu'elle chante encore mes louanges dans quelques jours, à son retour. Voilà pourquoi je détestais garder des secrets : ils finissent toujours par se retourner contre vous. Les cachotteries et la dissimulation, c'était vraiment pas mon truc.

Brutus m'observait, les yeux plissés.

— Ennui.

J'attrapai un morceau de papier, en fis une boule, et la lançai dans sa direction. Il s'illumina immédiatement et l'attaqua vicieusement. Puis il la fit rouler sous le canapé et fit volte-face pour me foudroyer du regard, comme si c'était de ma faute.

Je haussai les épaules.

— Désolée. J'irais bien la chercher, mais il faut que j'aille voir Harold et ses nouveaux colocataires.

J'aurais mis ma main à couper qu'il avait levé les yeux au ciel. Je lui jetai un regard faussement penaud et filai dans la salle de bains pour prendre mon pyjama, une serviette et mon shampoing. Mon ballon d'eau chaude était toujours hors d'état de marche, et la seule douche que je pourrais prendre ici serait forcément glaciale. Au moins, je pouvais faire d'une pierre deux coups en allant chez Ève.

Harold avait bougé d'une extrémité du canapé à l'autre. Quand j'entrai, il ne tressaillit même pas. Je remarquai avec satisfaction qu'il gardait un œil légèrement ouvert sur la paire de sorciers avachis contre le mur.

— Bonjour tout le monde, m'exclamai-je joyeusement. Comment ça va ?

Personne ne répondit. Après avoir laissé tomber mes affaires sur une chaise, je décidai de m'occuper d'Harold. D'abord des câlins, puis je m'assurai qu'il avait assez d'eau et de nourriture. S'il n'aimait pas passer la journée enfermé à baby-sitter des criminels, il ne le montrait pas : je récoltai de gentils coups de tête dans les mollets et d'un profond ronronnement de bien-être.

— Pourquoi est-ce que Brutus n'est pas aussi adorable que toi ? demandai-je en lui grattouillant le menton.

Il ronronna plus fort. Il savait qui allait le nourrir pendant les prochains jours, le petit malin. Bon, maintenant que le familier d'Ève était content, je pouvais m'attaquer à Connard. Je retirai son bâillon et lui proposai de l'eau. Il me foudroya du regard avec la férocité d'un ours captif, mais accepta quand même le verre et avala plusieurs grosses gorgées. Après ça, j'agitai sous son nez un des hamburgers que j'avais achetés sur le chemin du retour. J'avais demandé à Winter de s'arrêter au fast-food avant de me déposer chez moi. Il n'avait pas fait de commentaire sur ma commande pour trois personnes, mais son expression m'avait suffi. Rien à battre.

— Tu veux ça, aussi ?

Connard hocha la tête à contrecœur. J'allais pas non plus lui donner la becquée, alors je décrochai sa rallonge électrique pour qu'il puisse manger tout seul. Je gardai un œil sur lui, proche, prête à réagir en cas de mouvement brusque. Sa complice gigotait sans arrêt ; j'entendais son estomac gronder. Dommage. Elle pouvait attendre.

Après son repas, je rattachai Connard et lui tapotai la joue.

— Eh bah voilà, on se sent pas mieux maintenant ?

Il fronça les sourcils.

— Vous ne pouvez pas nous garder ici pour toujours.

— Dis-moi ce que vous êtes venus faire ici, et je vous relâche.

Il détourna le regard. Je replaçai son bâillon et me tournai vers la femme.

— Comment tu t'appelles ?

Pas de réponse.

— Dis-moi ton nom, et je te donnerai de la nourriture et de l'eau.

J'agitai le hamburger devant ses yeux pour que l'odeur lui mette l'eau à la bouche.

— Mmmh, ça sent bon, hein ?

Elle ne lâchait pas le hamburger des yeux. Ouais, elle avait l'air d'avoir un petit creux. Je le déballai et mordis dedans à belles dents.

— Miam.

Un éclair de résignation passa sur son visage. Je souris, attrapai le dernier hamburger, et haussai un sourcil.

— Alice, lâcha-t-elle. Je m'appelle Alice.

Connard s'affaissa derrière elle. Je ne savais pas pourquoi il était contrarié : c'est lui qui avait été assez con pour venir jusqu'ici avec ses papiers d'identité dans la poche.

— Alice quoi ?

— Fairclough.

— Tu fais partie de l'Ordre.

Elle hocha la tête, méfiante. Vu le genre de magie qu'elle avait utilisé contre moi pendant notre tête-à-tête, je devinai :

— Adeptus Minor ? Tu m'as l'air d'une Niveau Deux.

— Ouais.

Je montrai ses petits sachets remplis de plantes. Harold s'installa de bonne grâce près de la pile, sa queue balayant le sol. Il avait l'air de penser qu'il était temps de passer aux choses sérieuses.

— Et elles, elles servent à quoi ?

— Donne-moi juste la nourriture, rétorqua Alice. Je t'ai dit mon nom.

Pas faux. Qu'on ne dise pas qu'Ivy Wilde ne tenait pas ses promesses. Je défis ses liens, et elle se jeta sur le hamburger, et le dévora en deux deux. Je l'observais, fascinée. Je ne crois pas qu'elle avait pris le temps de mâcher.

Alice était à sa dernière bouchée quand elle passa à l'attaque. Elle bougea légèrement vers la droite et laissa tomber sa main derrière son genou, juste hors de vue. Avant qu'elle ne puisse finir la rune, j'attrapai son poignet et le relevai de force. Elle se tortilla.

— Non mais là, t'es juste impolie, dis-je en la rattachant. Mais au moins, t'es plus intéressante que ton partenaire.

Je m'assis en tailleur devant elle.

— Est-ce que vous êtes venus pour voir l'avenir d'Ève ?

Elle me regarda comme si j'étais dingue.

— Non, murmurai-je, c'est bien ce que je pensais. Douze minutes de son futur ne vous auraient pas servi à grand-chose.

J'essuyai un peu de ketchup au coin de ma bouche.

— Peut-être que vous vouliez voir ses actions passées…

Ça ne devait pas être bien intéressant. Ève était un bourreau de travail. S'ils voulaient l'espionner, ils la verraient étudier, faire du sport, pratiquer ses sorts, et peut-être, *peut-être*, dormir de temps en temps. Je souris en imaginant ce que donnerait la mission espionnage si elle se déroulait chez moi ; on me verrait me traîner jusqu'au frigo, allumer la bouilloire et m'avachir sur le canapé.

Le visage d'Alice Fairclough restait soigneusement inexpressif.

— Alors vous vouliez la suivre.

Plutôt facile, en soi. Alice et Connard savaient qu'Ève ne serait pas chez elle et ils avaient dû prévoir de saupoudrer le mélange d'herbes sur les surfaces adéquates afin qu'Ève les effleure et que le sort s'accroche à sa peau au passage. Ève était une sorcière de Niveau Un et n'aurait même pas songé à monter des protections contre ce genre d'attaques. Je penchai la tête de côté.

— Je me demande juste pourquoi.

Alice plissa les lèvres. Elle n'allait clairement pas lâcher quoi que ce soit. C'était son choix. Je savais que je me rapprochais de la vérité. Et c'était pas plus mal, parce qu'entre eux deux et Winter, j'étais bien occupée. Un ou deux jours de plus et j'arriverais à obtenir l'information dont j'avais besoin. Je replaçai son bâillon et souris. Si je me sentais d'humeur généreuse, je les laisserais peut-être bientôt aller aux toilettes. J'avais vraiment le cœur sur la main.

— Bon allez, restez ici. Je vais prendre une douche et je voudrais pas qu'on me mate toute nue.

Alice me fusilla du regard. Je hochai la tête lentement.

— Oh, c'est vrai. Vous ne pouvez pas bouger !

Je lui lançai un grand sourire. Comme le monde est cruel.

***

Le lendemain, tous les réveils que j'avais activés sonnèrent à la même seconde. C'était la seule façon de m'assurer que je ne me rendormirais pas aussi sec. Mon effort matinal n'avait rien à voir avec l'extase imminente de voir Winter interroger l'Ipsissimus ; j'avais juste l'intention de lui instiller un faux sentiment de sécurité. Si je pouvais lui faire croire que je n'étais pas aussi feignante qu'il le pensait, il m'accorderait sûrement plus de liberté (je veux dire, plus de tranquillité) à l'avenir.

Je trébuchai dans ma chambre, le regard trouble. Le soleil se levait à une certaine heure et pour une bonne raison. C'était pas humain de ramper hors du lit quand il faisait encore nuit. Je marmonnai des insultes en essayant de me préparer. Mes membres étaient déjà raides et douloureux et, plus je bougeais mon corps, plus ils me faisaient mal.

Winter m'avait dit de m'habiller convenablement pour notre rendez-vous avec le Guide de l'Ordre. Mais les seuls vêtements propres que je trouvai dans mon armoire étaient si froissés qu'un fer à repasser industriel n'aurait sûrement pas pu les rendre présentables. Je secouai le t-shirt de la veille et fronçai le nez. Il ne puait pas *tant* que ça. Mon regard tomba sur la boîte que Winter m'avait donnée. Attendez une seconde… ça pouvait marcher.

Je fouillai dans le carton et sortis la robe rouge proprement pliée au fond de la boîte. Bien sûr que je détestais m'habiller comme les nunuches de l'Ordre, mais Winter serait satisfait de mon choix et je n'aurais même pas besoin de trouver des fringues appropriées. Je pouvais passer la cape sur mon pyjama et personne n'en saurait rien. Je souris. J'aurais parié que les autres sorciers faisaient ça tout le temps.

J'aplatis mes cheveux autant que faire se peut, puis je plantai un gros bisou sur la tête de Brutus, crachai les poils qui me restaient sur la bouche, et partis pour l'appartement d'Ève. Je passai voir ses habitants, félins comme humains, et leur donnai assez à boire pour la journée. J'avais hâte de ne plus les avoir dans les pattes, pour être honnête. Avec un peu de chance, Connard et Fairclough finiraient par me dire la vérité. Ils me prenaient bien trop de temps, pour l'instant.

Après m'être assurée que tout était en ordre, je descendis dans le hall de l'immeuble. Winter avait encore insisté pour venir me chercher. Ça m'allait bien ; comme ça, je pouvais faire une sieste pendant le trajet et rattraper un peu de mon sommeil volé.

J'arrivai au coin de la rue vingt secondes avant qu'il n'arrive. Il passa sa tête par la fenêtre, le regard surpris.

— Vous êtes là.

Je n'avais pas de montre, mais je fis mine de regarder l'heure à mon poignet, majestueusement méprisante.

— J'attends depuis au moins quinze minutes.

Il fronça les sourcils.

— Je suis pile à l'heure. J'avais dit six heures. Il est six heures.

— Je ne voulais pas vous manquer, dis-je en grimpant sur le siège passager. J'ai compris la leçon hier matin. Vous étiez si grognon.

— Je n'étais pas grognon, grogna-t-il.

— Bien sûr que si. Jeter de l'eau dans la figure d'une femme endormie et innocente, c'est pas le comportement d'un mec joyeux.

Les coins de sa bouche tressaillirent.

— « Innocente » est le dernier mot que j'emploierais, vous concernant.

Il appuya sur la pédale et fit demi-tour.

— Si l'opposé d'innocent, c'est expérimentée et sage, alors je prends, commentai-je.

— Oui, vous semblez effectivement très expérimentée en matière de sieste.

— Oh, ronronnai-je, quand il s'agit de sport en chambre, j'ai énormément d'expérience. J'irais même jusqu'à dire que je suis extrêmement talentueuse.

Malheureusement, Winter n'était pas facilement embarrassé.

— Vraiment ? murmura-t-il tranquillement.

Un soupçon de scepticisme moqueur teintait ses mots. J'avais bien envie de lui dire que je pouvais lui faire une démonstration s'il avait des doutes, mais bizarrement, ça ne me semblait pas être une bonne idée. Avec qui que ce soit d'autre, j'aurais continué le badinage, hein, mais Winter me mettait vaguement mal à l'aise. Dieu sait pourquoi.

— Mettez votre ceinture, ordonna-t-il.

Je souris légèrement, soulagée de changer de sujet.

— Vous vous inquiétez pour ma sécurité ?

— Si vous finissez écrasée contre le pare-brise, la paperasse à remplir sera infernale. Sans parler du nettoyage.

— Vous voyez ? fis-je, satisfaite. Vous n'aimez pas non plus les heures sup.

Il leva les yeux au ciel. Je m'attachai en arborant un grand sourire. Parfois, Winter était presque humain.

***

— L'Ipsissimus a accepté de venir tôt pour répondre à nos questions ; il faut nous montrer reconnaissants, m'informa Winter.

Vraiment ? J'étais sur le point de poser la question, mais Winter leva une main pour m'interrompre.

— Je suis content que vous ayez revêtu l'uniforme de l'Ordre. Il sera heureux de voir que vous êtes prête à faire des efforts et à vous comporter comme un véritable membre de l'Ordre pendant les cent prochains jours.

Je plissai les lèvres.

— Mais, comme je l'ai dit hier, il faut absolument que vous me laissiez mener cet interrogatoire. La situation est délicate. Prudence et diplomatie seront indispensables, continua-t-il.

Je n'avais pas remarqué qu'il était diplomate ou prudent, mais… d'accord. Je ravalai un sourire amusé. Peu m'importait : il pouvait s'inquiéter pour le sceptre débile et l'Ipsissimus, et je passerais le temps en réfléchissant à mon prochain plan d'attaque avec Connard et Alice. Ou mieux, en rêvassant.

— Adeptus Exemptus Winter, commençai-je.

— Vous n'avez pas besoin de m'appeler comme ça.

— Adeptus Exemptus Raphaël Winter, corrigeai-je, connaissez-vous tous les employés de l'Ordre ?

— Bien sûr que non. Nous sommes des milliers.

J'arquai un sourcil.

— J'avais cru comprendre que vous étiez du genre informé.

J'étais sincère : il avait l'air assez consciencieux (et assez dingue) pour étudier les dossiers, les noms, les photos et les caractéristiques de tous les membres de l'Ordre. Il exsudait la vigilance totale, quoi. Il poussa un soupir.

— Qui cherchez-vous ? Est-ce que vous voulez en savoir plus sur Philosophus Villeneuve ? fit-il en plissant les yeux.

Il parlait de Tarquin. Je secouai la tête.

— Non. Vous connaissez Alice Fairclough ?

— Adeptus Minor de Niveau Deux, répondit-il instantanément.

Ah ! Je savais qu'il en aurait entendu parler.

— Et vous en savez un peu sur elle ?

— Je connais son nom, Miss Wilde. Je ne connais pas sa pointure ou l'étendue de ses pouvoirs. Elle est au Niveau Deux, donc j'en déduis que ses capacités sont suffisantes.

Bon, Winter ne vivait donc que pour la hiérarchie de l'Ordre. Il ne niait pas qu'il en savait un peu sur elle ; s'il avait eu quelque chose à voir avec petites combines, il aurait sûrement fait semblant de ne pas la connaître.

— Elle a un partenaire ? demandai-je. Ou un mentor ?

— Adeptus Exemptus Diall.

Hmm. Quelque chose dans son ton sous-entendait qu'il ne portait pas Diall dans son cœur. Intéressant.

— Et Matthew Connor ? Vous le connaissez, lui ?

Winter se tourna vers moi.

— Où est-ce que vous voulez en venir ?

— Je suis juste curieuse.

— Non, répondit-il. Je ne le connais pas.

Sûrement parce que Connard était au Niveau Un et que,

par conséquent, il ne méritait pas son attention. Je hochai aimablement la tête.

— Merci.

Une expression choquée passa sur son visage.

— Qu'est-ce qui se passe ? demandai-je.

— Vous m'avez remercié. Vous savez être polie, alors.

Il secoua la tête, mélodramatique.

— Je n'aurais jamais cru une telle chose possible, remarqua-t-il.

Je ravalai un rictus.

— Hé, si vous voulez que je sois polie, je peux être polie.

Conciliante, j'effectuai une profonde révérence à l'instant où la porte s'ouvrait sur un sorcier à l'air fatigué.

— L'Ipsissimus vous attend.

Winter se décrocha du mur contre lequel il était adossé.

— Parfait.

Il passa la porte et lança par-dessus son épaule :

— Allons-y, Miss Wilde.

Je toussotai.

— J'ai besoin d'un peu d'aide.

J'étais toujours coincée dans ma révérence. J'avais surestimé mes capacités en me baissant presque jusqu'au sol sans tomber en avant, et je ne pouvais plus me redresser. Tout ça, c'était à cause de la séance de sport ; mes muscles étaient encore à l'agonie.

Winter semblait lutter pour ne pas éclater de rire. L'autre sorcier me tendit la main ; je l'attrapai avec reconnaissance.

— Note à moi-même, effectuer moins d'actes d'obéissance, marmonnai-je.

— Voilà pourquoi il faut vous remettre en forme, lâcha Winter avec un rictus.

Il continua son chemin. Je fusillai son dos du regard. Ouais, il avait peut-être raison ; mais ça ne voulait pas dire que j'allais apprécier l'expérience.

***

Cette fois-ci, l'Ipsissimus ne nous reçut pas dans la grande salle de réunion, mais dans son bureau. Winter avait dû suggérer que l'entretien se déroule en privé, histoire qu'il n'accuse pas l'Ipsissimus d'avoir volé un objet appartenant à son propre Ordre en présence de tous ses sous-fifres. Il était assis derrière un bureau majestueux, une tasse de porcelaine délicate devant lui. Une haute pile de paperasse branlait près de son coude. Bizarrement, son job n'avait pas l'air très marrant.

Winter et moi prîmes nos places devant la table. J'ouvris la bouche pour parler mais Winter m'envoya un coup de coude dans les côtes et un regard noir. Je mimai une fermeture sur mes lèvres et fermai mon clapet. Ouais, ouais. Winter pouvait faire la conversation, puisque ça lui tenait tant à cœur.

L'Ipsissimus retira ses lunettes en demi-lune et nous observa.

— Alors, dit-il. Que puis-je faire pour vous ?

— Tout d'abord, merci beaucoup d'avoir accepté de nous accueillir si tôt.

L'Ipsissimus montra la pile de papiers sur son bureau.

— Je vous en prie. Il vaut mieux que j'arrive tôt si je veux pouvoir m'occuper de tout cela.

Il souriait aimablement, mais une interrogation sérieuse flottait dans ses yeux.

— Avez-vous avancé dans votre enquête sur le vol du sceptre ?

— Nous avons recueilli des informations utiles, répondit Winter. Rien de concret à signaler pour le moment, mais je vous enverrai mon rapport dès ce soir pour vous tenir au courant.

L'Ipsissimus inclina la tête.

—Parfait. Et comment se déroule le travail en équipe ? Miss Wilde ?

Je n'ouvris pas la bouche. Winter me donna un nouveau coup de coude.

— Oh ? j'ai le droit de parler maintenant ? demandai-je.

Je lui lançai un grand sourire.

— Tout se déroule à merveille. Adeptus Exemptus Winter est un amour, j'adore travailler avec lui. C'est un rayon de soleil dans ma vie si grise et si terne.

Je sentais que le rayon de soleil en question était prêt à me jeter hors de la pièce. L'Ipsissimus se contenta de sourire de nouveau, comme s'il n'avait pas pigé le sarcasme.

— Je suis heureux de vous l'entendre dire. Nous sommes très fiers de l'avoir parmi nos membres.

— Merci, murmura Winter avant que je ne puisse répondre et l'embarrasser un peu plus.

Il marqua une pause avant de continuer.

— Je suis venu pour vous poser quelques questions à propos du sortilège de protection lancé sur la vitrine du sceptre. Il s'est dégradé très vite.

L'Ipssisimus grimaça.

— Oui, j'en ai entendu parler. J'imagine que je ne l'ai pas convenablement ajusté après la cérémonie de l'année dernière. C'est ma faute.

Je crus que Winter allait en rester là, mais, maintenant que j'avais remis en question l'intégrité de l'Ipsissimus, il semblait décidé à prouver son éthique et son objectivité.

— Est-ce fréquent ?

L'Ipsissimus rit doucement.

— J'espère que non. J'admets que je prête moins d'attention que je ne le devrais à ce genre de sortilèges. Habituellement, les voleurs potentiels sont découragés par la simple idée des protections installées.

Winter hocha la tête.

— Et les sortilèges du rez-de-chaussée étaient encore puissants et actifs. La personne qui les a brisés en emportant le sceptre devait être un sorcier exceptionnellement doué.

— Oui. On m'a dit qu'il n'y avait apparemment aucune autre faiblesse dans le système. Il est très inhabituel qu'un sorcier ait pu dépasser les cercles de protection sans laisser de trace. Surmonter la deuxième protection nécessite l'utilisation de feuilles de cyprès cueillies à minuit un jour d'été et subséquemment broyées, entre autres ingrédients. Elles ne sont pas faciles à obtenir.

— Ou à manier, ajouta Winter.

— Effectivement.

L'Ipsissimus semblait amusé.

— J'imagine que votre liste de suspects ne compte que des sorciers de haut Niveau.

— Nous nous concentrons exclusivement sur le Niveau Trois, acquiesça Winter.

Le Guide de l'Ordre prit une gorgée de thé.

— Le soir du vol, j'étais à une soirée, au numéro dix. Le Premier ministre voulait discuter de l'introduction de la magie pour les contrôles frontaliers.

Winter me lança un regard triomphant. Il marquait un point : l'Ipsissimus avait un alibi en béton. Je n'avais jamais réellement cru que l'Ipsissimus avait chipé son propre sceptre, évidemment, mais je m'étais bien amusée, au moins. En plus, c'était un bon prétexte pour éviter une session suante de poids et de jogging.

— Je vais m'assurer que tous les sorciers de Niveau Trois libèrent leur agenda afin de vous rencontrer et de répondre à vos questions, proposa l'Ipsissimus. Le sceptre n'est qu'un instrument de cérémonie, mais il a une certaine valeur, et il est inquiétant que quelqu'un ait pu s'en emparer. J'ai demandé à ce que chaque protection soit relancée minutieusement cet après-midi. Cela prendra du temps et de l'énergie, mais c'est nécessaire. Nous ne pouvons nous permettre de voir d'autres objets de valeur disparaître alors même qu'ils sont hautement protégés.

— En effet, dit Winter. Je dois avouer que je suis très surpris d'un tel tour de force, même si la vitrine elle-même n'était plus efficacement sécurisée.

L'Ipsissimus croisa les mains devant son visage.

— Pensez-vous que nous pourrons retrouver le sceptre ? Ce serait un coup dur si l'Ordre ne parvenait pas à le récupérer intact.

Winter poussa un soupir.

— Je n'en ai aucune idée. Nous ne pouvons même pas expliquer le vol, puisque le sceptre n'a pas de réel pouvoir, si ce n'est son statut honorifique. Pour s'en emparer, le coupable a dû déployer des efforts extraordinaires. Le mobile joue un rôle clef dans cette enquête.

Je comprenais bien que le sceptre était intrinsèquement précieux, puisqu'il était en or massif et incrusté de pierres précieuses, mais tout ça me semblait ridicule. J'envisageais de le dire à haute voix, mais me souvins juste à temps de mon vœu de silence.

À mes côtés, Winter fronça les sourcils et commença à se gratter le bras. L'Ipsissimus n'y prêta pas attention. Il s'était embarqué dans un long discours sur les mérites et les faiblesses des protections installées dans la bibliothèque.

— Bien sûr, il n'y a eu aucun sang versé, et ces voleurs sont parvenus à contourner…

Il s'arrêta net et jeta un œil vers Winter, qui avait remonté sa manche pour regarder sa peau mouchetée d'écarlate.

— Quelque chose ne va pas ?

Winter jura.

— Une réaction allergique, peut-être.

L'Ipsissimus fit claquer sa langue.

— Ce n'est pas une allergie.

Il me lança un regard. Je souris timidement.

— Que se passe-t-il, Miss Wilde ? Le lien magique se manifeste, j'imagine que c'est à cause de vous.

Winter se tourna vers moi, le regard mauvais. Je levai les mains en signe d'innocence.

— Hé ! J'ai rien fait. Je me contente d'obéir. On m'a dit de me taire et de rester tranquille.

— Le nature du lien requiert que vous travailliez en *tandem* avec Adeptus Winter. Il ne vous permettra pas de rester silencieuse lorsque vous avez quelque chose d'important à dire.

Tiens, tiens, tiens. Alors le lien fonctionnait dans les deux sens.

— Dépêchez-vous, grogna Winter.

Je me redressai dans mon siège et relevai le menton.

— Faut savoir, mon pote. Enfin. C'est évident, non ? Embarquer le sceptre ne vaudrait pas le coup, compte tenu de l'effort magique.

— Où voulez-vous en venir ?

Je jetai un œil à Winter.

— Facile. Le sceptre n'a pas encore quitté la bibliothèque. Il est encore là-bas.

— Ne faites pas l'idiote. Il a été retiré de sa vitrine. Maidmont et ses collègues l'auraient remarqué s'il avait simplement été dissimulé derrière une étagère.

Sa voix se durcit.

— Tout le monde n'est pas aussi paresseux que vous l'êtes.

— C'est pas de la paresse.

C'était carrément de la paresse.

— C'est de la logique. Même un sorcier de Niveau Trois aurait besoin de dormir pendant des jours après avoir surmonté les protections dont vous parlez. Donc, le sceptre doit toujours être dans le bâtiment.

Winter serra des dents.

— C'est impossible.

— Elle est grande, cette bibliothèque, continuai-je. Il pourrait être caché n'importe où.

— Et pourquoi l'aurait-on caché là-bas ?

Je commençais à m'agacer. Je n'avais pas toutes les réponses, non plus.

— Comment je suis sensée le savoir, merde ?

L'Ipsissimus s'éclaircit la gorge.

— C'est assez.

Winter et moi nous tûmes.

— Je vois que votre partenariat risque de s'avérer… intéressant.

Winter laissa échapper un ricanement de dérision.

— La remarque de Miss Wilde est pertinente. Il est possible que nous ayons affaire à une farce d'un Niveau Un. Je vous suggère de retourner à la bibliothèque pour la passer au peigne fin.

Mais quel monstre.

— Les bibliothécaires connaissent bien le lieu. Ils devraient chercher le sceptre eux-mêmes, proposai-je en désespoir de cause.

— C'était votre idée, Miss Wilde. Vous pouvez vous en charger.

Je reniflai.

— Je ne suis pas sûre qu'il soit nécessaire…

— Dès maintenant.

Fini, le bienveillant Ipsissimus. Winter avait arrêté de se gratter et sa peau avait repris son hâle naturel. Et la prochaine fois, je garderais mes commentaires pour moi.

10

— C'est débile, marmonnai-je en sortant du dernier box de lecture situé au troisième étage. Je connais pas toutes les cachettes de la bibliothèque, moi.

— Arrêtez de vous plaindre.

— J'ai mal aux pieds.

Je tirai sur une chaise et me laissai tomber dessus pendant qu'il examinait une étagère, au cas où le coupable aurait caché un sceptre d'un mètre de long derrière un volume de poésie antique.

— Il faut que vous vérifiiez les toilettes, dit-il.

— Je pense que quelqu'un aurait remarqué si le sceptre était planqué au petit coin. Vous avez vu combien de cafés ces intellos descendent ? demandai-je en montrant les sorciers studieux autour de nous.

Winter se tourna vers moi. Son regard glissa sur mes jambes, et je remarquai soudain que la cape rouge était remontée lorsque je m'étais affalée, et ne cachait plus mon pantalon de pyjama ourlé de petite dentelle. Je sautai sur mes pieds, avant de me souvenir, avec un spasme de douleur, que mon corps était encore en rémission après l'atroce séance de sport. Je grimaçai.

— Mais… vous portez votre pyjama ? Vous n'avez même pas fait l'effort de vous habiller, ce matin ?

Je croisai les bras.

— Quelle importance ?

Winter poussa un profond soupir, comme s'il portait le fardeau du monde entier sur ses épaules larges.

— C'est vrai.

Il s'éloigna de moi et se dirigea vers la petite pièce où les Manuscrits Cryptiques étaient entreposés. Il avait vraiment décidé de fouiller l'endroit de fond en comble.

— Restez ici, ordonna-t-il sèchement.

Pas de problème. Je ne voudrais pas souiller les Vénérables Archives Magiques avec mon immonde présence, de toute façon. Je fermai les yeux. Un moment plus tard, Winter revint d'un pas vif.

— Le sceptre n'est pas là-bas.

— Vous êtes sûr ? Il faudrait peut-être revérifier.

J'ouvris un œil pour l'observer. Il me contemplait avec une exaspération non dissimulée.

— Allons-y. Il faut encore fouiller le sous-sol.

Wouhou. Je me soulevai difficilement et le suivis en priant très fort pour être téléportée n'importe où plutôt que de rester ici. Au moins, quand je conduisais mon taxi, je pouvais rester assise la majorité du temps, plutôt qu'une fois toutes les quatre heures.

Nous descendîmes rapidement et nous arrêtâmes devant une porte anonyme au rez-de-chaussée. Winter abaissa la poignée. Pas de mouvement. Winter envoya son épaule contre la porte pour l'ouvrir de force. Je baissai les yeux et remarquai que j'avais le pied sur une fissure dans le sol de marbre. Je bondis sur le côté et laissai échapper un sifflement. Merde. Mauvais présage.

La porte finit par s'ouvrir avec fracas et je lançai un regard par-dessus Winter, vers les ténèbres qui nous attendaient au-delà.

— Peut-être qu'on devrait faire une pause, d'abord, suggérai-je. Un thé et un petit goûter ?

Soudain, un picotement courut le long de ma nuque, et je tournai la tête. De l'autre côté du hall, Tarquin me fixait de ses yeux sombres.

— Non, oubliez ça, marmonnai-je. C'est parti pour le sous-sol !

— Mais qu'est-ce que vous racontez encore ? demanda Winter.

— Rien, fis-je en le poussant en avant. Allez ! Allons mener l'enquête !

— Parfois, Miss Wilde, je me demande si nous vivons dans le même monde. Vous ne semblez pas capable de vous concentrer sur quoi que ce soit plus de deux minutes d'affilée.

— C'est parce que je ne pense qu'à des choses primordiales, rétorquai-je légèrement.

Winter ricana.

— Comme le thé et un petit goûter ?

Ah. Il m'avait donc bien entendue.

— Allez, mec. Finissons-en.

Les coins de sa bouche se soulevèrent un peu plus.

— Vos désirs sont des ordres.

Si seulement.

L'escalier qui menait au sous-sol était étroit, sans surprise, vu qu'il débouchait dans une espèce de donjon miteux. Je m'attendais presque à me faire attaquer par des chauves-souris vampiriques ou des toiles d'araignée géantes. Le plafonnier vrombissait désagréablement et les marches étaient si inégales que je manquais de trébucher et de me prendre le dos de Winter. Il n'y avait pas âme qui vive dans les parages, qu'elle soit animale ou humaine.

Après environ mille ans, nous arrivâmes en bas des marches. L'espace qui se profilait en face de nous était caverneux, avec un lourd plafond soutenu par des voûtes en pierre qui continuaient à perte de vue. Il y avait aussi beaucoup de boîtes abandonnées et de meubles de rangement. De là où j'étais, j'en comptais déjà des dizaines. On allait y passer la nuit.

— Vous êtes un Adeptus Exemptus, dis-je.

— Oui.

— Vous devez bien connaître une ou deux runes de localisation. Vous pouvez pas jeter un petit sort pour qu'on en finisse avant le siècle prochain ?

J'étais sûre d'avoir déjà entendu parler de ce genre d'incantations ; si seulement j'avais fait l'effort de les apprendre moi-même. Mais enfin, pourquoi me donner du mal quand Adeptus Exemptus Winter pouvait le faire à ma place ?

— Si des sortilèges pareils existaient et qu'ils étaient fiables, répondit Winter, ne pensez-vous pas que je les aurais déjà utilisés pour trouver le sceptre ?

Je haussai les épaules.

— Peut-être qu'ils ont une portée limitée. Vous connaissez sûrement un truc qui marcherait dans une pièce fermée comme celle-ci.

— Il existe des runes qui pourraient fonctionner. Mais seulement dans environ trente pour cent des cas.

Sa voix était brusque. Je savais qu'il ne tolérerait pas longtemps cette conversation, mais je n'étais pas prête à abandonner si vite. Avec la magie, il y avait toujours une solution plus facile.

— Oh, allez, bébé Winter, roucoulai-je. Ça en vaut la peine. Ne serait-ce que pour me montrer de quoi vous êtes capable avec un petit tour de force magique.

— Bébé… Winter ?

Je n'arrivais pas à savoir s'il était agacé ou amusé.

— Vous arrêtez pas de me dire d'arrêter de vous appeler Adeptus Exemptus.

Il s'avança vers moi jusqu'à que quelques centimètres à peine nous séparent.

— Et si vous m'appelez bébé, quel surnom dois-je vous donner ? dit-il d'une voix basse.

Je réfléchis.

— Majesté, ça me va.

— Dans vos rêves.

Il se pencha plus près.

— Pourquoi pas « chérie » ?

Je croisai son regard. Je me sentais étonnamment troublée.

— Est-ce que vous êtes en train de me... draguer ?

— Croyez-moi, Ivy. Quand je vous draguerai, vous le saurez.

Je me demandai si c'était une menace ou une promesse. Je m'humectai les lèvres.

— Ces runes…

À la mention de son travail, Winter recula et reprit immédiatement son attitude ultraprofessionnelle.

— Nous ne perdrons rien à essayer.

Il me jeta un regard de côté.

— Observez attentivement. Vous pourriez apprendre quelque chose.

Je fixai mon regard sur lui. Il leva les mains ; il utilisait les deux pour esquisser ses runes. C'était un autre niveau de complexité. Pas étonnant qu'il soit si respecté dans le milieu. Enfin, j'allais pas lui montrer que j'étais impressionnée.

— Il ne se passe rien, l'informai-je.

Winter leva les yeux au ciel.

— Le sortilège ne fonctionne que pour moi.

Il marqua une pause.

— Mais vous le saviez, n'est-ce pas ?

Je souris malicieusement.

Il s'avança dans l'allée principale, tournant la tête à droite et à gauche en dépassant les piles de boîtes. Je savais déjà à quoi m'attendre : il ne trouverait rien avec le sortilège et nous devrions tout de même passer le sous-sol au peigne fin. Mais enfin, je le suivis tout de même, en profitant de ma tranquillité momentanée.

Au centre de la pièce environ, Winter s'arrêta net, le dos raide comme un piquet. C'était si inattendu et j'étais si perdue dans le tourbillon de mes propres pensées que je ne remarquai pas son interruption avant de l'avoir presque dépassé.

— Que se passe-t-il ?

Il pivota vers sa gauche, les yeux sur une pile branlante de cartons abîmés. C'était un miracle qu'ils ne se soient pas encore écrasés sur le sol.

— Sans dec', soufflai-je. Alors j'avais raison ?

J'éclatai de rire.

— Le sceptre est vraiment ici ?

Je me mis à sautiller autour de lui.

— La sorcière renvoyée sauve les petites fesses de l'Ordre ! C'est qui le patron, hein ? hein ? hein ?

— La ferme.

Peut-être que je n'étais pas très bonne gagnante, mais c'était trop satisfaisant. J'arrêtai de piailler, mais je sautillai toujours. Winter marcha vers les boîtes et commença à les retirer de la pile, l'une après l'autre. Arrivé à la quatrième ou la cinquième, il se tourna vers moi et me foudroya du regard.

— Un peu d'aide, ce serait trop demander ?

— Comme vous l'avez dit vous-même, le sortilège ne fonctionne pas pour moi. Je ne peux pas savoir dans quelle boîte se trouve le sceptre. Il serait probablement préférable que vous vous occupiez du travail manuel tout seul.

Même à quelques mètres de distance, je pouvais voir Winter serrer les dents.

— Sauf que je ne pense pas qu'il soit dans une des boîtes, marmonna-t-il.

Je regardai la pile.

— En-dessous, alors ?

Pas étonnant que le fatras ressemble à la tour de Pise. Enfin, je me demandais quel genre de Niveau Un se donnerait autant de mal pour mener à bien sa petite plaisanterie. Le résultat aurait été le même s'ils avaient planqué le sceptre dans le premier carton, non ?

— Allez, venez ici.

Je le rejoignis à pas lents. Winter attrapait et abandonnait les lourdes boîtes si rapidement qu'un voile de sueur était apparu sur son front. Je tendis la main et la plaçai sur son bras.

— Laissez-moi faire, dis-je gentiment.

Je dessinai la même rune que la veille, à la salle de sport, afin que toutes les boîtes, quels que soient leur taille ou leur poids, deviennent aussi légères que des plumes. Winter en attrapa une autre et vacilla vers l'arrière.

— Qu'est-ce que vous avez fait ? demanda-t-il.

— Oh, juste un petit sortilège que j'ai appris pendant un séjour dans des contrées hostiles, répondis-je prétentieusement.

J'attrapai une boîte et la fis tourner sur le bout de mon index. Je lâchai un grognement de douleur factice.

— Vous avez fait la même chose hier, n'est-ce pas ? Je reconnais l'expression sur votre visage. Quand vous avez soulevé les poids.

Oh oh.

— Nooooon, m'offusquai-je en secouant la tête. Je n'aurais jamais osé !

Je lançai la boîte sur le côté, croisai les mains derrière mon dos et commençai à siffloter en évitant son regard.

— Incroyable.

Je penchai la tête de côté.

— Vous trouvez ?

— Vous avez probablement dépensé plus d'énergie en essayant d'éviter de faire du sport que si vous aviez simplement suivi l'exercice.

Hum, j'en doutais.

— Relax, conseillai-je nonchalamment. Il faut que vous compreniez que la voie de la moindre résistance est toujours la meilleure.

— J'ai l'impression de m'occuper d'une gamine.

Je levai les sourcils.

— C'est vous qui faites un caca nerveux, jeune homme.

— À chaque fois que je crois voir une amélioration dans votre comportement, vous redevenez insupportable. Vous êtes presque complètement inexercée et pourtant vous avez un talent fou. Vous gâchez vos capacités.

Il semblait réellement en colère.

— Et vous alors ? rétorquai-je. Quatre-vingt-dix pour cent du temps, vous êtes un pauvre type obsédé par son boulot et incapable de lâcher un sourire si ce n'est sur ordre direct de l'Ipsissimus. Et puis, parfois, vous êtes un peu drôle et un peu spirituel et réellement attentionné ; mais ça ne dure pas bien longtemps, hein ? Trop de travail et pas de plaisir font de Jack un triste sire, ça vous dit un truc ?

— Et trop de plaisir et pas de travail font de Jack un pauvre clown, rétorqua Winter. Ce n'est pas non plus de ma faute, vous savez. Je n'ai rien demandé. Je ne voulais même pas de partenaire.

— Et c'est censé me consoler ?

Winter se détourna en enfonçant ses mains dans ses poches. Il avait l'air vraiment, vraiment saoulé. Et dire que quelques minutes plus tôt, nous avions frôlé le flirt. Je grimaçai et tendis la main pour toucher son épaule, doucement.

— Je suis désolée, fis-je d'un ton bourru. On a juste des caractères très opposés et ce n'est de la faute de personne si on a été mis en équipe. On s'agace mutuellement, c'est normal. Mes priorités ne sont pas les mêmes que les vôtres.

Je poussai un soupir.

— Je ne tricherai plus.

— C'est ça que vous avez dit il y a huit ans ?

Je me mordis la lèvre. Winter jura tout bas et me jeta un regard.

— Bon, trouvons ce sceptre et partons d'ici. D'accord ? Nous nous inquiéterons de notre… partenariat plus tard.

Je hochai la tête.

— Ouais. OK. Vous voulez que je retire le sortilège sur les boîtes ?

— Ne soyez pas ridicule.

Il pinça ensuite les lèvres et ne prononça plus un mot.

En silence, nous vînmes à bout des dernières boîtes rapidement, en les lançant sur le côté pour libérer le passage. Même si elles avaient sûrement été bougées la veille, elles étaient quand même couvertes de poussière, et j'éternuai violemment à plusieurs reprises. Le reste du temps, je gardais les yeux baissés et évitais de regarder Winter.

Après nous être débarrassés de la dernière boîte, nous nous tournâmes à l'unisson vers le sol poussiéreux. Pas de sceptre en or massif à portée de main ; mais il y avait bien une trappe. Un unique cadenas, clairement neuf, brillait doucement. Je n'avais pas besoin de lever les yeux vers Winter pour deviner sa tension.

Winter s'accroupit et se munit d'une pincée de renouée du Japon pilée. Il la souffla sur le cadenas et ouvrit le verrou sans encombre. Il le délivra de sa serrure et le posa précautionneusement sur le côté pendant que je soulevais la trappe et regardais en contrebas, dans le gouffre sombre et humide qu'elle dissimulait. L'ouverture ne faisait qu'environ cinquante centimètres de large, mais une échelle de corde permettait de descendre dans la pénombre. L'air qui montait jusqu'à nous était humide. J'étais sûre que quelque part là-dedans, il y avait de l'eau croupie. Avec ma chance, c'était peut-être un raccourci vers les égouts de l'Ordre. Quel plaisir.

Déterminée à ne pas geindre encore une fois et donner à Winter une bonne excuse pour m'engueuler, je me tournai et commençai à descendre. Je me balançai dangereusement sur les premiers rangs de l'échelle, jusqu'à ce que je retrouve mon équilibre. C'était difficile de continuer : plus j'avançais, et plus il faisait noir. Au-dessus de ma tête, je sentis Winter tester la solidité de l'échelle, et apparemment décider qu'elle ne pouvait pas nous soutenir tous les deux. Il se retira et attendit son tour pendant que je continuais de m'enfoncer dans les profondeurs de la cave. Je ne regardais ni en bas, ni en haut : je me contentais de progresser péniblement. J'avais prié pour être n'importe où, plutôt que dans la bibliothèque, et j'avais ma récompense. Fais attention à ce que tu souhaites, etc.

La lumière du sous-sol était à peine visible quand mes pieds atteignirent enfin le sol. Je tiraillai sur l'échelle pour faire savoir à Winter qu'il pouvait me rejoindre, puis dessinai une rune d'éclairage. Ça ressemblait bien à des égouts. Ça sentait un peu comme des égouts, aussi.

Des chemins de béton, légèrement surélevés, lignaient de part et d'autre une sorte de petite rivière crasseuse. Derrière moi, j'entendis un petit bruit de pattes détaler joyeusement près des rigoles. Je frissonnai : les souris, pas de problème, mais les rats d'égout, très peu pour moi. Les murs proches et courbés étaient couverts d'une mousse sombre et visqueuse qui soulignait encore l'atmosphère lugubre. Si la personne qui avait volé le sceptre l'avait emporté jusqu'ici, il fallait absolument lui filer une médaille pour saluer sa détermination.

J'avançai lentement et scrutai la pénombre. Je m'attendais presque à tomber nez à nez avec une espèce de monstre des tunnels. Mais, à ma connaissance, j'étais complètement seule. Puis quelque chose toucha soudain mon dos.

Je bondis dans les airs, me cognai la tête sur le plafond bas, et manquai de glisser dans la rivière dégoûtante. Winter m'attrapa le bras et me sauva in extremis d'une puanteur certaine. Je clignai des yeux, reconnaissante. J'aurais pu exprimer ma gratitude, mais c'était lui qui m'avait fait peur, donc...

Il se tourna vers l'étrange mousse qui maculait les murs et entreprit immédiatement d'en prélever des échantillons, sûrement pour un sortilège qu'il prévoyait d'employer plus tard. C'était une des nombreuses raisons pour lesquelles je préférais me concentrer sur les runes plutôt que sur les plantes. S'il fallait dégringoler dans les égouts pour trouver les ingrédients nécessaires, ça ne valait vraiment pas le coup.

Winter tourna la tête vers le sens du courant, dans la direction opposée à la mienne. Je hochai la tête et lui fis signe d'avancer. Une expression lugubre collée sur la face, il se mit en marche. Pour une fois, il ne paradait pas comme un colonel des armées. Un faux mouvement et il tombait sur les fesses. Et même si l'hypothèse était très agréable, j'avais pas vraiment envie qu'il m'embarque dans sa chute.

Je le suivais avec précaution, en suivant ses traces. Mon sortilège de lumière continuait d'éclairer le passage, mais il n'y avait rien de nouveau à signaler ; les alentours restaient identiques. Nous continuâmes lentement, pendant au moins quatre-vingts mètres. J'étais sûre que nous approchions du bout du bâtiment, maintenant, et même si le coupable avait raflé le sceptre pour le planquer dans les entrailles de la terre, il aurait été arrêté par les sortilèges de protection qui l'empêchaient de dépasser les murs de la bibliothèque. Le sceptre ne devait plus être très loin. Je maudissais l'abruti qui nous avait embarqué dans cette course-poursuite sans queue ni tête. Si Winter passait son temps à enquêter sur des affaires aussi triviales, je comprenais vraiment pas pourquoi il prenait son boulot au sérieux. La Branche Arcane ? Une grosse perte de temps. J'allais justement lui donner mon avis sur la question lorsqu'il s'arrêta brusquement et montra, de l'autre côté de la rivière, une cavité dans le mur. En-dessous, des morceaux de briques gisaient sur le sol : le trou avait été creusé délibérément.

Je claquai des doigts pour faire flotter mon orbe de lumière jusqu'au mur. La lueur plana un instant, et le bout du sceptre réfléchit légèrement sa brillance. Je l'observai avec attention. Les voleurs s'étaient donnés beaucoup de mal pour descendre ce machin jusqu'ici… compte tenu de leurs efforts, je trouvais qu'ils n'avaient pas franchement géré pour cacher leur butin. Même avec le sortilège de localisation de Winter, nous ne l'aurions pas forcément trouvé s'ils avaient proprement replacé les briques.

Sans attendre ma réaction, Winter sauta par-dessus la rivière et atterrit sans bruit de l'autre côté. C'était le genre d'exploit que je risquais pas de pouvoir imiter ; j'avais plus de chance de me foirer et de m'étaler jusqu'à la taille dans l'eau crade qui coulait en contrebas. Je baissai les yeux.

Je ne savais pas ce qui traînait là-dedans, mais le torrent charriait des objets beaucoup trop massifs. J'avais entendu parler de gens sans cœur qui tiraient la chasse sur leurs bébés alligators, et… est-ce que c'était un long museau ou une branche que je venais de voir passer ?

Je plissai le front. Quoi qu'il en soit, le truc non identifié bougeait étrangement, comme s'il combattait le courant plutôt que de se laisser emporter. Et ça n'avait aucun sens, à moins que…

Je relevai la tête brutalement alors même que Winter passait sa main dans le trou pour attraper le sceptre.

— Stop ! criai-je.

Il l'extirpa d'un mouvement agile, et se tourna en fronçant les sourcils.

— Quoi ?

Il était trop tard. J'entendis un faible grondement, comme un lointain coup de tonnerre. Si on avait été à Hollywood, on aurait pu se mettre à courir dans le sens inverse. Malheureusement, c'était la vraie vie. Même pas le temps de cligner des yeux avant qu'un immense mur d'eau bouillonnante nous engloutisse.

Le courant me balaya sans pitié ; je crus entendre Winter crier mon nom. La rivière rugissait autour de moi ; je ne voyais plus rien ; j'essayai frénétiquement d'agiter les jambes et de nager, ou de m'accrocher aux murs, mais la vague était trop forte. L'eau était glacée et me perçait jusqu'aux os. Mais la température ne représentait pas le danger le plus pressant : les débris catapultés par le courant et les murs de pierre menaçaient à tout moment de m'assommer. Un morceau de métal me coupa la cuisse et un trait de douleur fulgurante traversa mon corps. Quelque chose d'autre me heurta le crâne ; et l'eau enflait à toute vitesse.

J'avais perdu tout sens de l'orientation, j'étais incapable de retrouver la surface ; mes poumons étaient en feu et j'avais désespérément besoin d'oxygène. Ma cape rouge s'accrocha à quelque chose et je me sentis tirée en arrière, momentanément retenue contre la violence de l'eau. C'était suffisant. Je me contorsionnai et m'étouffai dans l'eau grise en cherchant fiévreusement une source d'air. Puis mon visage brisa la surface et je pus soudain respirer. Je n'aspirai que deux bouffées d'air avant que le tissu de ma cape ne se déchire et que je me sente emportée de nouveau.

Maintenant, la cape ne m'aidait plus. Elle me tirait vers le fond, un fardeau trempé qui finirait par m'enterrer si je ne m'en débarrassais pas. Mes doigts ripaient sur les boutons dans ma tentative de les décrocher, mais il faisait trop froid et le courant était trop violent. Complètement désorientée, je valdinguais d'un bout à l'autre du tunnel. Mon pouls hurlait dans mon crâne comme les basses d'un groupe de metal pourri en pleine marche funèbre. J'aspirai une dernière bouffée d'air puis retins mon souffle, fermai les yeux très fort, et tentai de me concentrer. C'était presque impossible de réussir une rune ici, mais il fallait que j'essaie.

J'arquai ma main droite. Je sentis soudain la magie courir en moi et j'y précipitai tout ce qui me restait d'énergie. Mais un autre objet me frappa le dos et je perdis ma concentration ; le pouvoir de la rune s'éteignit avant que je ne puisse la terminer.

Un sentiment de calme pur m'envahit. La minuscule parcelle de logique encore active dans ma cervelle savait que mon corps se préparait pour l'inévitable ; mais je n'en avais plus rien à faire. C'était ici que tout allait se terminer. Je ne pouvais pas vraiment me plaindre ; j'avais eu la belle vie, dans mon genre, et ma mort prématurée m'assurait un nombre super honorable de témoins à mon enterrement. J'espérais que quelqu'un penserait à s'occuper de Brutus pour moi. J'espérais que Connard et Alice ne mourraient pas de faim dans l'appart' d'Ève.

— Le sceptre ! Ivy, attrape le sceptre !

J'enregistrai à peine le hurlement noyé de Winter. Pour l'amour du ciel. Le garçon prenait vraiment son travail trop au sérieux, s'il ne pensait qu'à son joujou alors même qu'il était en train de rendre l'âme. Et c'était maintenant qu'il choisissait de me tutoyer, hein ? J'ouvris les yeux et l'aperçus à quelques mètres devant moi avant qu'une autre vague ne me submerge. Pourquoi ne bougeait-il pas ?

Il pointa le bout du sceptre dans ma direction et je l'attrapai sans réfléchir. Puis mon corps percuta un mur invisible et une souffrance innommable m'enflamma, étouffant même le froid qui glaçait mes veines.

— Ne lâche pas !

Je grognai :

— Quoi ?

Le visage de Winter flottait vers le mien.

— Ne lâche pas !

Je resserrai ma poigne et la douleur augmenta. Évidemment, pensai-je avec indifférence : la protection. L'eau nous avait emportés d'une extrémité du bâtiment à l'autre et, comme Winter n'avait pas lâché le sceptre, la magie l'empêchait d'aller plus loin. Il tenait un bout du sceptre et je tenais l'autre, et tant que nous le touchions, l'avalanche aquatique ne pourrait pas continuer de nous précipiter avec elle. L'inconvénient, évidemment, c'était la torture du sortilège lui-même. Je hurlai, étranglée d'eau immonde. C'était insoutenable. Je crois que mes atomes eux-mêmes criaient de douleur.

— La vague ! cria Winter. Elle s'arrête. Encore quelques secondes, Ivy. Tu peux le faire.

Non, je ne pouvais pas le faire, pas possible. Je serrai les dents, les phalanges crispées. J'avais l'impression d'être poignardée par mille couteaux à la fois, debout au milieu d'un tsunami arctique. Je ne pouvais pas continuer. Je ne pouvais pas continuer. Ma robe alourdie me tirait toujours vers le bas, entraînée par les derniers spasmes de l'eau. L'Ordre allait bien réussir à me tuer, finalement. Meurtre par accoutrement dangereux.

Puis la main de Winter attrapa soudain la mienne.

— Tu vois ? Le niveau descend. Tout va bien, Ivy. On s'en est sortis.

Il avait raison : le niveau baissait rapidement, de mes épaules à mon torse. Les vagues Hokusaiesques n'étaient plus que de douces ondulations. Je cherchai ma respiration, déglutis et lâchai enfin le sceptre. Mon corps recula de quelques mètres, poussé par les ultimes sursauts du courant, mais je pus me relever rapidement.

Je tendis les bras vers les murs et mes mains s'accrochèrent au béton tiède. J'essayai de me hisser sur les chemins supérieurs, en sécurité, mais ma foutue cape me coinçait toujours. Les mains tremblantes, je défis les boutons pour la faire tomber de mes épaules. Avec les pieds, je poussai dans la rivière, et grimpai sur la passerelle. Je roulai sur le dos et essayai de calmer ma respiration.

Les bras de Winter m'enlacèrent et me tirèrent vers l'arrière jusqu'à ce que mon dos ne touche son corps.

— Il fait trop froid, marmonna-t-il. Il faut nous réchauffer, ou nous mourrons de froid avant d'avoir trouvé de l'aide.

Je reculai plus profondément contre lui, avide de sa tiédeur comme il l'était de la mienne. Puis je dessinai une rune pour faire apparaître un feu et, près de nos pieds et sans combustible, des flammes s'éveillèrent, rugissantes, projetant leur chaleur dans notre direction. Winter tremblait autant que moi, mais nous nous accrochions l'un à l'autre. Trembler, c'était bien. Trembler, ça voulait dire qu'on était encore vivants. Contre toute attente.

11

Je ne savais pas combien de temps nous étions restés immobiles ; un long moment s'était déjà écoulé lorsque je sentis Winter remuer contre moi.

— Je suis désolé, dit-il. C'était entièrement de ma faute.

— Tu ne pouvais pas savoir.

— J'aurais dû deviner que la cave cachait un piège. Ils ont corrélé le sceptre à l'eau pour que le courant se déchaîne lorsqu'il serait tiré de sa pseudo-cachette. Toute l'eau endiguée jusque-là a lâché quand j'ai touché le sceptre. Ils avaient prévu de nous tuer, fit-il d'un ton maussade.

— Pas *nous*, spécifiquement. L'agent qui serait en charge de l'enquête. La malchance a voulu que nous soyons à la bibliothèque quand les bibliothécaires ont remarqué la disparition du sceptre.

Pendant une seconde, Winter resta silencieux.

— Je suis désolé, Ivy, lâcha-t-il finalement. Il ne s'agit pas d'une coïncidence. Les vols font partie de mon attribution. Peu de temps avant qu'on ne te lie à moi, on m'a spécifiquement assigné à ce genre de délits. Quand quelque chose disparaît, je suis la première personne qu'on appelle. Même si j'avais été à l'autre bout de la ville, on m'aurait quand même chargé de l'enquête.

J'enregistrai l'information. Je voulais être certaine que je comprenais bien les implications.

— Donc t'es en train de me dire… que tu penses toujours qu'un sorcier de l'Ordre a volé le sceptre, mais qu'en plus, ce voleur savait que tu serais chargé de l'enquête, et qu'il a tendu un piège dans le but que tu le déclenches.

— Pas seulement moi. Nous deux.

Je le repoussai et me tournai vers lui ; mon regard croisa le sien pour la première fois.

— Tu veux dire que quelqu'un essaie délibérément de nous tuer ? Que les ressources humaines ont fait une erreur débile et que du coup, je suis en danger de mort ?

— Peut-être qu'ils n'avaient pas compris que tu travaillais avec moi.

Il m'observait attentivement. Il poursuivit :

— L'Ipsissimus a, hum, gardé ton recrutement sous silence, autant que faire se peut. Peut-être que tu as raison. Peut-être qu'ils ne ciblaient que moi.

Je bondis sur mes pieds. Je me mis à trembler de nouveau alors que mon feu magique disparaissait et que mon corps enregistrait la perte de la chaleur corporelle de Winter. Mais c'était pas bien grave ; je brûlais de fureur et un brasier pareil suffirait à me tenir chaud pour encore un bon moment. Je tournai les talons et m'éloignai à grand pas. Un abruti armé sur ma banquette arrière, passait encore : je savais comment m'en débarrasser. Mais le meurtre organisé, c'était une putain d'autre histoire.

— Où est-ce que tu vas ?

— Faire une réclamation ! piaillai-je en me dirigeant vers la porte.

Winter n'eut pas besoin de bien longtemps pour me rattraper.

— Ivy, commença-t-il.

— Chut.

Je montai les marches, fermement décidée à en découdre.

— J'ai juste besoin de hurler sur quelqu'un, là.

— Hurle sur moi.

Je me tournai pour lui faire face.

— Je ne peux pas te hurler dessus.

— Pourquoi pas ?

— Déjà, parce que t'étais autant la cible de ce tsunami que moi. Sûrement plus, même. Et deuxièmement, quand je hurle, tu hurles aussi, et tu finis souvent par avoir raison.

Malgré la situation, Winter rit doucement.

— Et ça te dérange ?

— Bien sûr que oui, rétorquai-je. Je me fous de la raison. Je me fous du pragmatisme et de l'objectivité ou de toute réaction logique.

— Tu veux juste hurler.

— Ah, tu m'as comprise.

Il plissa les lèvres et montra l'étage du doigt.

— Alors vas-y.

Je jetai un œil sur ses mains.

— T'as encore ce sceptre débile ?

— Ce sceptre débile nous a sauvé la vie.

Je fis la moue.

— Je le déteste quand même.

Winter se pencha vers moi.

— Moi aussi.

Pendant une seconde, nous nous sourîmes. Puis, lentement, le sourire de Winter s'évanouit, jusqu'à ce que son expression soit très différente. Son regard glissa sur ma bouche, et il souleva son pouce, frôlant ma lèvre inférieure.

— De la boue, expliqua-t-il à voix basse.

Je frissonnai.

— J'ai quand même besoin de hurler, murmurai-je.

Quelqu'un avait essayé de le tuer. Pas question. Personne d'autre que moi n'avait le droit de faire ça, décidai-je. Ma rage grimpa d'un cran.

Il eut un hochement de tête à peine perceptible.

— Fais-toi plaisir, madame muscles, sourit-il.

J'inspirai rapidement puis fis volte-face. J'étais prête pour l'offensive.

Quand j'arrivai en haut des marches, je gâchai la moitié de mon énergie en essayant d'ouvrir la porte ; lorsque le battant bougea enfin, je volai dans la pièce et atterris piteusement aux pieds de deux Néophytes éberlués.

Maidmont nous remarqua de l'autre bout du hall, et nous rejoignit en courant.

— Que s'est-il passé ? Pourquoi êtes-vous trempés ?

Je regardai le bibliothécaire. Il se tordait les mains et semblait très inquiet de nous voir arriver si débraillés.

— Nous avons retrouvé le sceptre, fit Winter derrière moi.

Je m'ébrouai et me relevai. Il pouvait aller remettre son bâton débile dans sa vitrine débile. Je ne pouvais pas hurler sur Maidmont ; j'avais déjà essayé une fois dans la journée et je savais que ça me ferait l'effet de taper sur un chiot adorable. Il fallait que je trouve un autre bouc émissaire.

Je laissai Winter expliquer l'anecdote des souterrains et repartis à l'assaut. Je sortis en trombe de la bibliothèque et contournai le bâtiment pour rejoindre le QG de l'Ordre, à deux pas de là. Je sentais leurs nombreux, nombreux regards sur moi ; mais je n'en avais rien à battre. Je filai sur le trottoir, ignorant le vent froid qui fouettait mes cheveux mouillés. J'étais une tornade de pure fureur et j'allais trouver quelqu'un sur qui défouler toute ma colère. J'avais bien envie d'aller directement frapper chez l'Ipsissimus. Mais quand je passai devant le panneau des ressources humaines, je changeai soudain d'avis. Au moins ces idiots-*là* ne risquaient pas de me faire attendre.

Je bifurquai précipitamment et accélérai le pas vers leur petite annexe. J'ouvris la porte à la volée, si fort qu'elle trembla dans ses gonds ; je redressai les épaules, et m'engouffrai dans la pièce.

— Bonjour, lâcha la brunette à la réception. N'est-ce pas une merveilleuse journée ?

Malgré ses mots, sa voix resta complètement neutre, comme si elle se contentait de répéter sa formule de politesse en boucle.

— Regardez-moi tous ces…

Elle s'interrompit en enregistrant mon apparence.

— Tous ces quoi ? attaquai-je. Tous ces sorciers qui conspirent pour cambrioler l'Ordre ? Tous ces sorciers qui veulent nous buter, moi et mon partenaire ? ou bien…

Je me penchai sur son bureau, un éclair de malveillance dans le regard.

— … tous ces connards qui ont enchaîné des conneries sans nom et m'ont foutu dans cette galère à la base ?

La fille recula d'un pas. Je compris, avec un peu de retard, que je sentais sûrement super mauvais, mais franchement ? Rien à faire.

— C'est qui, votre responsable ?

Elle inspira profondément.

— Adeptus Major Price. Si vous voulez le voir, il faudra prendre rendez-vous. Il n'est pas là.

Price. J'avais déjà entendu ce nom quelque part. Je me creusai la cervelle jusqu'à ce que le patronyme me revienne : mais oui, Tarquin était son larbin. Je plissai les yeux. Hm, l'affaire se compliquait.

— Oh, c'est bien pratique, sifflai-je.

J'aurais parié que Price était dans son bureau. Elle voulait juste le protéger d'une dingue en pyjama trempé. Eh bah tant pis. Je tournai les talons mais, au lieu de quitter le bâtiment, je me dirigeai droit vers la porte des bureaux.

— Hé ! protesta la réceptionniste.

Je l'ignorai. Je marchai d'un pas raide le long du couloir, jusqu'à ce que j'atteigne l'open space rempli de capuchons rouges. Le sorcier le plus proche, assis derrière un grand bureau couvert de dossiers, renifla, fronça le nez, et leva la tête. Dès que son regard tomba sur moi, il écarquilla les yeux. Je me courbai vers lui.

— Où est votre patron ? dis-je d'une voix glaciale.

— Il… Il n'est pas là.

Je croisai les bras.

— Où est son bureau ?

L'imbécile leva un index tremblant et montra une porte derrière lui. Je hochai la tête et le plantai là. Si Price était vraiment absent, je pouvais attendre. Ou bien je traumatiserais chaque sorcier de ce foutu département. Les deux me convenaient bien, franchement.

De plus en plus de sorciers avaient remarqué ma présence. Je ne leur prêtai aucune attention, le regard fixé sur ma cible. La porte du bureau était légèrement entrouverte et je pouvais entendre des voix à l'intérieur. Ah ha.

— Si Price découvre que c'est toi qui es à l'origine de ce bazar, il va te massacrer. Il a de gros ennuis avec l'Ipsissimus, tu sais, disait une voix féminine.

Je visualisai le sorcier nerveux à mourir que j'avais remarqué dans la grande salle de réunion, quelques jours auparavant. Adeptus Major Price n'avait pas l'air capable de massacrer grand monde ; d'après mes souvenirs, c'était plutôt le genre à fuir le conflit et à se planquer dans un coin sombre.

— Price ne fera rien du tout, rétorqua une voix familière, avec une pointe de mépris plus familière encore.

Je me raidis. Non mais, c'était une blague.

— Il aboie beaucoup, mais il n'a aucun pouvoir. Ne lui dis rien. Tout ira mieux s'il n'est pas au courant.

— Pourquoi est-ce que tu l'as envoyée là-haut ?

— Je te l'ai déjà dit, fit Tarquin. Ils ont beaucoup de problèmes.

— Ève Harrington n'est qu'une Niveau Un. Elle n'aurait jamais dû monter seule, et encore moins prendre cette mission en charge. Elle pourrait être en danger.

— Ève est très talentueuse. Je suis sûr qu'elle s'en sortira très bien. En plus, Adeptus Bawdrip va bientôt la rejoindre. Elle ne sera pas toute seule bien longtemps.

C'était déjà une bonne nouvelle, pensai-je amèrement. Tarquin avait aussi raison sur un autre point : Ève était *effectivement* très talentueuse. Je balançai mon pied dans la porte et fis irruption dans la pièce. Tarquin et sa collègue sursautèrent à l'unisson et se tournèrent vers moi, l'air coupable.

— Ivy ?

Tarquin me regarda de haut en bas.

— Mais qu'est-ce que t'as foutu ? Nagé dans les égouts en pyjama ?

Je le rejoignis à grands pas et le poussai en arrière.

— Aussi bizarre que ça puisse paraître, c'est exactement ce que j'ai fait, ouais.

Il cligna des yeux.

— Oh. Adeptus Exemptus Winter te fait travailler dur, hein ?

— Et ça te fout les boules, hein ?

Je croisai les bras. Leur petit échantillon de conversation m'avait suffit.

— Alors comme ça, c'était pas une erreur administrative ? Tu as envoyé Ève en mission parce que tu savais qu'elle était en lice pour devenir la partenaire de Winter. Tu t'es assuré qu'elle ne serait pas là quand ils lui rendraient visite ; tu voulais libérer le passage pour prendre sa place.

Je le foudroyai du regard.

— Mais tu t'es bien foiré, sur le coup.

L'éclair de culpabilité que je connaissais si bien traversa son regard.

— Je ne vois pas de quoi tu parles.

— Tu n'as pas changé d'un poil, depuis le temps. T'es toujours aussi fourbe et aussi manipulateur qu'avant. Et toujours un peu trop ambitieux, vu ton niveau de médiocrité.

Tarquin jeta un œil à notre témoin.

— Ce serait sans doute mieux que tu nous laisses.

Elle le fixa une bonne seconde et je compris soudain qu'il couchait avec elle. Pratique, pour mieux la baratiner quand il avait besoin. Tarquin était bon à ce petit jeu-là. J'en savais quelque chose.

— Ouais, chérie, tu veux pas foutre le camp ? susurrai-je.

Elle ne perdit pas une minute et nous quitta en fermant la porte derrière elle.

Tarquin me jeta un regard amusé.

— Pas besoin d'être jalouse, Ivy.

Je ricanai.

— Ça serait le comble. Qu'elle se fasse plaisir. À sa place, je n'en voudrais pas. Enfin, quand elle aura compris que t'es un putain de serpent, elle prendra sûrement ses jambes à son cou.

Il fit claquer sa langue.

— Quelle amertume…

Il pouvait claquer de la langue jusqu'à la crampe, pour ce que j'en avais à faire ; maintenant, je connaissais la vérité.

— Si j'avais su que tu bossais pour les RH, j'aurais compris plus vite. Tu t'es débarrassé d'Ève et t'as rejeté la faute sur quelqu'un d'autre. T'as sûrement fait ton possible pour que Price porte le chapeau. Tu pensais que Winter allait te proposer le poste en deux deux, puisqu'Ève n'était pas dans les parages.

— Tu n'as pas de preuves. Tu peux divaguer autant que tu veux, mais tout le monde te prend pour la tricheuse qui a copié sur moi puis qui m'a attaqué quand elle s'est fait prendre la main dans le sac.

— Tout le monde t'a cru à l'époque. Ils ne te croiront plus aujourd'hui.

— J'ai fait ce que j'avais à faire. Mon père ne me lâchait pas. Tu sais comment il est. Si Winter avait choisi Ève comme partenaire, mon père aurait voulu savoir pourquoi *je* n'avais pas eu la place. Winter est le sorcier le plus talentueux de l'Ordre. Il ira loin. Mon père voulait…

— Oh, la ferme. Arrête d'utiliser ton père comme excuse. C'est ta faute à *toi*, Tarquin. C'est toi qui entube les gens à tout va.

Je le fusillai du regard.

— Combien de personnes tu as pourries, pendant toutes ces années ? Combien de personnes tu as piétinées pour t'élever au-dessus des autres ?

— Ça n'a rien à voir.

Un éclat de manipulation passa sur son visage, juste une seconde.

— Ne réagis pas comme ça, Ivy, continua-t-il. On peut collaborer, toi et moi. Tu peux prendre ta revanche sur l'Ordre. C'est de leur faute à eux, pas la mienne.

Pfff. J'ignorai sa tentative pathétique de m'amadouer.

— Ce que j'ai du mal à comprendre, c'est pourquoi tu as

envoyé Connard et Alice chez Ève alors que ton plan avait déjà échoué. C'était quoi, l'idée ? La suivre, en espérant qu'elle loupe sa mission pour que tu puisses quand même prendre sa place après moi ?

Tarquin fronça les sourcils.

— Hein ?

— Matthew Connor et Alice Fairclough, sifflai-je entre mes dents. Tu ne t'es pas demandé où ils étaient ? Tu ne t'inquiètes pas qu'ils aient disparu ?

Tarquin m'observait toujours.

— Fairclough est Niveau Deux, non ? Une Adeptus Minor ?

Sa voix était sincèrement surprise.

— Tu ne la connais pas, murmurai-je.

— Je sais qu'elle est au Niveau Deux. Pourquoi elle a disparu ? Et qui c'est, l'autre gars ?

Je secouai la tête.

— Espèce d'abruti. Espèce de connard absolu. Tu t'es débarrassé d'Ève, mais tu l'as caché à l'Ordre, c'est ça ? Tu ne voulais pas que qui que ce soit soit au courant. Même l'Ipsissimus a essayé de couvrir tes petites combines pour que les gens ne comprennent pas combien l'Ordre peut être tordu. Ève est au milieu de nulle part, toute seule, à affronter Dieu sait quoi.

Et les méchants de l'histoire, les voleurs, n'avaient pas encore entendu parler du départ d'Ève et de son remplacement. Ils ne savaient pas que j'avais pris sa place. Ils pensaient peut-être qu'elle était bel et bien devenue la stagiaire de Winter. Winter m'avait dit qu'il se protégeait contre les sortilèges d'espionnage, que tous les sorciers de Niveau Deux faisaient la même chose. Mais Ève n'était pas Niveau Deux, pas encore ; Connard et Alice avaient voulu lui lancer un sortilège de localisation pour pouvoir la suivre elle, et du même coup suivre Winter. Cette affaire était forcément reliée à celle du sceptre ; Winter avait failli mourir. Et moi aussi. Mais le jeu n'en valait pas la chandelle… le sceptre seul n'était pas assez précieux. Pas vrai ?

La porte s'ouvrit soudain et Winter apparut. Sa carrure musculeuse était aussi large que l'encadrement de la porte. À côté de lui, Tarquin avait l'air petit et chétif. Je me demandai comment les choses auraient tourné si le plan de Tarquin avait fonctionné. Je doutais que Tarquin aurait réussi à mener Winter en bateau très longtemps.

Les yeux bleus de Winter passèrent rapidement de Tarquin à moi.

— Tu as fini de hurler ? demanda-t-il aimablement.

Je penchai la tête de côté pour réfléchir. Le besoin de me défouler avait disparu quand j'avais trouvé certaines réponses à mes questions ; mais des interrogations difficiles se profilaient encore à l'horizon. Pour le moment, je hochai la tête.

Je pouvais presque sentir Tarquin se tortiller de nervosité à côté de moi. L'abruti se demandait si j'allais le balancer. C'était très tentant : j'aurais adoré éliminer une bonne fois pour toutes son petit sourire suffisant. Mais, malgré ce qu'il pensait de moi, je n'étais pas particulièrement revancharde. J'avais dépassé ma rancune il y avait bien longtemps et j'avais décidé qu'il ne méritait pas des nuits d'insomnie. J'espérais qu'Ève serait du même avis, parce que c'était elle, la véritable victime de Tarquin ; je n'étais qu'un dommage collatéral. Je laisserais Ève décider de son châtiment lorsqu'elle rentrerait ; ça me semblait plus juste.

— Je pense que c'est bon, dis-je à Winter. Mais je commence à avoir froid.

— Je m'en suis douté.

Avec un dernier regard dur vers Tarquin, il me tendit une nouvelle cape. Je n'aurais jamais cru que mettre un de ces trucs ridicules me rendrait heureuse, mais je soupirai de contentement en la passant sur mes épaules.

Winter sourit.

— Je crois que la moitié de l'Ordre a fait une crise

cardiaque en te voyant déambuler comme ça. Les gens parlent d'une folle en pyjama transparent. Ça n'a pas été difficile de te retrouver.

Transparent, hein ? Je souris.

— Écoute, tu m'avais bien dit de m'habiller de façon appropriée.

Il portait aussi une cape. Plutôt que de jurer avec le bleu intense de ses yeux, le rouge lui allait plutôt bien.

— J'ai préféré prouver que je n'avais rien à cacher, susurrai-je.

— Adeptus Exemptus Winter, il faut que vous sachiez que votre partenaire…, commença Tarquin.

Winter m'attrapa par le coude et m'entraîna hors de la pièce, sans lui laisser le temps de finir ; Tarquin resta bouche bée comme un poisson hors de l'eau. Ensemble, nous traversâmes le département des ressources humaines tranquillement, comme si nous étions simplement passés prendre le thé avant de partir pique-niquer.

— Tu peux me ramener ? demandai-je une fois dehors. À moins qu'il nous reste du travail ?

Le fantôme d'un sourire passa sur son visage.

— Je pense que tu en as assez fait pour aujourd'hui.

Sans dec'. Malheureusement, je n'en avais pas encore fini. Mais je préférais choisir l'option la plus facile, pour commencer.

— Merci, dis-je doucement. De m'avoir aidée, dans le sous-sol. Sans toi, je serais morte.

— Tu n'aurais pas été en danger si je n'avais pas été là.

Je penchai la tête, mais ne répondis pas.

Nous marchâmes un moment en silence. Beaucoup de sorciers nous fixaient toujours. Je repoussai mes cheveux fièrement et entrepris de me pavaner. Puisque j'avais l'air de la Créature du Lac Noir (et qu'on partageait la même odeur, aussi), autant l'assumer.

— Est-ce que c'était ton petit copain ? demanda Winter, sans transition.

Il voulait dire Tarquin, évidemment. Je clignai des yeux.

— Euh, ouais. Il y a longtemps. J'étais encore une ado. Mais ça n'a pas duré longtemps. C'est lui que j'ai agressé, l'informai-je aimablement.

— Parce qu'il t'a quittée, ou parce qu'il a triché et que tu as été accusée à sa place ?

Je lui lançai un regard étonné. Il fronça les sourcils.

— Je suis enquêteur, Ivy. L'affaire n'était pas très difficile à résoudre.

— Personne ne m'a crue, à l'époque.

Il se frotta le menton.

— Je pense qu'ils t'ont sans doute crue, si, déclara-t-il finalement. Mais Tarquin est un Villeneuve, et son père a versé énormément d'argent à l'Ordre. Son arrière-grand-père était Ipsissimus. Leur magie est puissante.

Il me jeta un regard de biais.

— Je suis conscient des travers de l'Ordre, Ivy, murmura-t-il. Et aucun individu, ni aucune organisation, n'est parfait.

Je grognai. Mais un rayonnement tiède pulsait dans ma poitrine. Je m'appuyai contre Winter et profitai de sa solidité rassurante. C'était un mec bien. Un mec *très* bien.

12

Il faisait encore jour lorsque Winter gara la voiture devant mon immeuble. C'était un changement agréable, ces temps-ci. Je ne détachai pas ma ceinture immédiatement ; je sentis la curiosité de Winter s'accroître.

— Est-ce que ça va ? Tu devrais rentrer et te débarrasser de tes vêtements mouillés.

— Oui, acquiesçai-je. Je devrais.

Une ombre passa sur le pare-brise et je levai les yeux. Sept pies traversèrent le ciel en direction du massif d'arbres qui jouxtait ma résidence. Sept pour secret. Pas le choix, alors. Je pris une profonde inspiration.

— Il faut d'abord que je te montre quelque chose.

— Merci bien, mais j'en ai déjà trop vu, avec ton pyjama trempé, rétorqua Winter d'un ton neutre.

Je réussis à lui lancer un sourire un peu faiblard. En voyant que je ne lui renvoyais pas instantanément une réplique insolente à la figure, le regard de Winter s'assombrit.

— Que se passe-t-il, Ivy ?

— Il vaut mieux que je te montre, répétai-je.

Nous rejoignîmes l'immeuble rapidement. Winter se sentait apparemment si coupable d'avoir provoqué le désastre de la cave qu'il ne fit aucune remarque lorsque je bifurquai vers l'ascenseur. Il se contenta d'attendre à mes côtés. J'avais le sentiment que cette humeur aimable ne durerait pas bien longtemps.

Plutôt que de me diriger vers mon appartement, je le guidai vers celui d'Ève. Winter haussa les sourcils, mais ne fit aucun commentaire. Je sortis les clefs et en insérai une dans la serrure. Avant de la tourner, je pivotai vers lui.

— C'est arrivé le premier jour. J'aurais peut-être dû t'en parler plus tôt, mais ils sont membres de l'Ordre et je n'étais pas sûre que je pouvais te faire confiance. L'un d'entre eux avait les mêmes plantes que toi, à la bibliothèque. Celles avec lesquelles tu as invoqué le passé autour de la vitrine.

Winter ne bougea pas d'un muscle.

— Ivy, dit-il d'une voix tendue. Est-ce que tu as... tué quelqu'un ?

— C'est pas aussi grave que ça, fis-je avec un petit rire nerveux.

J'ouvris la porte et laissai passer Winter devant moi.

Harold, apparemment surpris de voir un autre inconnu entrer chez lui, laissa échapper un grondement bas et fonça sous le canapé. Winter ne lui prêta pas attention ; ses yeux étaient fixés sur Connard et Fairclough. Ils avaient clairement essayé de se libérer en mon absence, vu le bordel qu'ils avaient foutu autour d'eux en gigotant pour défaire leurs attaches. Mais, malgré leurs efforts, ils étaient toujours solidement ligotés.

— Adeptus Minor Fairclough, lâcha Winter.

Il me lança un regard.

— Ça explique pourquoi tu m'as demandé si je la connaissais.

Je hochai la tête. De son côté, Alice avait détourné le visage, comme pour dissimuler son expression derrière le rideau de ses cheveux. Connard réagit différemment : il se mit à se débattre violemment, une expression urgente dans le regard. Je le rejoignis en quelques pas et détachai son bâillon.

— Aidez-nous ! explosa-t-il instantanément. Cette dingue nous a attaqués et nous garde en otages !

Winter traversa la pièce et s'arrêta près de moi. Il baissa les yeux vers lui.

— Matthew Connor.

Connard hocha vigoureusement la tête.

— Oui, oui ! C'est moi ! Est-ce que je suis porté disparu ? Nous sommes enfermés ici depuis des jours.

Il leva ses poignets.

— Détachez-moi !

— Vous êtes Practicus, murmura Winter. Enfin, vous avez frôlé l'expulsion après la réception de plusieurs plaintes portées contre vous. Certains pensent que vous êtes responsable de l'attaque contre les jeunes Néophytes qui a eu lieu l'année dernière.

Je lançai un regard à Winter.

— Je croyais que tu le connaissais pas.

Il haussa les épaules.

— J'ai fait mes recherches après ton petit interrogatoire.

J'étais impressionnée. Le côté bourreau de travail ultra-minutieux avait peut-être ses avantages.

— Et alors ? beugla Connard. J'ai été accusé à tort !

Il me pointa du menton.

— C'est *elle* qui m'a kidnappé.

Winter s'agenouilla et je crus un instant qu'il allait le libérer. À la place, il replaça le bâillon sur sa bouche.

— Il est assez pénible, murmura-t-il.

C'était le moins qu'on puisse dire. Winter se redressa.

— Alors, voilà. Ils sont entrés ici par effraction. Je les ai entendus de chez moi et je suis venue pour les arrêter… et ils ont fini comme ça.

Il hocha la tête comme si je venais de lui dire qu'il allait bientôt pleuvoir. Je laissai échapper un soupir de soulagement silencieux. Je venais de réaliser à quel point j'avais besoin qu'il croie à ma version des faits et qu'il me fasse confiance.

— Tu as bien fait de ne pas appeler la police. Il faut que cela reste au sein de l'Ordre.

Il passa la pièce en revue.

— Où sont les plantes qu'ils avaient avec eux ?

Je lui montrai la table d'appoint. Winter souleva chacun des sachets plastiques et les étudia attentivement. Un muscle battait dans sa joue. J'espérais qu'il n'était pas en colère contre moi. Après avoir reposé les herbes, il se tourna vers

Alice. Elle avait toujours le visage baissé. Winter détacha doucement son bâillon et releva son menton vers lui.

— Vous êtes venue pour ensorceler Ève Harrington.

Ce n'était pas une question.

— Je veux savoir pourquoi.

Alice évitait son regard ; elle semblait avoir réellement peur de lui. Je lançai un regard vers Winter avec un intérêt renouvelé. Apparemment, sa réputation n'était pas seulement nourrie par ses mérites d'enquêteur acharné.

— Alice, allons, fit-il d'une voix caressante.

Je croyais qu'elle allait rester obstinément silencieuse, comme elle l'avait été avec moi, mais je vis soudain son menton trembloter légèrement, et ses épaules s'affaissèrent. Elle abandonna toute résistance.

— C'était l'idée de Diall, dit-elle.

Le mentor d'Ève.

— Il nous a demandé de venir ici et de répandre assez d'herbes dans l'appartement pour qu'elles s'accrochent à sa peau et que nous puissions filer Ève, où qu'elle aille. Nous savions que notre temps serait limité.

Elle me jeta un regard.

— Nous pensions qu'elle était au travail. Nous n'avions pas l'intention de faire du mal à qui que ce soit.

Vu la violence avec laquelle ils m'avaient accueillie quand je les avais pris la main dans le sac, j'avais du mal à croire à son soi-disant pacifisme.

— Et quelle raison a invoqué Diall pour une mission pareille ? demanda Winter.

Sa voix avait un accent dangereux qui me fit faire un pas en arrière. Pas étonnant qu'il soit expert dans son boulot : il n'avait qu'à poser la question, et son air menaçant forçait l'aveu total et immédiat. Plutôt pratique.

— Il voulait en savoir plus sur *vous*, lâcha-t-elle. En suivant Ève, nous pouvions vous suivre, vous. Il a entendu parler du lien magique que l'Ordre voulait jeter sur votre tandem. Il savait qu'il n'y avait aucune chance pour que vous et votre partenaire puissiez travailler séparément.

Elle poussa un soupir.

— Je ne sais pas où est Ève Harrington. Si vous vous inquiétez un tant soit peu de sa disparition, je suggère que vous commenciez par interroger celle-là, conclut-elle en me pointant du menton.

De mieux en mieux. Je lâchai un ricanement. C'était pas moi, la méchante sorcière, là.

— Pourquoi, Alice ? poursuivit Winter. Pourquoi voulait-il savoir ce que je faisais ?

Elle détourna le regard.

— Diall dit que vous avez les dents trop longues. Que vous avez des vues sur le poste d'Ipsissimus et qu'il faut vous faire surveiller. Il pense que vous transmettez des informations sur l'Ordre à l'armée, et que vous complotez pour renverser l'Ordre et prendre le pouvoir.

Je ricanai encore plus fort. Il suffisait de parler à Winter plus de vingt secondes pour comprendre que cette théorie était aussi crédible qu'un bonhomme de neige dans un sauna. Le ton réticent d'Alice Fairclough suggérait qu'elle aussi était consciente que le prétexte de Diall était d'une connerie monstre.

Winter se redressa légèrement, toujours accroupi, et se frotta le front. Il était probablement aussi crevé que moi. Nous avions vécu l'enfer dans les égouts, quelques heures auparavant, et je couronnais sa journée avec une bande de conspirateurs et un kidnapping spontané. Ouais. Il devait vraiment maudire le jour où il m'avait rencontrée ; et c'était seulement jeudi dernier.

— Quand est-ce que Miss Harrington doit revenir ? me demanda-t-il.

— Lundi.

Il resta silencieux et se releva.

— Est-ce que je peux poser une question ? demanda Alice.

Nous baissâmes les yeux vers elle.

— Pourquoi est-ce que vous sentez comme des toilettes ambulantes ?

Je levai les yeux au ciel, mais Winter ne réagit pas. Il replaça le bâillon et me fit signe de le suivre dans la cuisine. J'obéis. Harold s'extirpa de sous le canapé et nous suivit dans la pièce quand Winter ferma la porte.

— Légalement, nous devrions informer l'Ordre et la police immédiatement. Tu pourrais avoir beaucoup d'ennuis pour les avoir séquestrés ici, Ivy. Et tu as fait de moi ton complice par défaut.

Je croisai les bras.

— Ils sont violents, arguai-je. Si je les remets à quiconque, que ce soit l'Ordre ou la police ou les chevaliers de la Table ronde, Ève sera en danger. Et moi. Et toi aussi. Elle dit que Diall les a envoyés ici, mais on ne sait pas s'il travaillait seul. D'autres sorciers veulent peut-être nous réduire au silence. L'Ordre entier pourrait être compromis. Et puis, c'est super suspect que leur visite cadre avec l'affaire du sceptre et la tentative de meurtre. Peut-être qu'il n'y a pas de rapport... Je n'ai pas de preuve, mais je trouve que c'est une grosse coïncidence, quand même. D'ailleurs...

Winter posa une main sur mon bras.

— J'avais l'intention de te laisser parler jusqu'à ce que tu t'épuises, déclara-t-il d'un ton neutre, mais j'ai eu peur que tu ne prennes pas le temps de respirer et que tu finisses par t'évanouir.

Il poussa un soupir avant de poursuivre :

— Je disais que c'est ce que nous sommes tenus de faire, légalement. Mais ce n'est pas la *bonne* solution.

Je clignai des yeux.

— Tu veux dire que *j'ai* raison ?

— Pour une fois, je...

Je levai la main vers Harold.

— Tope là !

Harold se nettoyait tranquillement les oreilles. Winter me regardait, le visage toujours inexpressif.

— Il faut que nous gardions ces deux-là ici jusqu'à ce que nous ayons éclairci l'affaire. Je vais jeter un sortilège de périmétrage autour de l'immeuble. Si quelqu'un vient les chercher dans le coin, nous le saurons immédiatement et nous pourrons utiliser cette preuve contre eux, a posteriori.

Hm. C'était vraiment une bonne idée.

— Super.

Je plissai les lèvres.

— Qu'est ce qui se passe ? demanda-t-il.

— J'imagine que maintenant tu veux qu'on aille choper Diall, sur le vif, comme ça, tout feu tout flamme ?

Mes muscles hurlaient déjà de réticence à l'idée de ne pas passer par la case baignoire et dodo.

— C'est que je voudrais faire, oui, mais ce n'est pas prévu pour tout de suite. Nous avons tous les deux grandement besoin de nous reposer avant la prochaine étape.

Il passa ses mains dans ses cheveux.

— Si nous repartons maintenant, nous allons faire des erreurs qui risquent de nous coûter cher.

Il marqua une pause.

— Je vais dormir sur ton canapé. Si quelque chose d'importun se produit cette nuit, nous serons deux pour régler le problème.

Je domptai un frisson soudain et inattendu d'allégresse.

— Brutus va vouloir te parler toute la nuit.

Ses lèvres s'incurvèrent légèrement.

— Si je peux te supporter toi, je pense que je peux supporter un chat un peu insolent.

Il pouvait toujours espérer, ouais.

— Il faut aussi que tu saches que mon chauffe-eau est cassé et qu'il caille dans mon appart'. Oh, et que j'ai pas d'eau chaude.

Un éclair proche du désespoir passa sur son visage.

— Je comprends pourquoi il faisait aussi froid l'autre jour. Je vais le réparer.

— Vraiment ?

— Je suis un sorcier aux multiples talents, fit-il en arquant un sourcil. Et apparemment, c'est aussi ton cas.

Je plissai les yeux, suspicieuse.

— Qu'est-ce que tu veux dire ?

— Fairclough n'est peut-être qu'une Adeptus Minor, mais elle n'a pas son pareil en matière d'agression magique. Tu as bien fait de l'arrêter, et tu t'en es bien sortie.

Non, je ne rougissais pas. Pas du tout. Jamais. Je toussotai.

— Bon. Eh bah, euh. Super. Je vais leur donner à manger et on peut y aller.

13

Pour une fois, je me réveillai tôt et sans l'aide de mon réveil. Je tortillai mes orteils pour savourer la chaleur des couvertures et de l'appartement lui-même, puis tendis l'oreille. Dans la pièce d'à côté, Winter argumentait vainement avec Brutus.

— Je me suis occupé de toi assez longtemps. Maintenant, laisse-moi un peu tranquille.

— Caresse.

— La dernière fois que je t'ai caressé, tu m'as griffé.

— Caresse.

— Très bien. Mais garde tes griffes pour toi, compris ?

Une pause s'ensuivit, puis un sifflement de douleur.

— Petit salopard, grogna Winter.

Je pouvais presque entendre Brutus ricaner. Je souris et extirpai mon corps douloureux du lit. Si j'avais cru qu'une bonne nuit de sommeil suffirait à réparer mes muscles mis à mal, je m'étais fourrée le doigt dans l'œil. J'avais encore plus mal aujourd'hui qu'hier ; comment c'était possible, hein ?

J'enfilai des fringues et sortis dans le salon. Winter, dont les cheveux étaient adorablement décoiffés, me tendit une tasse de café.

— J'espère que ça ne te dérange pas ; j'ai fait comme chez moi.

— Tant que tu me fais du café, tout va bien, dis-je joyeusement.

J'appréciais aussi particulièrement qu'il porte toujours le pantalon de jogging et le t-shirt de sport qu'il avait trouvés dans le coffre de sa voiture, la veille. Ça changeait un peu de ses costumes de pingouin. Sans compter que son nouvel attirail dévoilait bien mieux son corps que ce qu'il portait d'habitude.

— Tu peux aussi me faire à manger, si tu veux, ajoutai-je.

— Avec plaisir, mais tout ce qui reste dans ton frigo, c'est une pomme fripée et trois parts de pizza pas franchement mangeables.

Je m'illuminai. J'avais oublié mes restes de pizza. Miam. J'avalai une gorgée de café et partis vers la cuisine pour les passer au micro-ondes. Brutus me suivit, le regard sinistre.

— Mon canapé, siffla-t-il.

Ah, monsieur n'avait pas apprécié que Winter ait osé dormir sur son territoire.

— C'est pas ton canapé. Je l'ai payé, tu sais.

— Mon canapé.

— Tu n'as vraiment pas besoin de te répéter plusieurs fois, tu sais. Je comprends parfaitement ce que tu dis, dès le début.

Il sauta sur le comptoir et, les yeux fixés sur moi, se mit à pousser de la patte la tasse de café que je venais de poser. Avant que je ne puisse la rattraper, elle s'écrasa sur le sol ; je laissai échapper un petit cri quand le café chaud aspergea les alentours, y compris mes mollets. Brutus remua ses moustaches puis s'éloigna tranquillement pendant que Winter, inquiet, passait sa tête dans l'encadrement de la porte.

— Que s'est-il passé ? Est-ce que ça va ?

— Tout va bien.

J'attrapai un torchon et tapotai la flaque, sans trop de succès. Je laissai tomber rapidement. Il y avait des choses plus importantes à faire.

— Écoute, je n'arrête pas de penser au sceptre. Ça n'a pas de sens que Diall, ou qui que ce soit d'autre, se donne tant de mal pour le prendre. Et franchement, il y a des façons plus faciles et plus sûres de nous tuer que de déclencher un tsunami dans les égouts.

Winter me jeta un regard maussade.

— Oui, c'est aussi mon avis.

— Est-ce que tu penses…, commençai-je d'un ton hésitant.

Je m'interrompis et tournai la tête.

— Attends. Tu entends ?

Brutus, dans le coin de la pièce, arqua le dos. Les pupilles dilatées, il sauta sur le sol et se précipita vers la porte d'entrée.

— Ne t'inquiète pas, dit Winter. Je sais qui c'est.

Surprise, et vaguement méfiante, je le suivis. Quelqu'un grattait doucement contre la porte d'entrée. Brutus était en état d'alerte rouge, la fourrure hérissée sur le dos, la queue ébouriffée comme un vieux plumeau.

— Winter, commençai-je pour le mettre en garde.

Il se tourna vers moi avec un sourire amusé, les traits soudain juvéniles.

— Ne t'inquiète pas, répéta-t-il.

Je l'observai pendant qu'il déverrouillait la porte. Brutus déguerpit à l'autre bout du petit vestibule ; ses griffes éraflèrent le parquet dans sa fuite, mais il était apparemment déterminé à ne pas se cacher. Une seconde plus tard, avec un petit miaulement de chaton, un Persan aux longs poils blanc entra lentement dans le vestibule et vint frotter sa tête contre la jambe de Winter pour quémander des câlins.

Je restai bouche bée.

— Est-ce que c'est…?

— Mon familier.

Je me grattai le crâne.

— Je croyais que tu habitais de l'autre côté de la ville.

— Elle est plutôt intelligente. Je l'ai appelée hier, après que tu te sois couchée.

Ouah, ça, c'était du matou dévoué. Malgré son apparence soyeuse et délicate, son tempérament devait être proche de celui de Winter. Elle avait aussi les mêmes yeux d'un bleu si extraordinaire.

— Elle s'appelle comment ? demandai-je.

— Princesse Parma Pervenche.

J'essayai très fort de ne pas glousser, mais… raté.

— Je l'ai depuis que j'ai dix ans, m'informa Winter en levant les yeux au ciel. Depuis que mes pouvoirs sont apparus. Je me rebellais un peu contre mes parents et j'avais une imagination très fertile.

— Mmh.

Comme les familiers vivent longtemps, leurs noms sont souvent amusants ; mais rarement à ce point. Winter montra Brutus, qui regardait toujours la princesse en question d'un regard soupçonneux.

— Tu peux parler, remarqua-t-il en pointant mon chat.

Pas faux.

— Elle va rester ici ?

— C'est ce qui m'a semblé le plus logique. Si je reste ici tant que nous n'avons pas éclairci cette affaire, elle devrait être avec moi. Elle pourra aussi relayer Harold pour surveiller l'appartement de Miss Harrington.

— Brutus et moi sommes enchantés, fis-je d'un ton sceptique.

Bon, je l'étais pour de vrai. La présence de Winter cette nuit m'avait rassurée. En plus, un problème partagé est à moitié résolu, non ? Garder Connard et Alice dans l'appartement d'Ève me dérangeait moins, maintenant que je n'étais plus la seule dans le secret.

— Enfin, tu t'apprêtais à dire quelque chose ? reprit Winter alors que Princesse Parma Pervenche s'approchait d'un Brutus peu convaincu.

Mon attention était momentanément divisée. Je voulais lui répondre, et voir la réaction de mon chat. Il me jeta un regard incendiaire.

— Connasse, siffla-t-il.

Puis, apparemment sans transition, il s'avachit sur le

sol et présenta son ventre à la nouvelle arrivante. Winter souleva un sourcil.

— Hm. Tu n'as pas fait la même chose pour moi.

Je lui lançai un regard malicieux.

— Je peux, si tu veux.

Winter sembla sur le point de répliquer, le regard plus sombre, mais il se reprit au dernier moment.

— Nous avons du travail. Que voulais-tu me dire ?

Je pris une profonde inspiration.

— Tu ne vas pas apprécier.

Sa bonne humeur s'évanouit en un instant.

— Je t'écoute.

— Nous pouvons considérer que le sceptre n'était pas la véritable cible.

— Oui.

— Et si tu n'étais pas la cible non plus, mais plutôt un petit avantage bonus pour le plaisir…

Les yeux de Winter étincelèrent.

— Alors, il y a un autre mobile derrière tout ça.

Il sourit.

— Tu vois ? Tu as pensé à ça toute la nuit, n'est-ce pas ? C'est pour ça que ce travail est si gratifiant. Plus tu réfléchis à un problème, et plus il est fascinant. Quand une solution possible se profile, même à trois heures du matin, ce sentiment de résolution… Ça n'a pas de prix.

Je le fixai en silence. J'avais dormi comme un bébé ; l'idée m'était venue pendant que je me brossais les dents.

— Ouais…, dis-je, peu convaincue. Sûrement. Enfin. Tu es l'enquêteur en charge des vols et des objets disparus. Donc, si tu étais hors d'état de nuire, l'Ordre devrait se dépêcher de te trouver un remplaçant. Peut-être que le piège avait simplement pour but de dégager le terrain pour un vol plus important.

— Tu veux dire que le sceptre ne serait qu'une diversion ?

— Exactement.

Winter pâlit soudain.

— Les protections. Maidmont et les autres bibliothécaires avaient l'intention d'ajuster les protections dans tout le bâtiment. Hier après-midi, pendant notre petite noyade dans les égouts.

— Oui. L'opportunité parfaite pour que le voleur prenne quelque chose d'autre dans la bibliothèque. La question, c'est de savoir ce qui pourrait avoir plus de valeur que le sceptre ? Qu'est-ce qui mériterait un stratagème aussi tarabiscoté ?

Je connaissais déjà la réponse, mais je voulais que Winter la confirme. Si c'était vrai, alors on était peut-être à deux doigts de l'apocalypse.

Il serra les poings.

— Les Manuscrits Cryptiques.

Je soupirai. Pfff, en plein dans le mille.

— Les grands esprits se rencontrent.

***

Malheureusement, Winter ne prit pas le temps de me faire un autre café. Il était prêt à partir immédiatement ; je dus lui rappeler que je devais m'occuper d'Harold, d'Alice et de Connard. Pendant que je leur donnais de l'eau, de la nourriture, et les laissais aller aux toilettes, il tapait impatiemment du pied dans un coin.

Princesse Parma Pervenche, à qui il fallait que je trouve un surnom rapido parce que j'avais des syllabes plein la bouche, donna un petit coup de museau rose à Harold avant de s'installer confortablement dans un coin pour garder un œil sur la paire saucissonnée et le laisser se reposer un peu. Le chat d'Ève n'alla pas jusqu'à tourner sur le dos comme Brutus, mais c'était tout comme.

En grimpant dans la voiture, Winter me lança son téléphone et me demanda d'appeler la Branche Arcane pour qu'ils envoient quelqu'un surveiller Diall. Je composai le numéro et m'enfonçai dans le siège, retirai mes chaussures d'un coup de talon, et perchai mes pieds sur le tableau de bord en écoutant la tonalité.

— Ivy, lâcha Winter sévèrement. Ce n'est pas parce que nous sommes en trêve après notre expérience partagée de mort imminente que tu peux faire n'importe quoi.

Je tournai le visage vers lui.

— Qu'est-ce que tu veux dire ?

Il fit un geste d'agacement vers mes pieds. Je tortillai les orteils en réponse. Mais Winter n'était pas d'humeur. J'avais déjà épuisé ses réserves de bonne volonté : j'avais plus qu'à prévoir une autre noyade. Dans l'intérêt de notre tranquillité mutuelle, je laissai retomber mes pieds sur le sol. On avait des choses plus importantes à régler.

— Je suis sûr que tu ne laisses pas tes clients traiter ton taxi comme ça.

En réalité, c'était bien mieux pour moi quand les passagers étaient détendus ; mais avant que je ne puisse lui expliquer mon point de vue sur la question, quelqu'un décrocha le téléphone.

— Branche Arcane, Practicus Smythe à l'appareil. Que puis-je faire pour vous ?

J'utilisai ma voix la plus snobinarde.

— Oh, bien le bonjour, Practicus Smythe. Je suis enchantée de vous avoir au téléphone.

Winter poussa un soupir de souffrance. Je l'ignorai.

— Je suis en présence du très respecté Adeptus Exemptus Raphaël Winter.

Je pouvais presque entendre Smythe se redresser dans son siège.

— Winter ? toussa-t-il. Oui, oui, bien sûr, comment puis-je lui venir en aide ?

— Il aimerait beaucoup que vous envoyiez quelqu'un *illico presto* chercher Adeptus Diall. Il doit être mis en garde à vue immédiatement.

— Diall ? Mais… Euh, oui, bien sûr. Et s'il refuse de venir ?

— Usez de la force s'il le faut.

Je raccrochai. Je pouvais m'habituer à ce genre de pouvoir totalitaire, franchement. J'aimais bien quand tous ces petits coincés m'obéissaient au doigt et à l'œil.

Winter fit claquer sa langue.

— Diall est un membre estimé de l'Ordre.

— Un membre estimé qui a envoyé deux sbires en mission illégale contre une sorcière plus jeune, rappelai-je. Et qui a apparemment essayé de te tuer. S'il a les Manuscrits Cryptiques en sa possession…

Les conséquences seraient catastrophiques.

— Il faut suivre le protocole. On ne peut pas agir comme la Gestapo et enfermer n'importe qui selon notre bon plaisir.

— Pourquoi pas ? dis-je en arquant un sourcil.

— Il y a des papiers à remplir.

— Oooh, en trois exemplaires ?

Je crois qu'il s'accorda une seconde. Le temps de respirer et de compter jusqu'à dix.

— Non, mais…

La sonnerie du téléphone l'interrompit. Il me lança un sourire triomphant.

— Tu vois ? C'est sûrement Smythe qui appelle pour avoir confirmation.

Winter ne semblait pas capter combien le reste de l'Ordre le prenait au sérieux. Même pendant ma courte conversation avec lui, j'avais compris que Smythe n'oserait jamais remettre ses ordres en question, qu'ils soient indirects ou non. Il devait déjà être en route pour le bureau de Diall avec une armée d'armoires à glace. J'enfonçai la main dans ma poche et en sortis mon propre portable.

— C'est pour moi, pas pour toi, fis-je d'un ton narquois.

Je décrochai.

— Ivy à l'appareil, gazouillai-je.

— Salut, beauté.

Je souris largement.

— Iqbal ! Tu vas bien ?

— Super. J'ai des nouvelles pour toi. Et pour moi. Je vois une séance de karaoké absolument jouissive dans ton futur proche.

Il se mit à chanter, plutôt faux, d'ailleurs. Je me redressai sans regarder Winter.

— Vas-y.

— Il y a une faille dans ton lien magique. J'ai trouvé une solution temporaire, mais elle ne fonctionnera qu'un jour ou deux. Je me suis dit que tu cherchais plutôt un truc permanent, donc j'ai continué à fouiller, et j'ai trouvé ce qu'il te faut. Ça ne sera pas facile, mais si tu parviens à mettre la main sur de la racine d'ossombe, j'ai le sortilège qu'il te faut.

— Jamais entendu parler.

— Normal. La seule référence que j'ai identifiée vient d'un vieux texte du XVIIe siècle. Ce n'est pas vraiment un ingrédient classique.

— Et où est-ce que je trouve ça ?

— L'ossombe pousse au pied des collines de Mongolie. Voilà. Ne me remercie pas.

Un étrange sentiment de soulagement s'insinua en moi, mais je le réprimai immédiatement. Je confondais sûrement avec la déception.

— Iqqy, chéri, je ne peux vraiment pas aller en Mongolie ces jours-ci.

Il resta silencieux quelques secondes.

— Oh, dit-il finalement. Je n'y avais pas pensé. Peut-être que tu peux t'en procurer autrement.

— T'as une idée ?

— Hum. Non.

Il réfléchit un moment au problème.

— Ebay ?

Peuh. Je couvris le combiné d'une main.

— Est-ce que tu as déjà entendu parler des racines d'ossombe ? demandai-je à Winter.

Une ligne apparut entre ses sourcils, et son expression se fit sévère.

— Non.

Si même Winter n'en avait jamais entendu parler, on n'était pas sortis de l'auberge. Et je ne connaissais pas de mongoliens.

— Merci, lançai-je sèchement à Iqbal.

— De rien ! chantonna-t-il. Alors, le week-end prochain, ça t'irait ?

— Pour quoi faire ?

— Un karaoké, évidemment.

— Le lien est toujours actif, rétorquai-je. Et tu ne sais pas comment trouver la racine d'ossombe. Ergo, tu n'as pas rempli les termes de notre contrat.

— Oh, si. Je t'ai donné la solution pour retrouver ta liberté.

Je secouai la tête.

— Nan.

— Ivy…

— Tu devrais retourner à ta thèse. Elle ne va pas s'écrire toute seule, tu sais.

Je raccrochai. Les doigts de Winter pianotaient sur le volant.

— Qu'est-ce qui se passe ?

Mon téléphone sonna de nouveau. Le nom d'Iqbal apparut sur l'écran, et j'éteignis le téléphone.

— J'ai demandé à quelqu'un de faire quelques recherches sur notre lien, dis-je d'un ton pseudo-dégagé. Pour savoir s'il y aurait un moyen de le briser avant la fin des cent jours obligatoires.

— Et ? demanda Winter avec raideur.

— Racine d'ossombe.

Sa bouche se durcit.

— Mais tu ne sais pas ce que c'est, ni où la trouver ?

— Non.

— Dommage, commenta Winter.

Il ne me regardait pas.

— Ouais, acquiesçai-je. C'est vraiment dommage. On pourrait être débarrassés l'un de l'autre si seulement on arrivait à mettre la main dessus.

— Mmh.

Winter enfonça l'accélérateur et passa le feu suivant de justesse. Nous n'échangeâmes plus un mot avant d'arriver à la bibliothèque.

14

Winter fit craquer ses phalanges quand nous passâmes les portes de la bibliothèque. Traduction : il n'était pas là pour rigoler. Il traversa la pièce à grands pas et se mit à aboyer sur le type de la réception :

— Toute la zone doit être immédiatement fermée. Assurez-vous que tout le monde s'en aille.

Il jeta un coup d'œil à sa montre.

— Vous avez deux minutes.

Et moi qui pensais qu'il commençait à s'adoucir. Le sorcier le fixait, ébahi.

— Adeptus Exemptus Winter…, commença-t-il nerveusement.

— Je suis sûre que nous n'avons pas besoin que tout le monde parte, proposai-je.

Winter me foudroya du regard. Avec un temps de retard, je compris que j'avais remis en cause son autorité en public. Oups. Je me dépêchai de faire machine arrière.

— Je veux dire que ce serait génial que vous restiez à votre poste après le départ des autres, corrigeai-je. Vous avez l'air d'être un super gardien et quelqu'un doit empêcher les gens d'entrer dans la bibliothèque pour le moment.

Le sorcier bomba légèrement le torse.

— Je peux m'en charger, renifla-t-il prudemment. Mais je ne peux pas renvoyer tout le monde. Il y a beaucoup de gens ici qui conduisent à des recherches absolument capitales. À moins que ce ne soit un problème d'hygiène et de sécurité, il m'est impossible de leur faire quitter les lieux.

C'est vrai que pour l'Ordre, et par extension, pour Winter, il était vital que personne ne sache que les

Manuscrits Cryptiques avaient peut-être été compromis. Des mouvements de panique étaient à prévoir si la nouvelle venait à se savoir ; même moi, j'étais secouée par cette simple possibilité, et je me foutais de l'Ordre comme de l'an quarante.

— Désolée, marmonnai-je à Winter. N'oublie pas que c'est nouveau pour moi, tout ça.

Je ne sais pas si mes excuses suffirent ; il ne changea pas d'expression. Il croisa les bras.

— Quatre-vingt-dix secondes.

Affolé, le type décrocha le téléphone. Ses doigts tremblaient et il avait du mal à trouver les bons chiffres sur le clavier. Il avait l'air de se dérober sous le poids du regard impatient de Winter, et sa panique commençait à me mettre mal à l'aise.

— Ne vous inquiétez pas, j'ai une meilleure idée.

Et ça nous épargnerait une grosse prise de tête. Je levai ma paume droite et, en utilisant ma gauche, esquissai la rune du feu. Je savais combien les incendies étaient craints à la bibliothèque ; une petite flamme les ferait tous déguerpir avant que j'aie le temps de me faire rôtir un Chamallow. Je commençais sérieusement à attraper le coup de main pour cette rune-là, soit dit en passant. À la fin de la semaine, les scouts se battraient pour que je les emmène en forêt ; ou encore mieux, je pourrais commencer une carrière brillante chez les pompiers. Je me voyais bien sur leur calendrier annuel, entourée par des types tout nus sous leur salopette. En voilà une bonne idée.

Dès l'apparition de ma minuscule flamme, une sirène assourdissante explosa dans la bibliothèque. Des sorciers en robe rouge apparurent au pas de course de tous les côtés, prêts à partir au combat. J'éteignis la flamme ; l'alarme, elle, continuait de mugir.

— Évacuez le bâtiment ! hurlai-je. Il y a le feu !

— Ivy…, articula Winter par-dessus l'horrible boucan.

Il se frottait le front avec une expression de douleur.

— Ce n'est pas un bureau, ici. En cas d'incendie, tous les sorciers des alentours ont le devoir de converger vers la bibliothèque et d'aider à contenir les flammes. C'est le contraire de ce que nous voulions accomplir.

Oh. Oui, c'était logique. *Moi*, j'aurais fui l'incendie ; ces imbéciles préféraient se jeter dans les flammes.

Un sorcier tout proche leva ses mains. Ses yeux étaient fermés et il semblait se concentrer intensément.

— Je vais trouver la source du feu, murmura-t-il.

Avant que je puisse réagir, il dessina une rune et une gerbe d'eau glacée me doucha des pieds à la tête. Oh, putain.

Winter, d'un geste si agile et si fugace que je le manquai presque, esquissa une nouvelle rune ; les portes de la bibliothèque s'ouvrirent à la volée, puis sa voix retentit dans la pièce comme à travers un mégaphone. Cool.

— Il n'y a pas d'incendie, mais chacun d'entre vous doit quitter le bâtiment pour des raisons de sécurité, jusqu'à ce que nous découvrions qui a déclenché l'alarme.

Le sorcier qui venait de m'asperger fronça les sourcils.

— C'est elle qui a mis le feu et qui a déclenché l'alarme.

Pour plus d'emphase, il me lança un nouveau jet d'eau gelée dans la figure.

Elle était encore trempée et commençait sérieusement en avoir ras le bol. Je m'ébrouai et sifflai :

— Connard.

— Ivy, m'avertit Winter.

Il attrapa l'apprenti baleineau par le coude et l'entraîna dans un coin pour lui murmurer quelque chose à l'oreille. Le sorcier pâlit, hocha la tête, et quitta la bibliothèque sans attendre, comme un bon petit chien.

Par la fenêtre, de tous les côtés, je pouvais voir une foule de sorciers encapuchonnés courir vers la bibliothèque. Le type ultrazélé que Winter venait de faire fuir se mit à hurler, en leur faisant signe de déguerpir :

— Il n'y a pas d'incendie. C'est un chat noir ! piailla-t-il avant de marquer une pause dramatique. Une chatte noire, et elle a eu une portée de chatons !

Je jetai un regard perplexe à Winter. Il haussa les épaules.

— Il faut bien que les superstitions de l'Ordre servent à quelque chose. Tant que l'Ipsissimus ne nous a pas donné son autorisation et que nous ne sommes pas sûrs que les Cryptiques ont été subtilisés, l'information doit rester strictement confidentielle.

J'étais impressionnée par la présence d'esprit de Winter. Autour de nous, les sorciers qui étaient restés dans la bibliothèque décidèrent comme un seul homme de ne pas tenter le diable. Ils se précipitèrent vers les portes, prêts à faire n'importe quoi pour éviter qu'un chat noir (ou pire, *plusieurs*) ne croise leur chemin. L'Ordre se donnait beaucoup de peine pour tenir les chats noirs à distance. Malgré mes propres superstitions, j'avais un peu pitié d'eux ; ils ne pouvaient pas choisir leur couleur.

— Adeptus Exemptus Winter est vraiment un héros, murmura une sorcière à un de ses amis. Il va risquer sa propre vie pour s'assurer que le chat reste à distance de la population.

Je me tournai vers lui.

— Tu sais, les gens vont t'éviter pendant des semaines histoire que tu ne les souilles pas avec ta malchance potentielle.

— Au moins, je pourrai faire mon travail sans problème, grogna-t-il.

Il me jeta un regard.

— Ils t'éviteront aussi. Ça ne te gêne pas ?

Je m'esclaffai.

— Pas vraiment, non.

Je me secouai de nouveau, et jetai par la même occasion des arcs de gouttes froides en direction de Winter. Il se raidit légèrement mais ne fit aucun commentaire.

— Tu crois que je pourrais rentrer à la maison et me changer ? dis-je avec espoir.

— Tu ne peux t'en prendre qu'à toi-même, si tu es mouillée, Ivy. Qui plus est, la bibliothèque ne devrait pas rester fermée plus longtemps que nécessaire. Les Manuscrits Cryptiques sont peut-être encore à leur place et intacts.

— Ouais, lâchai-je d'un ton peu convaincu.

Peut-être qu'à force de me tortiller dans des vêtements trempés, j'allais choper un rhume ; et alors, j'aurais une bonne excuse pour rester au lit quelques jours. Après la pluie vient le beau temps, etc.

Maidmont était encore près des portes. Il nous rejoignit, le front plissé.

— Il n'y a pas de chat, n'est-ce pas ?

— Non.

Il sembla momentanément soulagé. Le pauvre, il allait tomber de haut.

— Alors que se passe-t-il ?

Winter lui jeta un regard menaçant.

— Si je vous le dis, vous serez dans l'obligation de ne divulguer l'information à personne jusqu'à nouvel ordre.

Maidmont hocha vigoureusement la tête.

— C'est de l'amiante ?

— Nous pensons que les Manuscrits Cryptiques pourraient avoir été volés, fit Winter sans préambule.

Maidmont n'enregistra pas l'information immédiatement. Il nous regardait sans comprendre.

— Qu... Quoi ?

— Ça expliquerait la disparition du sceptre. Le cambrioleur a peut-être voulu couvrir un vol bien plus grave, et assassiner par la même occasion mon bon ami Winter, ajoutai-je aimablement.

Maidmont clignait des yeux rapidement.

— Mais les Cryptiques ? C'est impossible, déclara-t-il en se tordant les mains.

— Quand vous avez ajusté les protections, hier, avez-vous également renforcé celles des Cryptiques ? demanda Winter.

Le pauvre bibliothécaire se gratta le crâne.

— Hm, oui. Nous les avons toutes réinitialisées.

La panique apparut sur son visage.

— Nous avons fait une erreur ? Oh, mon Dieu, tout est ma faute. Les Cryptiques…

— Nous ne sommes pas certains qu'ils ont été volés. Allons d'abord vérifier.

Maidmont s'humecta les lèvres.

— Oui. Oui, bonne idée.

Il ne bougea pas d'un pouce.

Winter tapait du pied.

— Allons-y.

Sa bouche se crispa.

— Il vaut mieux avoir des témoins dignes de confiance.

Il marquait un point. Vu la réputation que j'avais dans l'Ordre, je n'aurais pas été surprise qu'on me foute la disparition des Cryptiques sur le dos. On me connaîtrait pour les siècles à venir comme la sorcière la plus célèbre et la plus malfaisante qui ait jamais existé. Oh, et bien sûr, je croupirais en taule jusqu'à ma mort.

Nous montâmes tous les trois au troisième étage. Une petite partie de moi espérait encore que Winter et moi nous étions trompés, et que quelqu'un avait simplement voulu nous envoyer six pieds sous terre pour le fun. Cette théorie-là était plus rassurante que d'envisager que quelqu'un avait volé les Manuscrits Cryptiques pour s'approprier tout le pouvoir que leur vélin antique contenait. Si c'était le cas, la masse de travail que Winter et moi devrions abattre serait littéralement incommensurable.

Winter avait la permission d'entrer dans la pièce protégée où les Cryptiques étaient entreposés, mais je devais attendre à l'extérieur tant que Maidmont n'avait pas relâché le cercle de protection. Pour ne pas qu'il se donne trop de peine, je préférai rester en retrait : je pouvais voir la pièce au-delà de la porte ouverte. Au moins, je ne risquais pas de compromettre la scène de crime en fichant mes empreintes partout.

Winter ouvrit la porte, et lui et Maidmont entrèrent dans la pièce. Mon regard les dépassa. Je vis une multitude d'étagères en chêne : même d'ici, je pouvais deviner que plusieurs d'entre elles supportaient encore des documents Cryptiques. Je poussai un soupir de soulagement.

— C'est bon ! Ils sont encore là.

Je passai ma main sur mon front. Difficile de savoir si ma peau humide était due à la sueur ou aux gouttes du sortilège aquatique. Quoi qu'il en soit, le monde n'était pas sur le point d'imploser, et c'était un bon point pour ma tension nerveuse.

Winter examinait lentement les étagères. Il fronçait toujours les sourcils, mais je sentais qu'il était aussi soulagé que moi. On s'était monté la tête comme des imbéciles, tous les deux. Un véritable soulagement naissait tout juste en moi quand Maidmont lâcha un petit cri.

— Volume IX. Le Volume IX a disparu.

Winter bondit vers lui.

— Montrez-moi.

Le bibliothécaire pointa un index tremblant. Leurs deux corps me bloquaient la vue, mais ça n'avait pas d'importance ; le bibliothécaire savait forcément quels bouquins étaient à leur place et lesquels manquaient à l'appel.

— Est-ce qu'il pourrait avoir été emprunté ? proposa Winter.

— N... Non. Personne ne peut emprunter les Manuscrits, à part l'Ipsissimus, et il n'est pas passé depuis des mois, bégaya Maidmont.

— Vérifions encore une fois. Peut-être qu'il est simplement sur la mauvaise étagère. Ivy, rejoins-nous et jette un coup d'œil.

— Je ne peux pas. La protection m'en empêche, objectai-je.

Winter remua une nouvelle fois ses doigts pour tracer une rune rapide comme l'éclair. La légère barrière qui m'avait retenue jusque-là disparut immédiatement. Je fronçai le nez et avançai d'un pas. Moins j'étais impliquée, et mieux je me portais. Je ne voulais vraiment pas entrer dans cette pièce.

— Il n'est pas là, murmura Maidmont. Il n'est vraiment pas là.

J'expirai lentement.

— Et j'imagine que vous ne savez pas sur quoi porte le Volume IX ?

Une voix profondément tourmentée s'éleva derrière moi. L'Ipsissimus.

— C'est le Volume de l'Autorité. Il contient tous les sortilèges permettant d'augmenter son emprise et son pouvoir sur autrui.

Je me mordis la lèvre et me tournai vers lui.

— Ah. Alors les choses pourraient être pires, pas vrai ?

Ses yeux pâles se baissèrent vers moi.

— Si vous pouvez vous satisfaire de vivre sous une dictature magique dont le ou la despote incontesté(e) pourrait faire tout ce qui lui plaît, y compris encourager la torture, l'injustice et la corruption la plus poussée, alors oui, Miss Wilde, les choses pourraient être pires.

Ah. Oui, bah c'est sûr, dit comme ça…

15

Nous nous regroupâmes tous les quatre dans le bureau de l'Ipsissimus.

— Vous avez fait preuve de sagesse en décidant de garder cette affaire pour vous, dit le Guide de l'Ordre à Winter. Nous allons permettre aux sorciers de retourner à la bibliothèque dès maintenant ; sinon, la situation risque d'éveiller les soupçons. Assurons-nous que la salle des Cryptiques est scellée à tous.

— Absolument, répondit Winter. Tant que nous ne savons pas qui est responsable de la disparition du Volume IX, tout le monde est suspect.

L'Ipsissimus se caressait le menton.

— Tout à fait. Ce vol est inquiétant. Très inquiétant.

— Mais pourquoi ces sortilèges existent-ils ? demandai-je. Et pourquoi les a-t-on inscrits au vu et au su de tous ? Tout le monde peut accéder aux Cryptiques.

— Nous considérons généralement que nos sorciers n'ont pas l'ambition de gouverner le monde, Miss Wilde, répondit-il. Et l'accès aux Manuscrits est attentivement contrôlé. Nous ne pouvons pas détruire des artefacts anciens parce que nous n'aimons pas leur contenu. Ce qui est déjà connu ne peut être inconnu. Lorsque l'atome s'est fractionné, un retour en arrière n'était plus envisageable.

— OK, mais personne n'apprend la physique nucléaire aux gosses, non ? C'est trop con. Les Cryptiques auraient pu être enfermés dans une salle close. Les gens finiraient par les oublier.

— Nous vivons dans un monde libre, Miss Wilde. Loin de nous le désir de dissimuler les sources du savoir. Qui plus est, le Volume contient des informations que nous utilisons encore aujourd'hui.

— Comme ?

— Les sortilèges les moins puissants sont assez divers, comme attirer ou garder l'attention d'une assemblée, proposa Maidmont. Certains instillent un sentiment d'assurance chez le sorcier qui les jettent. Il y aussi des sorts qui permettent de contrôler un familier borné si celui-ci refuse d'obéir.

J'imaginai comment Brutus réagirait si je lui jetais un sort comme ça. Carnage félin en perspective. On retrouverait mon cadavre démembré des mois plus tard.

L'Ipsissimus redressa ses épaules, les yeux fixés sur Maidmont.

— L'avez-vous lu ? demanda-t-il d'une voix glaciale.

— Oh, non, fit Maidmont, soudain inquiet. Non, je n'oserais pas. Je connais bien le catalogue, c'est tout. Et puis, je ne suis pas assez bon sorcier pour réussir à jeter des sortilèges pareils et obtenir l'effet escompté.

Winter poussa un soupir.

— C'est là que le bât blesse.

Je lui jetai un regard interrogateur.

— Seuls les sorciers de haut Niveau peuvent assimiler une telle magie et jeter les sorts issus des pages des Cryptiques les plus complexes, expliqua-t-il. Si un sorcier moins apte s'y essaie, il risque l'autodestruction.

— Et, au cas où vous penseriez que nous donnons l'accès aux Manuscrits à n'importe qui avec l'opportunité d'abuser du pouvoir qu'ils contiennent, sachez que les sorciers de l'Ordre ne sont autorisés à voir les Manuscrits que pour des périodes courtes et déterminées. Il leur faudrait des jours pour réussir à comprendre et à utiliser la magie maîtrisée par les Niveaux supérieurs, continua l'Ipsissimus.

— C'est sûrement pour ça qu'ils ont été volés, remarquai-je. Le voleur peut les étudier comme il le souhaite et assimiler les sortilèges sans risque d'être arrêté ou interrompu.

Nous restâmes silencieux un moment. Franchement, cette affaire devenait un peu trop sérieuse à mon goût.

— Ipsissimus, m'enquis-je. À tout hasard, auriez-vous de la racine d'ossombe sous la main ?

Winter se raidit. L'Ipsissimus fronça les sourcils.

— Je ne connais pas cet ingrédient, admit-il. Pourquoi ? Serait-ce utile pour arrêter notre potentiel mégalomane ?

— Non, répondis-je joyeusement. Mais ça me permettrait de déguerpir aussi loin que possible.

L'Ipsissimus eût l'air plus confus encore ; Winter aboya :

— Ça suffit, Miss Wilde.

Oh, on était reparti sur *Miss Wilde* ? Pfff. L'Ipsissimus n'attendit pas ma réponse et recadra la conversation :

— J'espère, Adeptus Winter, que vous avez un plan pour localiser ce sorcier, quel qu'il soit.

— Ils pourraient aussi être plusieurs, grogna Winter. J'ai effectivement quelques idées, oui.

— Vous avez carte blanche, mais le temps nous est compté. Il est impératif que vous les trouviez avant qu'ils n'assimilent toute la magie qu'ils convoitent. Nous serions sans défense dans le cas contraire.

Je croisai le regard de Winter. Nous savions par où commencer : Diall était forcément mêlé à tout ça, d'une façon ou d'une autre. Si Smythe ne l'avait pas encore arrêté, nous pourrions nous-mêmes le mettre en garde à vue dans l'heure. Il y avait même une possibilité (infime) que toute cette histoire soit résolue avant l'heure du goûter.

Quelqu'un frappa à la porte.

— J'avais demandé à ne pas être dérangé ! rugit l'Ipsissimus.

Je sursautai. Est-ce qu'il avait un peu potassé le Volume IX durant son temps libre, le monsieur ?

Une femme passa la tête dans l'entrebâillement de la porte.

— Je suis navrée, Ipsissimus, dit-elle.

Elle n'avait pas l'air navré du tout. Sympathie immédiate.

— Un sorcier insiste pour parler à Adeptus Exemptus Winter. Un certain Practicus Smythe. Il dit que c'est une urgence et qu'il ne peut pas attendre.

Le visage de Winter se ferma. L'Ipsissimus fronça les sourcils, mais fit signe à la sorcière de laisser entrer Smythe. Un instant plus tard, un chaperon rouge à lunettes s'avança dans la pièce. Il était aussi maigrichon et pâle que la plupart des sorciers de l'Ordre. Il exsudait distinctement la panique pure ; je l'observai plus attentivement. Des taches rouges maculaient les manches de sa robe. Elles étaient difficiles à localiser à cause de la couleur du tissu, mais un mauvais pressentiment m'envahit alors que je devinai confusément leur provenance.

Smythe s'inclina plusieurs fois puis traîna des pieds jusqu'au centre de la pièce, tremblant.

— Je suis désolé, je ne vous aurais pas dérangés si ce n'était pas important. On m'avait demandé de convoquer Adeptus Diall pour un interrogatoire.

Il faisait son possible pour se distancier de toute responsabilité : une tactique que je connaissais sur le bout des doigts.

— Et ?

Il s'humecta les lèvres.

— Peut-être devrais-je m'entretenir avec Adeptus Winter en privé ?

— C'est une question ? La réponse est non. Expliquez-nous la situation, rétorqua l'Ipsissimus.

Smythe prit une inspiration tremblante.

— Eh bien, je suis allé à la maison d'Adeptus Exemptus Diall, selon les instructions reçues. Pas seulement moi, nous étions trois du bureau Arcane.

La peur rampait le long de ma colonne vertébrale.

— Et ?

Smythe sembla se recroqueviller sur lui-même.

— Il est mort. Diall, je veux dire. Je crois qu'il a été poignardé.

***

Winter resta silencieux pendant une bonne partie du trajet. Son visage était lugubre, et je devinais sa tension à sa posture raide. Évidemment, je ressentais la même chose. Peut-être que Diall était mort en essayant de maîtriser les sortilèges Cryptiques les plus dangereux, mais j'avais du mal à croire que les Manuscrits s'étaient animés tous seuls pour lui balancer une lame dans le cœur.

— Est-ce que ça va ? demanda Winter pendant qu'il se garait dans l'allée arborée qui menait à la maison de Diall.

Mes doigts trituraient ma manche.

— Je suis presque sèche, dis-je. C'est déjà bien.

— Je veux dire, est-ce que tu te sens capable de faire face à ce qui nous attend ?

Je savais qu'il faisait référence au cadavre de Diall. Je matais peut-être beaucoup de séries policières à la télé, mais les vrais macchabées devaient être bien plus horribles et effrayants que leurs homologues fictifs. Je n'avais aucun problème avec un peu de maquillage écarlate sur un acteur ; je ne savais pas comment j'allais réagir face à un vrai corps.

— C'est quoi, l'alternative ? Il faut que tu ailles inspecter le corps de Diall. Le lien nous oblige à travailler ensemble à chaque étape. Je suis obligée de faire face, dis-je doucement.

— Si c'est trop pour toi, je peux demander un rapport verbal à un membre de la Branche Arcane. Nous pouvons continuer sans voir le corps.

Winter semblait vraiment inquiet pour moi. Connaissant l'amour qu'il portait à son job et combien l'enquête était vitale, j'étais touchée par sa proposition.

— Ça ira.

Je m'humectai les lèvres. J'aurais bien pris un shot de whisky avant, cela dit.

— T'en as vu combien, des cadavres ?

— Trop. J'ai travaillé avec la police sur les détachements Arcane il y a quelques années. Il y a beaucoup de misère dans ce monde, Ivy. Pourquoi est-ce que tu penses que je fais ce travail ?

Ce n'était pas le moment de lâcher une réponse sarcastique. Je me contentai de hocher la tête et jetai un regard par la fenêtre. La maison de Diall était jolie.

Nous sortîmes de la voiture et rejoignîmes le tandem qui nous attendait devant la porte : un agent de police et une sorcière. C'était un meurtre : l'Ordre ne pouvait plus refuser d'impliquer les flics, mais j'avais l'impression que les capuchons rouges dirigeaient quand même les opérations. La sorcière fit un signe de tête à Winter et murmura son nom au policier. Je compris qu'elle m'avait reconnue en remarquant l'éclair de curiosité qui traversa son regard. Elle savait apparemment qu'il valait mieux se taire, cela dit. C'était pas le moment de poser des questions inutiles ou de s'adonner aux commérages.

Mon pied avait à peine touché le perron lorsque je sentis l'odeur. Si j'avais cru pouvoir affronter sans ciller le parfum de la mort, je me gourais sur toute la ligne. Diall n'était sûrement pas mort depuis longtemps, mais la puanteur était accablante. Par rapport à l'odeur aigre et fécale qui me gifla au visage, les égouts de la bibliothèque fleuraient bon les roses de Damas.

Les sorciers de la Branche Arcane avaient envahi les lieux. Ils saluèrent Winter et m'ignorèrent. Pas de problème. Je n'étais même pas encore dans la même pièce que le cadavre de Diall et j'avais déjà envie de vomir. Discuter avec qui que ce soit, ou même leur dire mon nom, c'était trop me demander pour le moment.

Je respirai par la bouche. Je pouvais le faire ; je ne voulais pas que Winter pense que j'étais une mauviette. Même si… j'étais carrément une mauviette.

On nous mena jusqu'à la cuisine. C'était le rêve de tous les cuisiniers, avec un îlot en marbre, des casseroles en cuivre pendues au plafond en rangs proprets, et une vue sur le jardin ensoleillé. La pièce aurait été superbe, sans le corps tordu gisant sur les tommettes. Winter le rejoignit et s'agenouilla près de lui. Je régulai ma respiration et m'approchai à mon tour ; je restai cependant debout et serrai mes bras autour de moi.

Pas de doute sur la cause de la mort. Petit indice ? Un couteau de cuisine saillait de la poitrine de Diall. Une quantité incroyable de sang avait éclaboussé les placards immaculés et s'accumulait sous le corps. Les mains de Diall reposaient sur le sol ; elles n'agrippaient pas le manche du couteau comme je m'y serais attendue. Sa tête était tournée, mais je pouvais quand même voir le cri sur son visage. Ses yeux étaient grands ouverts.

Je déglutis et fis un pas en arrière. Concentre-toi sur Winter, m'ordonnai-je. C'est lui, l'expert.

Je l'observai pendant qu'il examinait Diall. Il ne touchait pas le corps, mais ses yeux en couvraient chaque partie. Il s'arrêta un moment sur la blessure mortelle et étudia le couteau sous tous les angles. Il prit aussi le temps d'analyser le visage de Diall, jusqu'à ce que je me demande s'il voulait que le cadavre se mette à parler.

— J'imagine que vous ne pouvez pas faire de nécromancie ? demanda un officier de police en civil d'un ton vaguement amusé.

La moitié des sorciers de la pièce poussèrent un soupir. J'imaginais que la question devait revenir souvent. Oui, la nécromancie était théoriquement possible, mais personne de mémoire d'homme n'avait tenté de la maîtriser. Il était bien connu qu'en cas d'erreur, un simple exercice de nécromancie pouvait consumer une personne, corps et âme. Soit dit en passant, j'aurais mis ma main à couper qu'un ou deux Volumes Cryptiques détaillaient l'aptitude nécromancienne en long, en large et en travers. Mais bon, pas le Volume IX.

Winter se contenta de grogner. Il se releva et tourna autour du corps plusieurs fois en prenant garde à ne marcher sur aucune potentielle pièce à conviction. Après coup, il fit signe au policier.

— L'arme du crime, elle vient d'ici ?

L'agent hocha la tête.

— À notre connaissance, oui. Il y a un couteau manquant dans le porte-couteaux sur le plan de travail.

Dans ce cas, on pouvait considérer que le meurtre n'était pas prémédité ; le meurtrier s'était adapté, à moins qu'il n'ait connu la cuisine de Diall sur le bout des doigts et prévu d'utiliser ses couteaux contre lui.

— Est-ce qu'il était marié ?

Mon filet de voix était faible, à peine audible, à part peut-être pour Winter. Je m'éclaircis la gorge et essayai une nouvelle fois.

— Adeptus Diall. Est-ce qu'il était marié ? Est-ce qu'il avait un conjoint ?

Une majorité des meurtres étaient commis par les proches de la victime, non ? Vu les évènements des derniers jours, il était peu probable qu'un ou une conjointe jalouse l'ait tué, mais ça valait la peine de poser la question.

L'agent secoua la tête.

— Divorcé. Nous avons vérifié. Son ex-femme vit en Espagne depuis trois ans. Nous avons envoyé la police locale chez elle, mais nous pensons qu'elle peut être écartée de la liste des suspects.

Il me jeta un coup d'œil.

— Elle n'est pas des vôtres, ajouta-t-il.

Pas une sorcière, alors. C'était inhabituel, mais pas particulièrement important.

— Vous avez trouvé quoi que ce soit d'utile ? demanda Winter en se tournant vers les autres sorciers.

Le plus proche secoua la tête.

— Adeptus Exemptus Diall avait évidemment établi des protections puissantes dans la maison. Aucun de nos sortilèges ne peut fonctionner ici.

Typique. Ces foutus sorciers de l'Ordre et leur obsession de la sécurité. Et ça finissait toujours par se retourner contre eux, apparemment.

— Nous n'avons pas relevé d'autres empreintes que

celles de monsieur Diall et de sa femme de ménage, ajouta l'agent.

— Adeptus Exemptus Diall, gronda Winter.

Je levai les yeux au ciel. Ce n'était pas franchement le moment d'être intransigeant sur le protocole de l'Ordre. Pendant que l'agent frissonnait, je m'en mêlai pour combler le silence.

— Est-ce que quelqu'un a trouvé, hum… des papiers ? des journaux ?

Une des sorcières me répondit :

— Il y a l'*Express Quotidien*.

— Oh, non, je veux dire, de la paperasse magique.

J'ignorai l'expression sombre de Winter. Si Diall avait volé les Manuscrits Cryptiques, il n'y avait que deux solutions : soit ils étaient encore ici, soit le meurtrier les avait emportés avec lui. La sorcière plissa les lèvres.

— Rien de particulier. Quelques traités intéressants sur le fonctionnement de la myomancie, mais ce n'est pas inhabituel.

Son regard aiguisé tomba sur mon visage.

— Pourquoi ?

Winter toussa.

— Sur le trajet, Miss Wilde se demandait si quelqu'un aurait pu entrer par effraction pour voler des artefacts ou des ouvrages magiques.

— Nous ne pouvons pas en être sûrs, mais personne ne semble avoir fouillé la pièce. Il n'y a pas d'espaces suspects sur ses étagères.

Elle marqua une pause.

— En revanche, nous avons trouvé ça.

Elle nous tendit une feuille de papier entre ses doigts gantés. Je baissai les yeux, perplexe. Pour moi, ça ressemblait juste à des chiffres aléatoires.

— Ce sont les…

— Coordonnées de la bibliothèque, termina Winter.

Il montra les derniers chiffres.

— Et là, moins trois à la fin.

Il plissa les lèvres.

— Ça signifie peut-être trois étages plus bas, proposa la sorcière.

Elle retourna la feuille et je m'aperçus que le recto était une image du sceptre. J'avalai une inspiration heurtée. Comme d'habitude, Winter ne réagit pas, mais il devait penser la même chose que moi.

— Est-ce qu'il avait des herbes ? demanda Winter. Des signes qu'il travaillait sur un sortilège particulier ?

Elle haussa les épaules.

— Un peu de soufre et de digitale. Il y a des bocaux dans son bureau, mais nous n'avons pas encore eu le temps de les étudier convenablement.

Le corps de Diall en profita pour lâcher ce que j'appellerais un énorme rot. Je glapis d'horreur, bondis en avant et me cognai contre le corps musculeux de Winter. Il leva un bras pour me stabiliser.

— C'est tout à fait normal, me rassura-t-il.

Normal ? Beurk beurk *beurk*.

— Je vais aller jeter un œil dans son bureau et voir ce qu'il stocke là-bas, fis-je précipitamment.

Un léger sourire courba ses lèvres.

— Bonne idée.

Il se tourna vers les autres agents et reprit son interrogatoire. Je trottinai hors de la cuisine et pris seulement le temps de demander à un encapuchonné de me montrer la direction du bureau. J'avais l'impression vague que ma chemise avait rétréci, et que le chauffage de Diall était à son maximum ; mais bon, j'avais réussi à garder le contenu de mon estomac à sa place initiale, et c'était déjà pas mal.

Le bureau de Diall avait des airs de placard à balais. C'était plein à craquer de bouquins et de parchemins et, même s'il y avait une table de travail, la pièce était exigüe et miteuse. Je m'assis sur sa chaise et me demandai une seconde comment mon existence en était arrivée là. La semaine dernière, à cette heure-ci, je conduisais tranquillement des mamies dans les rues d'Oxford et déposais des hommes d'affaires ici et là. Je poussai un soupir. Jouer un rôle central dans une enquête pour meurtre n'avait jamais vraiment fait partie de mes fantasmes.

Je laissai courir mon regard sur les étagères, mais rien de particulier n'attira mon attention. Pas de néon clignotant en forme de flèche pour m'indiquer où Diall aurait pu planquer le Volume IX. Je me penchai en arrière et entrepris d'ouvrir les tiroirs. Le premier contenait un assortiment de plumes et un encrier taché. Le second débordait de petits bocaux en verre remplis d'herbes séchées. Par intérêt professionnel, je les regardai un à un ; Diall les avait tous étiquetés et rangés dans l'ordre alphabétique. Musc. Myrtille. Orchidée. Ortie. Persil. Racine d'ossombe. Salicorne.

Je me figeai et fis machine arrière. Racine d'ossombe. Je soulevai le bocal et le scrutai un moment. Il contenait environ cent grammes de poussière brune. J'ouvris le couvercle et reniflai rapidement. Eh bah, en tout cas, ça sentait fort.

Savoir que Diall avait cette plante spécifique en sa possession n'était clairement pas utile à l'enquête, et le pauvre homme n'en avait plus besoin. Je posai le bocal sur le bureau et l'étudiai un moment. Il ne manquerait à personne. Je pesai le pour et le contre, puis, sans hésiter plus longtemps, je l'enfonçai dans ma poche. J'allais enfin pouvoir me libérer de l'Ordre, et surtout, me libérer de Winter et de sa foutue éthique professionnelle.

Et je ne pouvais pas rêver mieux, pas vrai ?

16

— Diall a forcément volé le Manuscrit. Et planqué le sceptre.

— Pour le sceptre, nous pouvons en être presque certains, acquiesça Winter. En ce qui concerne le Manuscrit Cryptique, nous n'avons aucune preuve, même si nous pensons que c'est le scénario le plus crédible. Dans tous les cas, le Volume n'est pas chez lui.

— Pourquoi pas dans son bureau, ici, dans les bâtiments de l'Ordre ?

— Des agents envoyés par l'Ipsissimus le fouillent en ce moment même.

Je me mordillai la lèvre inférieure, pensive.

— Ils savent ce qu'ils cherchent ?

Winter passa une main dans ses cheveux.

— Ils le sauront s'ils le trouvent.

Et s'ils ne le trouvaient pas, l'Ordre finirait par devoir informer le monde entier que le Volume IX avait disparu. Ils ne pouvaient pas cacher une information pareille bien longtemps. Au lieu d'enfoncer des portes ouvertes, je me concentrai sur l'autre question qui me trottait dans la tête :

— Tu n'aimais pas Diall, pas vrai ? fis-je tranquillement.

Il plissa les lèvres.

— Pour quelqu'un qui crie sur les toits qu'elle se fiche de l'Ordre, tu es bien attentive.

Je ne répliquai pas. C'était peut-être sans rapport avec notre enquête, mais je voulais quand même connaître la raison de son antipathie envers son collègue, paix à son âme. Il poussa un soupir.

— Les sorciers de Niveau Deux comme moi participent au recrutement et à la promotion des autres membres de l'Ordre. Par exemple, nous siégeons au comité qui décide si les sorciers comme Miss Harrington sont prêts à passer au Niveau supérieur. Évidemment, ce sont les membres de Niveau Trois qui prennent la décision finale, mais notre opinion est quand même prise en compte. Adeptus Exemptus Diall avait la mauvaise habitude de soutenir des sorciers dont les connaissances et les capacités n'étaient pas à la hauteur d'un avancement. J'insiste depuis longtemps pour ouvrir une enquête sur ses manigances.

J'étais perplexe.

— Pourquoi Diall ferait un truc comme ça ? C'est pas fute fute. S'il recommande quelqu'un qui ne sait pas faire son boulot, ça finit forcément par se retourner contre lui, nan ?

— J'ai une théorie.

Winter s'arrêta là. J'attendais qu'il continue ; comme il n'ouvrait pas la bouche, je finis par insister :

— Oui ? C'est quoi ta théorie ?

— Ça n'a plus d'importance.

— T'en sais rien.

— Je n'ai pas envie de dire du mal des morts. Ou d'un collègue sorcier.

Winter était raide et inflexible. Nan, il allait pas s'en sortir comme ça.

— Winter, dis-je. Ça pourrait avoir un rapport avec notre enquête.

Il lâcha un petit bruit de dérision.

— J'en doute.

— Tu es trop proche du sujet parce que tu es impliqué émotionnellement. Tu as besoin d'une oreille objective.

— Je connais ton amour pour la contestation, Ivy, mais je ne pense pas qu'on puisse jamais te considérer comme objective.

Eh bah, L'Homme aux Mirettes Saphir avait vraiment le sens de la formule.

— Allez. Je le dirai à personne.

Je croisai les doigts et les agitai sous son nez pour lui prouver mon honnêteté.

— Promis.

Winter marmonna quelque chose d'inaudible.

— Très bien. Diall était ambitieux.

Il accompagna sa remarque d'un geste d'évidence, comme si elle répondait clairement à ma question.

— Euh… je veux pas te décevoir, mais à peu près tous les membres de l'Ordre sont ambitieux.

Winter leva les yeux au ciel en voyant que je ne pigeais toujours pas.

— Il aidait à implanter des membres des Niveaux inférieurs à des postes qu'ils n'auraient pas dû obtenir pour qu'ils le soutiennent à leur tour sur des projets futurs.

Il marqua une pause.

— C'est ce que je pense, en tout cas. Adeptus Exemptus Diall savait se montrer très persuasif lorsqu'il en avait besoin.

Je réfléchis un instant.

— Mais tu ne crois pas qu'un des types qu'il a aidés pourrait l'avoir tué ?

— Pourquoi mordre la main qui le nourrit ?

— Parce que tous les membres de l'Ordre sont ambitieux, fis-je doucement.

Je sautai sur le côté pour éviter de passer sous une échelle posée contre le mur de mon immeuble. Winter fit la moue.

— C'est possible, concéda-t-il.

— Ah ha ! Tu vois. Je peux le faire.

J'ouvris les bras en marchant.

— Je *peux* être Maître Enquêtrice.

— C'est une théorie. Et pas une théorie franchement plausible.

Winter s'arrêta.

— Il est important de ne pas se focaliser sur une idée plutôt qu'une autre, surtout lorsqu'il n'y a aucune preuve concrète. Sinon, tu ne cherches que des preuves qui fonctionnent avec ta théorie favorite. Il n'y a pas de raccourcis possibles dans ce métier. Et, soit dit en passant, l'ambition n'est pas une mauvaise chose. Le désir de réussir et de s'améliorer fait avancer notre société.

— Mais tout le monde ne peut pas être Ipsissimus. Ce qui fait avancer la société, c'est le réseau solide des gens qui sont prêts à faire le travail que leur gouvernance regarde avec mépris.

— Comme conduire des taxis ? rétorqua-t-il sèchement.

— Non, peut-être pas. Je pensais plutôt aux éboueurs et aux employés de nettoyage et aux chargés de cueillette. Ce genre de métiers. Mais bon, les gens ont aussi besoin de transports. Enfin, tu comprends ce que je veux dire.

— Oui, répondit-il. Mais tu comprends aussi ce que je veux dire. Non ?

Il ouvrit la porte et la tint ouverte tandis que je me faufilais à l'intérieur. Je fronçai le nez.

— Ouais, OK, je vois.

Je lui jetai un œil et lui souris.

— Regarde comme on s'entend bien, remarquai-je d'un ton émerveillé. Bientôt, on sautillera dans la rue main dans la main.

Je bifurquai vers l'ascenseur tandis que Winter partait directement vers les escaliers. Bon, la collaboration avait ses limites.

Nous nous rejoignîmes à l'étage puis passâmes chez Ève. Connard et Alice réagirent à peine mais Princesse Parma Pervenche et Harold s'éloignèrent l'un de l'autre d'un bond. J'avais l'impression qu'ils étaient en train de se nettoyer l'un l'autre, mais impossible d'en être sûre. Je me dis que Brutus risquait d'être déçu s'il en entendait parler, mais il apparut derrière un coussin en bâillant, avec sur la face un air plutôt satisfait. Bon, bah d'accord.

Le regard de Winter alterna entre moi et les chats. Nous échangeâmes une œillade amusée, puis nous mîmes au travail. Je me tournai vers Connard, et Winter vers Alice.

— Comment ça va ? demandai-je.

Connard me foudroya du regard. Je souris sans une seule once d'humour.

— Laisse-moi deviner. Tu veux qu'on te libère immédiatement. Ce n'est qu'un terrible malentendu.

Winter baissa le bâillon d'Alice.

— Est-ce que vous désirez quelque chose à boire ?

Elle s'humecta les lèvres.

— Laissez-nous partir.

— On a été voir ton patron, dis-je à Connard.

Son regard croisa le mien. Mon sourire s'élargit.

— Ah, je savais que ça t'intéresserait.

— Vous lui avez parlé de nous ? demanda Alice. Est-ce qu'il sait qu'on est ici ?

— Malheureusement pas, parce qu'il est mort, répondit Winter.

Tandis que Winter étudiait la réaction d'Alice, je fixai Connard. Il sembla une seconde inquiet, puis se détendit visiblement, comme s'il avait décidé que nous lui racontions des bobards.

— C'est la vérité, dis-je à voix basse. Regarde-moi dans les yeux. Tu verras.

— À cause de vous ? Vous l'avez tué ? s'enquit Alice.

Sa voix ne tremblait pas. Cette fille avait des nerfs d'acier.

— Non, nous ne l'avons pas tué.

Winter continuait de l'observer.

— Nous pensons que le meurtrier le connaissait déjà. Diall a été retrouvé dans sa cuisine, un de ses propres couteaux de cuisine planté dans la poitrine.

Connard gémit. Il nous croyait, maintenant.

— Je vais poser la question de nouveau. Pourquoi vous a-t-il envoyé ici ? fis-je.

Comme je n'avais pas retiré son bâillon, Alice répondit à sa place.

— Vous savez pourquoi. Nous voulions jeter un sortilège pour pister Harrington et Adeptus Exemptus Winter.

— Et Diall vous a donné ces consignes personnellement.

— Oui, lâcha-t-elle avec fatigue. Nous vous avons déjà tout dit.

Elle avait l'air sincèrement bouleversée par la mort de Diall, et un éclair de compassion me traversa. Ses épaules se courbèrent.

— Ramenez-nous au QG de l'Ordre. Nous avouerons tout, soupira-t-elle. Ne nous gardez pas ici plus longtemps.

Je croisai le regard de Winter. Il hocha la tête. Je retirai le bâillon de Connard et me rapprochai de lui.

— Est-ce que tu as déjà entendu Diall mentionner les Manuscrits Cryptiques ?

Il grimaça en réponse.

— Quoi ? Pourquoi il aurait fait ça ?

— Il ne t'a pas demandé d'aller les voir à sa place, par exemple ?

— Non.

— Est-ce que vous l'avez vu les étudier ?

— Mais putain ! explosa Connard. Tu m'écoutes, salope ? Combien de fois je vais devoir répéter la même chose ?

Winter abandonna Alice et me rejoignit en quelques pas. Il s'agenouilla et observa Connard sobrement.

— Si tu l'appelles encore une fois comme ça, tu vas le regretter, murmura-t-il.

Ce n'était pas ses mots, mais la façon dont il les prononça. Un frisson courut le long de ma colonne vertébrale, même si je n'étais pas directement menacée. Poussée par le besoin soudain de m'éloigner de lui, je pris la place qu'il avait abandonnée devant Alice.

— Et toi ? Tu n'as pas entendu ton patron parler des Cryptiques ?

Ses yeux jetaient des éclairs. Elle ne m'aimait pas beaucoup. Étonnant.

— Il les a peut-être mentionnés une ou deux fois dans

une conversation, mais je ne m'en souviens pas, siffla-t-elle entre ses dents serrées.

— Eh bah, fais un effort.

— Il a dit une fois que les Cryptiques devraient être plus accessibles. Il aurait voulu avoir la possibilité de les emprunter et les étudier en détail.

Enfin, on entrait dans le vif du sujet.

— Et il n'aurait pas parlé des volumes qui l'intéressaient plus particulièrement ?

— Non, répondit Alice platement.

— Tu ne pouvais pas la boucler, hein ? grogna Connard de l'autre côté.

Il poursuivit, en désespoir de cause :

— C'était le Volume IX, OK ? Il voulait le Volume IX.

Au-dessus de leurs têtes, Winter et moi échangeâmes un regard. Quelle surprise.

***

— Ça ne prouve rien, objecta Winter.

Nous étions rentrés chez moi.

— Bien sûr que si ! Tu as dit que Diall voulait absolument avoir plus de pouvoir. Il a volé le Manuscrit. Quelqu'un l'a pris la main dans le sac et lui a volé, en profitant de l'occasion pour le tuer.

Je me frottai les paumes.

— Je crois que notre travail est terminé.

Winter croisa les bras sur sa poitrine. Je fis semblant d'ignorer ses muscles saillants.

— Sauf que nous ne savons pas qui l'a tué et nous n'avons pas retrouvé le Manuscrit disparu.

Je levai mon index.

— Si je me souviens bien, nous avions pour mission de trouver qui avait volé le sceptre, et de ramener ledit sceptre dans sa vitrine. Nous avons été bien plus loin que ça. Je crois qu'il est temps de passer l'enquête à quelqu'un d'autre. C'est une affaire de meurtre, maintenant, pas un cambriolage.

— Nous avons encore un long chemin à faire, Ivy. Tu ne veux pas savoir qui a essayé de nous tuer ?

— C'est Diall, bien sûr. Et maintenant, il est mort. Je dirais qu'on a gagné la partie.

— Ce n'était peut-être pas lui. Diall n'est qu'une pièce du puzzle.

J'ouvris la bouche pour le contredire, mais l'expression de Winter m'arrêta. Ma question suivante en valait la peine, par contre.

— Si on retrouve le Manuscrit, tu crois qu'on aura des vacances en bonus ? demandai-je avec espoir.

— Tu ne travailles que depuis trois jours. Pourquoi diable aurais-tu besoin de vacances ?

Vu ce que nous avions traversé en trois jours, je trouvais sa question complètement débile.

— Si tu demandes, c'est que tu ne pourras jamais comprendre.

Winter arqua un sourcil.

— Tu aimes ça, pas vrai ?

— Carrément. Manquer de peu la noyade et rendre visite à des cadavres ? Je me suis pas amusée comme ça depuis des *années*.

Ses yeux brillaient d'amusement.

— Je veux dire, faire semblant d'être paresseuse et demander des pauses sans arrêt.

Il se pencha en avant.

— Secrètement, tu adores ce boulot. Tu ne veux juste pas l'admettre.

— Non mais ça va pas ? m'offusquai-je d'une voix un peu trop fort. Non, j'adore dormir et regarder la télé et lire des livres et *parfois*, me lever pour me faire du thé.

— Ouais, ouais. Il me semble que « la dame fait trop de protestations », sourit-il, les prunelles étincelantes.

Je fis claquer ma langue. Il était complètement ridicule. Quand même, je détournai le regard pour échapper à ses yeux clairs et perçants.

Avec un grognement, j'abandonnai Winter dans le salon et disparus dans la salle de bains. J'avais attendu d'être seule pour sortir la racine d'ossombe. Pendant une seconde, j'examinai le bocal. Puis je haussai les épaules. Pas besoin de l'utiliser maintenant. Elle n'avait pas de date de péremption, après tout. J'ouvris le placard de la salle de bains et plaçai le pot précautionneusement derrière une vieille bouteille de shampoing. Jusqu'à nouvel ordre, personne n'avait besoin de savoir qu'il existait.

17

Malgré les avertissements de Winter, j'étais sûre qu'il était du même avis que moi : Diall était forcément impliqué dans l'affaire. Il n'y avait aucune chance qu'il soit complètement innocent et que sa mort n'ait aucun rapport avec les évènements de ces derniers jours. Résoudre le meurtre de Diall nous amènerait au Manuscrit volé, j'en étais persuadée ; l'enquête me semblait déjà bien plus facile.

— Nous allons commencer par les membres du département de Diall, déclara Winter tandis que nous marchions d'un pas décidé vers la voiture.

J'avais l'impression d'être un yoyo, avec tous ces allers-retours.

— Nous savons déjà qu'il a envoyé deux de ses collaborateurs chez Miss Harrington pour y commettre un crime. Peut-être qu'il a également confié des missions douteuses à d'autres sorciers. Dans ce cas, ils nous mèneront à d'autres indices.

— Super ! m'exclamai-je avec un grand sourire. On peut faire une petite escale sur le chemin ? Je veux m'acheter une loupe.

— Non.

— Mais tous les meilleurs enquêteurs ont une loupe ! Ça nous aidera à trouver des indices. Je pensais aussi à te piquer un flingue…

— Ce n'est pas une série télévisée. Et tu as les pouvoirs nécessaires pour te défendre, si besoin.

Je songeai avec nostalgie au pistolet que mon presque-agresseur avait utilisé dans mon taxi. J'aurais dû le garder pour moi ; mais il devait être oublié au poste de police, depuis le temps. Voilà ma punition pour être restée du bon côté de la loi. Je pouvais toujours transformer un truc en arme, mais ça serait pas pareil. La métamorphose n'est jamais idéale, surtout avec la technologie.

— Un flingue, c'est plus rapide à utiliser que la magie, fis-je.

Je mimai ledit pistolet avec mon pouce et mon index.

— Bang. T'es mort. Je gagne.

Je souris de toutes mes dents.

— Pas toujours, rétorqua Winter avec un regard de défi. Je peux te le prouver. Fais le criminel.

J'applaudis de joie.

— Un jeu de rôle ? Est-ce que je peux me déguiser ?

— Tu es très bien comme ça.

— Mais…

— Ivy.

Je levai les yeux au ciel.

— Très bien, marmonnai-je.

— Marche vers moi, ordonna Winter. Au moment voulu, tu peux me tirer dessus avec ton… « flingue ».

Je replaçai mon arme invisible dans ma poche.

— Je vais te défoncer en deux deux.

Je commençai à avancer ; par souci du détail, je me mis à chantonner innocemment. Rien à voir ici, juste une petite blonde rondouillette partie en balade. À moins de quatre mètres, Winter redressa les épaules et se dirigea vers moi. C'était à qui céderait le premier.

Même si je restais aux aguets, je m'efforçai d'avoir l'air décontracté. Winter savait que j'allais attaquer, mais je voulais lui faire croire que j'allais attendre d'être dépassée avant de réagir.

Je ne le regardais pas directement, mais je pouvais le deviner dans ma vision périphérique. Quand il arriva à ma hauteur, je me tournai brusquement sur la gauche et sortis mon pistolet imaginaire ; Winter pivota instantanément, enregistra mon mouvement, et dessina une rune. Avant que je puisse lever mon arme à la hauteur de sa poitrine, je me sentis propulsée en arrière avec une violence incroyable. J'atterris sur le dos, le souffle coupé, prostrée de souffrance.

— Merde !

Winter accourut.

— Est-ce que ça va ?

Je relevai faiblement la tête.

— J'ai mal, admis-je.

— Où ?

Je montrai mon dos.

— Je suis pas sûre de pouvoir bouger.

Il se pencha sur moi.

— Je suis désolé, Ivy. Je n'avais pas l'intention de...

Je levai de nouveau la main et, cette fois, réussis à lui tirer dans le cœur.

— Bang.

Pendant une seconde, Winter me fixa sans bouger ; puis il grogna d'une voix très basse.

— Tu as triché.

— Non. J'ai profité de la situation.

Je lui souris.

— Et j'ai gagné.

Je levai la main vers lui et agitai mes doigts.

— Aide-moi à me lever.

Il fit claquer sa langue.

— Tu es incorrigible.

Il me tendit le bras et prit ma paume dans sa main gauche. Ce que je ne réalisai pas immédiatement, c'est qu'il avait sorti une poignée d'herbes de sa poche droite. Alors qu'il me tirait en avant, il me les souffla soudain à la figure.

— C'est quoi ce...?

Un nuage de fumée magique et sombre m'enveloppa. Je lâchai la main de Winter et tentai de le balayer à grands gestes ; j'étouffai dans le noir. En l'entendant rire doucement, je fis volte-face comme si j'étais en proie à la panique ; puis je lançai un gros coup de pied à l'aveuglette, et l'atteignis au genou.

Incapable de le voir, je sautai en arrière, en pensant me mettre hors de portée ; mais Winter était plus rapide que prévu. Il se jeta en avant et me projeta au sol. Il atterrit sur moi, et s'arc-bouta in extremis pour ne pas m'écraser sous son poids. Pas que ça m'aurait vraiment gênée, pour être honnête. Ses yeux bleus percèrent les miens et je frissonnai.

— Tu as froid ?

— Non.

Nos regards s'accrochèrent. Son visage s'abaissa lentement vers le mien, jusqu'à ce que je puisse sentir son souffle chaud contre ma peau.

— Ivy, commença-t-il d'une voix tendue.

— Bonjour ! Vous avez besoin d'aide ?

Je tournai la tête. C'était madame Burridge, la voisine du dessus.

— Tout va bien, m'écriai-je.

La bouche de Winter se tordit légèrement, et il se décala pour se relever.

— Vraiment ? Je connais un très bon sort pour…

— Pas d'inquiétude, madame Burridge. Tout va bien.

Elle nous observait tous les deux avec intérêt.

— Si vous êtes sûrs, alors…

Je toussotai.

— Ouaip.

Elle sourit aimablement et reprit sa route.

— Je ne la connais pas, dit Winter sans me regarder. C'est une sorcière ?

Je me redressai et m'époussetai.

— C'est ce qu'elle croit, mais la seule magie qu'elle ait jamais accomplie, c'est d'avoir évité de payer les charges de l'immeuble pendant trois ans consécutifs.

J'aurais bien aimé savoir faire ça, moi aussi. Winter lâcha un grognement évasif.

— On devrait y aller.

Je toussotai de nouveau.

— Ouais.

J'hésitai, et il me jeta un regard interrogateur.

— J'ai quand même gagné.

— Certainement pas.

Je croisai les bras d'un air suffisant. Quel mauvais joueur.

***

Diall travaillait pour la Branche Géomancie, une section de l'Ordre qui était bien plus cool sur le papier qu'en réalité. La Géomancie, c'est l'équivalent magique du Feng Shui, pour faire court. Quand on construit de nouvelles maisons, on fait appel à la Branche Géomancie pour s'assurer que tout est bien structuré et aménagé et qu'aucune force magique problématique n'est impliquée. Plus la Géomancie est puissante, et plus le bâtiment final sera majestueux et admirable. Par exemple, la cathédrale Saint-Paul est entourée d'une magie extraordinaire. On dit que cinq-cents sorciers ont travaillé avec Christopher Wren sur le projet. Un pas à l'intérieur suffit pour sentir leur ancienne puissance vibrer dans l'air.

Ces jours-ci, évidemment, les géomances travaillaient plutôt sur des maisons et des terrains de banlieue. Pas besoin de beaucoup de Géomancie pour choisir tes comptoirs de cuisine ou installer le chauffage central. La technologie a envahi la construction, et elle est en conflit direct avec la Géomancie. J'avais entendu dire que pour leur dernier grand projet, ils avaient dû se concentrer sur des étables. Et c'était admirable, hein : les vaches ont tout autant le droit à un toit que les humains. Mais ce n'était pas vraiment un boulot romantique, ni très intéressant. Enfin, c'était crédible que Connard et Alice bossent pour le Département de Géomancie. Si tu voulais être un voleur et t'introduire chez les gens, bien comprendre la magie intégrée à leur foyer pouvait vite devenir super pratique.

Arrivés dans un des coins reculés du campus, Winter et moi nous engouffrâmes dans leur bâtiment tape-à-l'œil. Pour prouver leur mérite, les géomances s'étaient jetés corps et âmes dans la construction de leur département. Comme la plupart des bâtiments proches de l'université, celui-ci était fait de calcaire local, mais il rassemblait des styles architecturaux dépareillés, comme si chaque génération avait voulu laisser sa trace personnelle sur la structure. Des courbes grandioses jouxtaient des gargouilles sévères, et des lignes perpendiculaires très modernes. C'était le bordel, mais j'aimais bien l'assemblage final. Et j'appréciais tout particulièrement le sol en marbre du grand hall, parce qu'il était assez brillant pour que je glisse dessus sans faire l'effort de lever les pieds.

— Quel âge tu as, déjà ? demanda Winter.

— Vingt-sept ans.

J'ouvris les bras. Si j'augmentais mon aérodynamisme, je pourrais peut-être patiner jusqu'à la colonne suivante. Je tournai le visage vers lui et lui souris.

— Si t'essaies de me dire que je suis une gamine, merci beaucoup. Les adultes n'aiment soi-disant pas faire ce genre de choses parce qu'ils ont peur qu'on les juge. Ou alors, ils sont tellement absorbés par leurs propres problèmes qu'ils ne savent plus penser à quoi que ce soit d'autre qu'à leur petit nombril. Ou bien ils ne comprennent plus la joie et le plaisir de glisser très vite sur un sol bien nettoyé ou le long d'une rampe d'escalier. Et c'est bien triste. Ça n'a rien à voir avec la maturité.

— Hmm, fit Winter en se grattant le menton.

Au lieu de me jeter un regard désapprobateur, il me stupéfia littéralement en se lançant à son tour en avant pour essayer de patiner. Il ne glissa pas bien loin.

— C'est débile, marmonna-t-il.

— Tes chaussures sont trop sérieuses. Elles ont sûrement des semelles antidérapantes hors de prix. Mais si tu les enlèves et que t'essaies en chaussettes…

Il pencha la tête de côté.

— Ne tire pas sur la corde, Ivy.

Je lui lançai un clin d'œil.

— Tu m'as tendu la perche, *Raphaël.*

Pendant une longue seconde, il resta silencieux. Lorsqu'il parla enfin, je l'entendis à peine :

— Raph.

— Pardon ?

Winter s'éclaircit la gorge.

— C'est Raph. Pas Raphaël. Je ne suis pas un ange.

— T'en as juste l'apparence, rétorquai-je du tac au tac.

Je n'avais pas eu le temps de ravaler ma réplique à deux balles. Je repris avec beaucoup moins d'assurance :

— Je veux dire…

Ah, merde. Je haussai les épaules.

— T'es vraiment super beau.

Son regard croisa le mien. Je crois bien qu'il était plutôt flatté.

— Tu n'es pas mal non plus.

— Ah, ça fait plaisir, dis-je joyeusement. C'est carrément mieux que de me conseiller de faire un régime.

Winter eut le bon goût de rougir. Avant qu'il ne tente de s'excuser (et nous mette encore plus mal à l'aise par la même occasion), je me redressai et cessai de faire l'idiote.

— Bon, on y va ?

Il hocha la tête.

— Oui.

Puis :

— Tu as une mauvaise influence sur moi.

Je lui tapotai aimablement l'épaule.

— Alors, y a encore de l'espoir.

Nous rejoignîmes la réception en marchant normalement. Un homme impeccable, en costume élégant, nous accueillit avec un sourire.

— J'ai toujours voulu faire ça, nous confia-t-il d'un ton enchanté.

Winter, embarrassé d'avoir été pris en flagrant délit (s'il croyait que sa petite parade de sergent-major coincé du derrière était moins ridicule, il se fourrait le doigt dans l'œil), fronça les sourcils.

— Je suis Adeptus Exemptus Winter, dit-il. Et voici ma partenaire, Ivy Wilde.

J'aimais beaucoup que Winter me décrive comme sa partenaire, mais il fallait vraiment que je me trouve un titre aussi classe que le sien. Supinus Merveillus, peut-être. Winter et le réceptionniste me regardèrent bizarrement, et je me rendis compte que j'avais prononcé ma proposition à voix haute. Oups. Je souris et tendis la main.

— Ravie de vous rencontrer.

L'homme aux cheveux parfaitement gominés me sourit en retour, avec une nouvelle touche de nervosité discrète, puisqu'il savait maintenant à qui il avait affaire. Winter faisait ce genre d'effet à la plupart des gens.

— Nous vous attendions, dit le réceptionniste. Nous avons préparé une de nos salles de réunion pour vous.

Il quitta la réception et passa devant nous. J'étais tentée de recommencer à glisser, mais le moment était passé. À la place, je décidai de combler le silence avec des informations utiles :

— Comment vous appelez-vous ?

Il répondit sans se tourner :

— Michael Weathers.

— Et vous connaissiez bien Adeptus Exemptus Diall ? demandai-je.

— Il ne me parlait pas souvent, répondit Weathers. Mais je ne suis qu'un Néophyte et je ne suis pas très doué en magie. Je veux dire…

Il se reprit rapidement, en lançant un regard vers Winter.

— Je connais bien les bases, mais je n'ai pas de talent particulier.

— Peut-être qu'il faut juste que vous trouviez votre spécialité, suggérai-je.

— Je croyais que je m'en sortais bien, dit-il à voix basse. Mais Adeptus Diall a remis les choses au clair. J'ai encore beaucoup de choses à apprendre. Je ne suis pas sûr de pouvoir encore progresser.

Je donnai un coup de coude entendu à Winter. Peut-être que Diall ne s'occupait pas que d'élever ceux dont le talent était inférieur ; il avait aussi pu rabaisser ceux qui avaient de réelles facilités. Vive l'honneur de l'Ordre.

Winter hocha la tête pour montrer qu'il avait compris mon subtil message.

— De quoi vous chargez-vous, ici ? demanda-t-il à Weathers.

— Je suis de permanence à la réception.

— On ne vous a pas envoyé faire quoi que ce soit de particulier, ces derniers temps ?

Weathers laissa échapper un petit rire sans joie.

— Non. Je ne vais nulle part.

Winter insisterait sûrement pour vérifier cette information, mais j'étais sûre que le réceptionniste disait la vérité ; il n'avait pas d'information utile à nous fournir. Je me sentais désolée pour lui.

— Wilde, Weathers et Winter… ça fait www, dis-je d'un ton enthousiaste. On ferait une super équipe, vous savez. On pourrait ouvrir un site internet et raconter tous les crimes dégueus que Winter résout.

Winter leva les yeux au ciel. Je haussai les épaules. Moi, je pensais que c'était une *super* idée. Et vu comme les épaules de Weathers tressautaient, il avait l'air du même avis.

Il nous abandonna dans une salle de réunion pentagonale ; encore une preuve des prouesses de la Géomancie. Winter sortit une feuille de papier avec une liste de noms. J'y jetai un coup d'œil par-dessus de son épaule. Il y avait au moins vingt personnes. Je poussai un soupir de désespoir silencieux. On allait encore y passer des lustres.

— Tu devrais diriger les interrogatoires, fit Winter de façon complètement inattendue.

Je clignai des yeux.

— Pourquoi ?

— Parce que les gens ont l'air de t'apprécier. Tu sais t'y prendre pour les encourager à se confier. Regarde ce jeune homme… Weathers. J'ai cru qu'il allait te raconter toute sa vie.

Je plissai les lèvres.

— J'ai conduit un taxi pendant plusieurs années, dis-je. Et les gens aiment bavarder. Peut-être que ça a fini par déteindre sur moi.

Je lui jetai un sourire assuré.

— Ça, ou c'est juste le talent.

La bouche de Winter s'incurva sur un rictus sceptique, et je lui fichai un coup dans le bras, en représailles. Il glapit, surprenant du même coup la première personne qui venait d'ouvrir la porte et qui semblait du coup sur le point de prendre ses jambes à son cou.

— Entrez, entrez ! Je tabassais juste mon partenaire, m'exclamai-je joyeusement.

La sorcière entra lentement dans la pièce en me lançant un regard méfiant. Elle s'assit sur une chaise en face de nous, du bout des fesses, au cas où elle devrait déguerpir en urgence. Bon, mon charme ne marchait pas sur tout le monde.

Je croisai les mains sous mon menton et fis l'effort de me détendre.

— Salut,… Bethany, dis-je en baissant les yeux sur la feuille.

— Bonjour, répondit-elle.

Je réfléchis à la meilleure façon de commencer. Compte tenu du nombre de noms sur la liste, et comme je voulais rentrer chez moi avant le prochain millénaire, je décidai d'aller droit au but.

— Avez-vous déjà volé quoi que ce soit pour Adeptus Diall ?

Un éclair de choc froissa son visage.

— Quoi ? Je… quoi ? Non !

— Quelle est la dernière chose qu'il vous a demandé de faire ?

— Lui apporter une tasse de café.

Je me penchai en avant.

— Il l'aimait comment, son café ?

— Avec trois sucres.

Elle jeta à Winter un regard de détresse qu'il ignora tranquillement.

— Vous pouvez partir, déclarai-je.

— Mais…

— Allez ! Hop hop hop ! m'exclamai-je avec un mouvement de main. Et faites entrer le prochain !

Dès qu'elle quitta la pièce, Winter inclina le visage vers moi.

— Ivy, commença-t-il d'un ton patient. Je te demande de prendre les devants pendant les interrogatoires parce que tu es gentille avec les gens. Ton attitude, en général, les encourage à se confier. Je ne crois pas que l'approche que tu viens d'utiliser va avoir les mêmes effets.

— Mais notre temps est compté, pas vrai ? Il faut qu'on trouve le Manuscrit Cryptique avant que le coupable n'ait assimilé sa magie.

Il me jeta un regard suspicieux.

— C'est la seule raison ?

— Bien sûr !

Je lui lançai un sourire innocent.

— Pourquoi tu lui as demandé comment Diall prenait son café ?

— Pour savoir si elle mentait. Le diable est dans les détails. Elle n'a pas hésité. C'est juste sa boniche à boissons chaudes.

Je me repris tout de même :

— Je veux dire, c'est comme ça que Diall la voyait.

Je m'interrompis. Attendez une seconde…

Le sorcier suivant passait juste la porte. Je levai la main et il se figea en plein mouvement.

— Rappelez Bethany.

Il ne prononça pas un mot, fit volte-face, et m'obéit docilement.

— En vrai, murmurai-je à Winter, je pourrais m'habituer à ce genre de pouvoir. Si on retrouve le Volume IX, je devrais peut-être le garder quelques jours. Vous avez déjà prouvé que vous êtes pas très doués pour le protéger, de toute façon.

— Tsst, lâcha Winter tandis que Bethany, plus nerveuse que jamais, rentrait dans la pièce.

— Asseyez-vous, s'il vous plaît.

Elle s'assit.

— Que se passe-t-il ?

Je me penchai en avant. Bethany se pencha en arrière.

— J'imagine que vous vous occupez du café pour pas mal de gens, dans ce bureau.

Ses yeux fusèrent vers Winter. Il me regardait attentivement.

— Je suppose.

— Ça doit être assez chiant, nan ? Vous aussi, vous êtes une sorcière, après tout.

Son nez tremblota comme celui d'un lapin. Bingo.

— Ouais, admit Bethany prudemment. C'est un peu pénible, mais ça ne me gêne pas tant que ça.

Je pointai la porte de l'index.

— Ce type…

Je jetai un œil sur la feuille de Winter pour trouver son nom, et poursuivis :

— Bill January. Comment il prend son café ?

— Il n'en prend pas, répondit-elle. Il préfère le thé. Pas très infusé, avec beaucoup de lait.

Son visage exprimait très clairement ce qu'elle pensait de ses préférences.

— Combien de temps vous passez près de la bouilloire, tous les jours ?

Elle semblait méfiante, comme si j'étais sur le point de l'accuser par surprise.

— Pas mal de temps.

Je continuai sur ma lancée.

— Je parie que quand vous leur apportez leur boisson, ils vous remarquent à peine.

— Parfois, ils disent merci, marmonna-t-elle.

— Et parfois, non. Parfois, ils sont en pleine conversation et ils vous ignorent complètement.

Je lui souris. Elle fit la moue.

— Ouais.

Mon sourire s'élargit.

— Du coup, vous en savez sûrement plus sur ce qui se passe dans ce département que la plupart des gens. Vous entendez des trucs. Pleins de trucs.

Elle ne répondit pas.

— Bethany ?

— C'était une question ? rétorqua-t-elle.

Ah, elle m'était sympathique.

— J'ai raison ? demandai-je doucement.

Elle haussa les épaules.

— J'imagine.

— Vous avez entendu parler de petites idylles secrètes ?

Winter prit une inspiration, mais ne m'interrompit pas. C'était bien. Je savais ce que je faisais. Enfin, plus ou moins.

Bethany détourna les yeux.

— Déborah du marketing couche avec Tony.

Elle hésita, et continua à voix basse.

— Il est marié. Ils pensent que je n'ai pas remarqué, mais ils se regardent sans arrêt. Ils se touchent quand ils pensent que personne ne les voit. Ce genre de trucs.

Elle désapprouvait clairement. Pour l'encourager, je plissai les lèvres et secouai la tête.

— C'est horrible, dis-je en croisant les jambes. Mais vous avez le sens de l'observation.

Le compliment lui fit plaisir.

— Oui.

Je parlais toujours d'une voix douce et lui assénai le coup de grâce :

— Avez-vous remarqué quoi que ce soit d'inhabituel,

ces derniers temps ? N'importe quoi ? Vous pourriez vraiment nous aider. Winter pourrait vous recommander, vous savez. Il est terriblement important mais il n'a vraiment pas pris la grosse tête. Il m'a même fait du café, à moi, et je suis une rien du tout.

Bethany réfléchit un moment.

— Le chef des ressources humaines. C'est quoi, son nom ? Adeptus Price ? Il est venu plusieurs fois pour voir Adeptus Diall. Il avait l'air de vouloir lui parler à tout prix.

— Est-ce qu'il a dit pourquoi ?

— Non. Mais il était dans tous ses états.

J'échangeai un regard avec Winter.

— Autre chose ?

Bethany haussa les épaules.

— Il y a des gens qui ont littéralement disparu. On ne les a pas vus depuis des jours. Personne ne dit rien parce qu'on pense qu'ils ont été envoyés en mission secrète par Diall. Mais je sais qu'ils auraient dû revenir depuis un moment, parce que je réponds à leurs appels et qu'ils ont raté des rendez-vous.

— Qui a disparu ?

— Matthew Connor et Alice Fairclough. Ils travaillent en équipe. Ils sont partis il y a trois jours sans dire où ils allaient ni ce qu'ils allaient faire, et nous n'en savons pas plus.

Oh, ouais. Eux. Je grimaçai légèrement, mais Bethany n'avait pas fini.

— Et il y a un autre sorcier absent. Un Niveau Un. Il s'appelle Oscar Marsh.

Une trompette triomphante sonna dans mon crâne.

— Parlez-moi de lui.

— C'est un ivrogne, dit-elle avec dédain. Adeptus Diall l'aimait bien, mais il ne sert à rien. Et puis c'est un bâtard.

— Pourquoi vous dites que c'est un bâtard ?

— Parce qu'il est né hors des liens du mariage, bien sûr.

Je clignai des yeux.

— Euh…

Bethany ignora ma surprise.

— Il ne respecte pas les traditions. Il emmène son ordinateur portable au travail.

Elle avait maintenant les yeux ronds comme des soucoupes.

— Un ordinateur, répéta-t-elle, apparemment choquée qu'une telle infraction ait été tolérée.

— Incroyable…

Elle hocha la tête avec ferveur.

— Quand est-ce que vous l'avez vu pour la dernière fois ?

— Il a quitté le bureau une ou deux heures après Connor et Fairclough. On ne l'a pas revu depuis.

— Bethany, dit Winter, pourriez-vous nous fournir son dossier personnel ?

Elle sembla surprise.

— Oh, je ne l'ai pas. Les dossiers sont stockés chez les RH.

Je fronçai les sourcils, les yeux sur Winter.

— Est-ce que c'est normal ?

— Je crois, oui.

Je me demandais si Tarquin était impliqué dans l'affaire. Il était des ressources humaines et je n'aurais certainement pas été étonnée qu'il soit mêlé d'une façon ou d'une autre à l'affaire.

— Merci beaucoup, Bethany. Vous nous avez été d'une aide précieuse. Vous pouvez y aller.

— Pas de problème.

Elle se leva et poussa sa chaise, hocha la tête pour nous saluer, et sortit de la pièce. Après son départ, je me levai à mon tour. Avec une révérence théâtrale, je m'exclamai :

— Et voilà comment on conduit vingt interrogatoires en cinq minutes. Allez, on se casse.

Winter ne bougea pas.

— Nous avons encore dix-neuf personnes à voir.

— Oui, mais on a tout ce qu'il nous faut. Bethany est un vrai chien de chasse. Il ne faut jamais sous-estimer le préposé au café.

— Nous devons parler à tout le monde. C'est important.

— Mais ça va prendre des heures, peut-être des jours. On peut pas se permettre de perdre tout ce temps. On a déjà une nouvelle piste. Laisse tomber les règles deux minutes, Raph. On reviendra si besoin.

— Ce n'est pas comme ça qu'on mène une enquête, d'habitude.

— Mais tu devrais être content.

— C'est le cas.

C'était pas flagrant. Il avait plutôt l'air perturbé.

— Tu ne souris pas, remarquai-je.

Pas qu'il sourie très souvent. Mais il aurait dû, parce que quand il souriait, ses yeux se plissaient un peu sur les côtés et il avait l'air accessible et chaleureux, plutôt que… glacial.

— T'inquiète pas pour Bethany. Il y a des gens comme elle dans tous les bureaux. Je suis sûre qu'elle serait très contente que tu parles à quelqu'un pour qu'on lui donne plus de responsabilités, mais elle adore sûrement connaître tous les ragots, aussi. En fait, elle serait super à la réception… Et comme ça, Michael Weathers pourrait partir et travailler sur sa magie.

Winter ne souriait toujours pas.

— Et qu'est-ce qui se passerait si quelqu'un dont les parents ont osé vivre en concubinage avant le mariage entrait dans le bâtiment ? demanda-t-il très sérieusement.

Je haussai les épaules.

— OK, elle est vieux jeu. Et un peu bizarre. Mais on ne peut pas enfermer quelqu'un pour ça. Sinon, je pense que toi et moi serions en haut de la liste. En plus, c'est l'Ordre. Tout le monde est spécial, ça fait partie du job. Et avide de pouvoir, beaucoup trop ambitieux, et super énervant.

Winter soupira et repoussa ses cheveux en arrière.

— Allons trouver le dossier de monsieur Marsh et lui

rendre visite. Nous devrions aussi passer voir Adeptus Price et lui demander pourquoi il était si pressé de parler à Diall. Mais il faut qu'on fasse un petit détour, d'abord.

Je fronçai le nez.

— Un long détour ?

— Pas plus de quinze minutes, dit-il, mâchoire crispée. Ça en vaut la peine.

— Ça dépend, est-ce qu'il faudra monter des escaliers ?

Winter ne prit pas la peine de répondre.

***

Finalement, j'étais plutôt reconnaissante que Winter propose une mission annexe. Il faisait froid et gris, et le vent me pénétrait jusqu'aux os. C'était le genre de journée que j'aimais passer roulée en boule sur mon canapé, sous la couette, avec un énorme mug de chocolat chaud et fumant. Je gémis à cette seule idée ; j'écopai d'un regard circonspect de Winter.

Nous approchâmes d'un grand bâtiment sans enseigne. Je devais être passée devant de nombreuses fois quand j'étais Néophyte, mais je ne m'étais jamais posé de questions.

— C'est quoi, cet endroit ? demandai-je en trottant derrière Winter pour rester à sa hauteur. Et d'ailleurs, tu veux pas ralentir ?

Le garçon avait des longues pattes.

— Je t'ai promis un détour de quinze minutes. Je ne voudrais pas briser ma promesse.

Il ne répondit pas à ma première question.

Nous tournâmes au coin de la bâtisse et entrâmes dans un vaste atrium. Je laissai échapper une exclamation de surprise. C'était très impressionnant. Malgré le mauvais temps, la lumière qui filtrait par la verrière était extraordinaire. Il y avait des plantes partout ; j'en connaissais certaines, mais pas toutes. L'endroit regroupait toutes les nuances de vert, et l'odeur naturelle de la terre qui parfumait l'air était enchanteresse. Ça me donnait presque envie de tenir mon propre jardin. Presque.

— Laisse-moi deviner. C'est pour les amoureux de phytologie dans ton genre ?

— Essaie encore.

J'entendais un bruit diffus de bavardage. Je remarquai soudain un écureuil avec une queue particulièrement touffue, qui disparut immédiatement dans les broussailles.

— Hé ! m'exclamai-je. Cet écureuil était roux !

Je me tournai vers Winter et m'aperçus qu'il m'observait attentivement.

— Oui. Ça fait partie d'un programme que nous sommes en train d'entreprendre. Réhabiliter les écureuils roux à la campagne, qui est pour l'instant infestée par les écureuils gris.

Il pointa un plan d'herbes hautes.

— Regarde ça.

— Du blé ?

— Oui. La magie permet de renforcer leurs racines pour que le blé pousse sur des terrains peu fertiles. Le projet a déjà rencontré beaucoup de succès et des fermiers du monde entier en récoltent les fruits… littéralement.

OK, j'étais impressionnée. J'ouvris la bouche pour poser une autre question à Winter, mais un petit troupeau d'enfants en uniforme attira mon attention. Je levai un sourcil.

— On fait du prosélytisme avec les jeunes ?

Il secoua la tête.

— Toujours pas.

Il fit un signe à la sorcière en robe rouge qui guidait le groupe, et elle vint à notre rencontre.

— Adeptus Exemptus Winter ! Quel plaisir.

Elle lui présenta sa joue pour qu'il l'embrasse, puis piqua un baiser sur la sienne. Je réprimai la bouffée d'agacement qui me monta au crâne à la vue d'une inconnue collant sa bouche sur la joue de *mon* partenaire. Non mais, je perdais les pédales.

— Voici Ivy Wilde, dit-il. Ivy, je te présente Adeptus Major Goldstein.

Une étincelle de curiosité passa dans le regard de la sorcière tandis qu'elle me souriait et inclinait la tête.

— Ravie de vous rencontrer.

— Pourriez-vous expliquer à Ivy ce que vous faites ?

Goldstein s'illumina.

— Avec plaisir. Je suis avec un groupe qui nous vient de Londres.

Un petit garçon d'environ dix ans l'interrompit en tirant impatiemment sur sa manche.

— Il faut que j'aille aux toilettes.

Il parlait d'une façon étrangement solennelle, et ne croisait pas son regard.

— Bien sûr.

Elle fit signe à une autre sorcière, qui emmena le garçon avec elle.

— Il est autiste, devinai-je.

Elle sourit.

— Oui. Ils le sont tous, dans ce groupe. Nous utilisons la magie pour encourager leur développement et les aider à donner un sens nouveau au monde dans lequel ils vivent. C'est un processus assez lent, mais qui donne lieu à de vrais résultats. Hier, nous avons accueilli un groupe d'enfants souffrant du cancer. Nous n'avons pas encore trouvé de traitement pour combattre la maladie, mais nous avons pu leur montrer notre avancement dans les laboratoires.

Je m'humectai les lèvres.

— Waoh. C'est… c'est vraiment bien.

Ma réponse était stupide. Tu parles d'un euphémisme.

L'un des plus jeunes enfants tendit la main et toucha la tige d'une rose, puis recula en hurlant quand l'épine perça sa peau. Goldstein courut vers lui alors que je me tournai vers Winter.

— Alors c'est ça, la leçon d'aujourd'hui, hein ? Que l'Ordre fait beaucoup de bien autour de lui ?

J'avais été vaguement consciente que des projets du genre existaient, mais je n'y avais jamais beaucoup réfléchi.

— Tu n'as été Néophyte que deux ou trois mois, Ivy. Tu n'as connu que l'initiation et les études fondamentales.

Le soupçon d'un sourire passa sur sa bouche.

— Même si je suis sûr que tu t'es arrangée pour sécher la composante sportive.

— Hé ! protestai-je. Le sport n'était pas obligatoire.

— Tout ce que nous avons vu pour l'instant, et toutes les personnes que nous avons rencontrées, ont simplement démontré que l'Ordre peut être puissant et nocif et complètement replié sur lui-même.

Son regard se fit plus intense.

— Et, oui, les sorciers ici sont ambitieux, mais ils ont de bonnes raisons de l'être. Il ne s'agit pas que d'enquêtes sur des meurtres et des objets volés. Les membres de l'Ordre ne sont pas tous assoiffés de pouvoir et malfaisants, ou des employés frustrés par leurs travaux. Tu n'as vu que l'aspect sordide des choses, parce que c'est ce dont s'occupe la Branche Arcane.

Il haussa les épaules.

— Ça fait partie de notre travail. Mais il faut que tu comprennes pour quoi nous nous battons. Je sais que les choses ont mal tourné pour toi il y a longtemps, et je sais que nous ne te faisons sans doute pas bonne impression aujourd'hui, mais je te promets que la majorité de ce que l'Ordre entreprend permet d'améliorer la vie de chacun, qu'ils soient sorciers ou non.

Je croisai son regard.

— Pourquoi on ne parle pas plus souvent de ce genre de choses ? Si le monde savait ce sur quoi vous travaillez, l'Ordre serait plus populaire auprès de l'opinion générale.

— Nous ne gardons aucun secret. N'importe qui peut demander à en savoir plus sur nos projets. Mais les bonnes nouvelles ne font pas la une des journaux et, quoi que tu en penses, l'Ordre n'aime pas particulièrement vanter ses propres mérites.

Mon regard balaya les alentours.

— Pourquoi est-ce que tu me montres ça ? demandai-je. Je t'ai prouvé que j'étais investie. Je prends l'enquête au sérieux, et je ne me contente pas de rester dans ton sillage.

— Je sais, dit-il tranquillement. Je crois que je voudrais aussi que tu aimes l'Ordre autant que moi.

Sa main frôla la mienne aussi doucement qu'une plume et je réfrénai un frisson. Winter humecta ses lèvres et m'observa avec une intensité qui pénétra jusqu'à mon âme. Ma bouche s'assécha. Puis il s'éclaircit la gorge.

— Bon. Allons trouver Oscar Marsh et sauver le monde.

— Ouais.

J'étais déçue que cet instant de complicité ait été si éphémère, mais c'était secondaire ; l'idée qu'un sorcier de l'Ordre puisse mettre en péril le genre d'opérations menées ici me rendait malade.

18

L'atmosphère dans le bureau des ressources humaines avait changé du tout au tout. Les employés avaient clairement été prévenus de se tenir à carreau, et ils gardèrent la tête basse et l'air lugubre à notre approche.

On nous permit d'entrer immédiatement, ce qui n'avait pas l'air de plaire à la réceptionniste. Elle nous foudroya du regard parce qu'on osait la déranger, apparemment. Pas franchement une bonne publicité pour les RH, mais bon… c'était pas mon problème.

Quand Winter et moi entrâmes dans l'open space principal, plusieurs personnes se redressèrent, et je remarquai plus d'un regard nerveux lancé dans notre direction. Je ne savais pas si c'était un signe de culpabilité ou d'angoisse. Je remarquai Tarquin dans un coin éloigné, assis à une place de choix près de la fenêtre. Comme il pleuvait des cordes, il avait une vue assez médiocre de la cour. Pour la première fois depuis longtemps, je me sentais réellement en colère contre lui. La petite escale de Winter m'avait ouvert les yeux sur les bienfaits de l'Ordre ; et il n'aurait pas eu à me montrer ce genre de choses si Tarquin ne m'avait pas arraché mon avenir.

Tarquin leva la tête à notre passage et nous lança un grand sourire. Il visait plutôt Winter, bien sûr, mais j'étais quand même hors de moi.

— Ne le laisse pas t'énerver, souffla Winter.

— Je suis si transparente ?

— Quand tu es en colère, le bout de tes oreilles rougit.

Je lui jetai un regard surpris. Il haussa les épaules.

— C'est assez adorable.

Je ne pus m'empêcher de lui lancer un sourire moqueur.

— Je parie que tu n'aurais jamais pensé utiliser ce genre d'adjectif quand tu m'as rencontrée.

— Oh, murmura-t-il, j'ai changé d'avis sur beaucoup de choses en ce qui te concerne, Ivy.

Quelque chose dans la façon dont il prononça mon nom m'emplit de chaleur et de bien-être. À ce rythme, je lui lécherais les pieds et le supplierais de m'emmener à la salle de sport pour frôler la mort à coups d'haltères, dans trois jours. Quelle horrible perspective.

Nous avions presque atteint le coin de la pièce où étaient stockés les dossiers lorsque la porte du bureau d'Adeptus Price s'ouvrit et que l'Adeptus lui-même fit son apparition. Il me semblait encore plus rachitique que la dernière fois. Il s'avança vers nous comme s'il avait tout le temps du monde.

— Adeptus Exemptus Winter, dit-il en ouvrant pompeusement les bras. Et… son équipière. Miss…?

Il s'interrompit. Sachant qu'il était à la tête des RH, et que j'avais été le sujet d'une réunion pendant laquelle il avait été tenu pour responsable de mon recrutement, genre, trois jours plus tôt, j'aurais pensé qu'il se serait souvenu de mon nom.

— Ivy Wilde, répondis-je.

Je lui tendis la main. Pendant un instant, Price l'observa comme s'il voulait localiser les germes qui grouillaient dessus, puis il la serra d'une poignée molle. Je lui donnais deux secondes pour aller s'asperger de gel antibactérien ou s'essuyer sur sa robe.

Price me relâcha et tourna le visage vers Winter.

— Comment pouvons-nous vous aider ?

— En allant nous chercher un dossier personnel. Oscar Marsh. Il travaille en Géomancie, dit Winter.

Si Price était intrigué par la demande, il ne le montra pas.

— Bien sûr, bien sûr.

Il claqua des mains et fit signe à Tarquin qui, à l'autre bout de la pièce, faisait semblant d'être occupé.

— Villeneuve ! aboya-t-il. Apportez-nous le dossier d'un certain…

Il jeta un regard à Winter.

— Oscar Marsh.

— Marsh, répéta Price. De la Géomancie.

Tarquin se leva.

— Tout de suite, Adeptus. Avec plaisir, murmura-t-il.

Il s'élança avec détermination vers les caissons de rangement, comme s'il était enchanté de la corvée. Et j'étais moi-même enchantée de le regarder faire le toutou, parce que… je suis mesquine.

— Dites-moi, Adeptus Price…

La voix de Winter était basse, mais ses accents métalliques auraient terrorisé des sorciers moins éminents.

— Pourquoi avez-vous rendu visite à Adeptus Diall, plus tôt cette semaine ? Apparemment, vous aviez quelque chose d'important à lui communiquer.

Price sursauta, mais se reprit rapidement.

— Adeptus Diall m'aidait de temps en temps.

Il poussa un soupir de souffrance hypocrite, dans l'espoir de s'attirer notre compassion.

— J'ai des difficultés avec mes employés et j'avais parfois besoin de ses conseils. Certaines personnes ici ne respectent pas leurs aînés comme il se doit.

— Peut-être parce que le respect se mérite, rétorqua Winter.

Price le fixait.

— Sans doute.

Winter changea de sujet.

— Vous gardez tous les fichiers du personnel ici ? Je ne savais pas que vous aviez assez de place.

Price rit légèrement.

— Nous sommes aux ressources humaines. C'est normal que les dossiers du personnel soient entreposés dans nos bureaux. Ils étaient stockés un peu partout, avant, mais j'ai centralisé le système. Entre nous, il y a eu un terrible incident au Département des Amulettes, et ils ont perdu douze dossiers. La situation était vraiment devenue problématique.

Son sourire disparut.

— Mais pas aussi terrible que les évènements récents. Ce qui est arrivé à Adeptus Diall est absolument terrible. Quant aux Cryptiques…

— Merci, Adeptus Price, l'interrompit Winter d'une voix plus forte.

Le sorcier sembla se souvenir qu'il n'était pas censé crier sur les toits les détails d'une affaire classée secret défense. Il toussota pour couvrir son erreur.

— Pouvons-nous vous proposer à boire pendant que vous patientez ?

— Du thé, s'il vous plaît, gazouillai-je.

J'avais bien envie d'une petite tasse. Winter fronça les sourcils.

— Juste le dossier.

Cet homme n'avait vraiment aucune notion de l'essence britannique.

— Très bien. Pas de répit pour les agents de la Branche Arcane !

Price sourit et baissa les yeux sur moi.

— Alors, Miss Wilde. Comment vous adaptez-vous à votre nouvel emploi ?

Ah ! Alors il se souvenait de moi, finalement.

— Oh, c'est génial, m'extasiai-je. Mais ça manque de pauses Earl Grey.

Price lâcha un rire forcé.

— Ah, oui, vraiment, oh, dit-il d'une voix pseudo-bonhomme.

Il s'humecta les lèvres avant de poursuivre :

— Je suis sincèrement désolé pour la petite confusion. C'était une erreur... humaine qui aurait pu arriver à n'importe qui.

Il jeta un œil anxieux vers Winter.

— Personne n'est parfait. J'ai des éléments extrêmement difficiles à gérer dans ce département, et ils…

Tarquin s'éclaircit la gorge.

— Adeptus Price ? Puis-je vous déranger, s'il vous plaît ?

Un éclair d'agacement passa sur le visage de Price.

— Pardonnez-moi, marmonna-t-il.

Il se détourna pour aller aider Tarquin à ouvrir le meuble de rangement. Une tâche très difficile, c'était bien connu.

— J'ai un peu pitié de lui, murmurai-je à Winter. Il est dépassé, ici. Et puis, il a présenté ses excuses.

Winter avait l'air sombre.

— Et il en a profité pour accuser son propre département. Il est responsable de cette unité ; il devrait en assumer l'entière responsabilité.

Je parlais toujours à voix basse pour éviter d'être entendue.

— Mais il admet lui-même que son équipe ne le respecte pas. Est-ce que c'est l'un des types qui a profité des faveurs de Diall ? Ça serait logique, sachant que c'est à lui qu'il demandait de l'aide.

— Tu veux dire que Price aurait été promu même s'il n'était pas prêt à assumer une telle position ?

Winter observait le sorcier, qui, les mains sur ses hanches, foudroyait Tarquin du regard.

— C'est tout à fait possible. Il n'est qu'Adeptus Major, mais peu de sorciers veulent diriger les ressources humaines. Ce n'est pas un poste très prisé.

Sans déconner.

— On devrait lui demander son propre dossier, suggérai-je.

Winter arqua un sourcil.

— On devrait demander le dossier du directeur des ressources humaines au directeur des ressources humaines ? répéta-t-il d'un air sceptique.

Je haussai les épaules.

— Ouais, fis-je avec rictus amusé. T'es de la Branche Arcane, non ?

— Nous, corrigea-t-il. Nous sommes de la Branche Arcane, Ivy.

— Tu veux dire que je devrais lui demander ?

Price revenait vers nous.

— Non. Ne dis rien, ordonna Winter.

Toujours le mot pour casser mon délire, ce rabat-joie.

Price s'arrêta devant Winter, l'air inquiet.

— Il y a un petit problème, dit-il.

— C'est-à-dire ?

— Le dossier d'Oscar Marsh n'est pas là.

— Alors, où est-il ? dit Winter d'une voix dangereusement basse.

— Le Département de Géomancie doit l'avoir emprunté.

Il jeta un œil à Tarquin qui restait debout près du cabinet, l'air de s'ennuyer ferme.

— Est-ce que vous avez le registre des emprunts ?

Tarquin leva un cahier usé.

— Oui.

Il nous rejoignit et le tendit à Winter plutôt qu'à Price. Price le fusilla du regard et tenta de l'arracher des mains de Winter ; comme il n'y parvint pas, il me poussa sur le côté pour lire par-dessus l'épaule de Winter. Winter resta de marbre. Il feuilleta le cahier en utilisant son index pour survoler les colonnes.

— Ah ! Voilà ! coassa Price. Le dossier de Marsh a été emprunté la semaine dernière. Je ne peux pas lire la signature. Vraiment, les gens écrivent terriblement mal.

Winter ferma le livre d'un coup sec et le rendit à Price.

— Merci pour votre aide.

Il se détourna, puis marqua une pause, comme si une idée venait de lui traverser l'esprit.

— Où étiez-vous hier matin, Adeptus Price ?

Price cligna des yeux nerveusement.

— Euh…

Il lança un regard de détresse à Tarquin.

— Vous étiez en réunion. Avec Practicus Lee. C'est dans votre agenda.

Price hocha la tête.

— Mais oui. Bien sûr, sourit-il. Practicus Lee est un sorcier, mais il connaît bien les ordinateurs. Nous examinons différentes options pour pouvoir mettre les dossiers en ligne. Pas ici, bien sûr, ajouta-t-il. Hors site, pour que l'opération ne compromette aucune magie.

Winter grogna et me jeta un regard.

— Je sais qui a pris le dossier. Allons-y.

Il jeta un sourire grimaçant à Price.

— Merci encore.

— Adeptus Exemptus Winter ! s'écria Tarquin. Je peux vous accompagner, si vous le souhaitez. Je sais exactement à quoi ressemble un dossier du personnel, je suis sûr que je pourrais vous venir en aide.

Les yeux bleus de Winter étaient glacials.

— Je pense que Miss Wilde et moi-même nous débrouillerons très bien, rétorqua-t-il. Elle est incroyablement douée.

Il prit mon coude et m'entraîna avec douceur.

— Je t'aime, soufflai-je.

Winter sourit plus largement.

***

Une fois dehors, je donnai un petit coup de coude à Winter.

— T'as vraiment reconnu l'écriture ? Tu sais qui a pris le dossier de Marsh ? Ou tu voulais juste t'échapper ?

— J'ai reconnu l'écriture, dit-il d'un air maussade. Tobias Worth-Jones. Il travaille à la Magie Runique.

Je poussai un sifflement d'admiration. Ce département-là n'engageait que les meilleurs des meilleurs.

— Un ami à toi ? demandai-je.

— Pas vraiment.

— Déjà, est-ce que t'as des amis ?

— Ivy, soupira Winter.

Je haussai les épaules.

— Je demande juste. Quoi qu'il en soit, je ne pense pas qu'on ait besoin de trouver ton pote et son nom à rallonge.

— Je sens que je vais regretter d'avoir posé la question... mais pourquoi ?

— C'est Price le coupable.

Winter se tourna vers moi.

— Et comment en es-tu venue à cette conclusion ?

— Il était nerveux et fuyant. Et je suis sûre qu'il a eu son job grâce à Diall. En plus, ajoutai-je, il portait des mocassins. Crois-moi, il ne faut jamais faire confiance à un type qui enfile ses chaussures sans avoir besoin de les ouvrir.

Winter reprit sa marche.

— Et moi qui pensais que tu allais dire quelque chose de sensé.

— Mais c'est vrai !

Winter s'offusqua, littéralement. Je ne savais pas que les gens s'offusquaient encore à notre époque. Sa petite onomatopée de mépris choqué datait du siècle dernier.

— Fais-moi signe quand tu auras de véritables preuves.

Je restai sérieuse.

— Les gens ont peur des gros types musclés, mais ils ont tort. Les petits maigrichons ont plus de choses à prouver.

— Alors, dis-moi, fit Winter en croisant les bras. Pourquoi est-ce qu'il a tué Diall ?

Je réfléchis.

— Ils avaient une liaison secrète. Diall a volé le Manuscrit pour devenir plus puissant et Price a eu peur d'être laissé sur le carreau.

— Alors il a tué l'amour de sa vie ?

— OK, peut-être qu'il faut que je creuse un peu ma théorie.

Je frappai le bras de Winter.

— Mais ce type est carrément louche !

— Merci, je prendrai cet argument en compte, rétorqua Winter sèchement.

Et après ça, nous restâmes tous deux silencieux.

***

Il nous fallut marcher un bon bout de temps avant d'arriver au bâtiment de Magie Runique. Sur le chemin, en oubliant que je n'avais jamais fait l'effort de faire réparer les semelles de mes chaussures, je marchai dans une flaque. Du coup, je pataugeai ensuite dans mes chaussettes trempées, les orteils frigorifiés, et ça n'arrangeait pas franchement mon humeur.

Les sorciers des Runes ne semblaient pas perturbés par la météo. Dès que nous tournâmes de la ruelle et que notre regard tomba sur leur building, je remarquai plusieurs d'entre eux installés sur l'herbe, devant la porte. Winter siffla d'agacement.

— On leur a demandé des centaines de fois de ne pas faire ça.

— Faire quoi ?

Les mots avaient à peine dépassé mes lèvres que le groupe se sépara : cinq sorciers d'un côté du terrain, cinq de l'autre. Quelques autres se dirigèrent vers le bord du gazon, notamment ma vieille pote, Anthéa. Tiens, tiens, tiens. Tarquin l'avait peut-être dans la poche, mais elle s'en sortait plutôt bien toute seule si elle était entrée dans ce département. J'étais fière d'elle ; même si Anthéa m'avait évitée pendant huit ans et qu'elle avait directement cafté à Tarquin que j'étais de retour, je me souvenais de notre amitié avec plaisir.

Je me focalisai sur les autres sorciers. Winter bouillait toujours à côté de moi, et je sentais qu'il s'apprêtait à aller les interrompre, même si je ne pigeais toujours pas ce qu'ils avaient l'intention de faire. Je posai ma main sur son bras.

— Est-ce qu'on peut regarder ? Pitié ? Tu n'as pas besoin de faire respecter chaque règle en vigueur, tu sais. Les gens t'aimeront plus si tu te décoinces un peu.

— Je n'ai pas besoin que les gens « m'aiment plus ».

Il avait l'air saoulé, mais il se détendit légèrement. Je frottai mes mains ; je ne savais pas ce qui se préparait, mais ce serait forcément marrant. Et en plus, je serais tranquille pendant plusieurs minutes d'affilée. Je profitais de ces merveilleux, mais trop rares, moments d'inactivité quand je pouvais, hein.

Un grand dadais du groupe à droite s'avança. Il lança une pièce en l'air, la rattrapa habilement, et la retourna sur le dos de sa main.

— Face, cria une sorcière de l'équipe opposée.

Le premier type baissa les yeux et sourit.

— Pile. On commence.

Les quatre autres sorciers de son équipe se redressèrent, un mouvement si synchronisé qu'ils semblaient l'avoir répété. Ils commencèrent à dessiner des runes.

Je compris enfin.

— Ils attaquent, soufflai-je.

— Oui. Ce sont des imbéciles, fit Winter en levant les yeux au ciel.

Chaque sorcier avait apparemment un domaine de prédilection. L'un d'entre eux lança une rune de vent, envoyant ainsi une bourrasque violente vers leurs concurrents ; une autre fit apparaître de nulle part une tornade de feuilles. Elle parvint à bloquer la vision de l'autre équipe assez longtemps pour qu'un troisième et quatrième sorciers dessinent à l'unisson des runes jumelles qui ouvrirent soudain une longue fissure dans le sol.

L'autre équipe répondait avec des manœuvres de défense, des runes destinées à contrebalancer l'agression et à se protéger. L'un d'entre eux manqua de tomber dans le fossé magique, mais une autre esquissa une rune assez rapidement pour qu'un lasso rattrape le pauvre garçon par le bras et le tire en arrière. Ce n'était pas suffisant, cela dit ; le dernier attaquant lança un sortilège plutôt futé, qui semblait transformer momentanément la physiologie des êtres vivants. Les autres sorciers tentèrent de le contrer, mais c'était trop tard. En deux secondes, leurs jambes s'étaient transformées en gelée, et ils étaient tous tombés sur le sol en piaillant.

L'équipe gagnante applaudit en criant tandis que les runes s'effaçaient. Le fossé se referma et les perdants se relevèrent maladroitement lorsque leurs os reprirent leur solidité. Je n'étais pas très impressionnée ; ils avaient essayé de se défendre en bloquant le sortilège ; mais ils auraient dû le refléter. Le miroir est une rune plus facile à dessiner, donc ils auraient eu plus de temps pour la lancer, et auraient sûrement gagné la partie.

Winter les regardait toujours, l'œil glacial. Il croisa les bras.

— L'infirmerie doit se charger des conséquences de ce genre de petit jeu bien trop souvent, marmonna-t-il. Et modifier le terrain dans cette zone peut impacter les fondations des bâtiments. C'est complètement irresponsable.

— Rabat-joie. Personne n'est blessé. Enfin, pas de façon permanente. Et le sol a déjà repris sa forme. D'accord, ils gaspillent leurs forces, mais il faut bien que les sorciers s'exercent, non ?

— Dans des salles protégées et prévues à cet effet. Pas ici.

— C'est pas grave...

— C'est imprudent.

Winter boudait encore quand Anthéa me remarqua et nous rejoignit en courant. Ses yeux brillaient.

— Ivy ! C'est pas génial ?

— C'est un bon moyen de brûler votre surplus d'énergie, acquiesçai-je.

Le surplus d'énergie : une condition que je ne connaissais pas personnellement.

Elle haussa un sourcil.

— Ce serait marrant de voir un match entre vous deux. Deux partenaires, se battre en duel…

Winter grogna impatiemment.

— Nous n'avons pas le temps pour ces bêtises.

— On a eu le temps de faire un détour, lançai-je. On peut se permettre cinq minutes de plus.

Je savais que j'étais tranquille : Winter n'accepterait jamais. Malheureusement, Anthéa en était tout aussi consciente.

— Dans ce cas, on devrait essayer toutes les deux, Ivy. En souvenir du bon vieux temps. J'aimerais bien te montrer tout ce que j'ai appris, et tu pourras crâner aussi. Je suis sûre que tu as réussi à développer ta magie, depuis le temps.

Le ton de sa voix suggérait que j'avais passé ces dernières années dans une contrée sauvage et hostile, plutôt que dans la banlieue d'Oxford.

— Adeptus Exemptus Winter a probablement raison, répondis-je en utilisant son titre officiel pour remettre Anthéa à sa place. Il faut vraiment qu'on y aille.

— Mais vous pouvez vous permettre cinq minutes de plus, fit-elle en me renvoyant mes propres paroles.

Merde. Et elle poursuivit :

— Vous devriez vraiment relâcher un peu sa laisse, Adeptus Winter.

Je sentis sa tension soudaine.

— Elle est libre de faire ce qu'elle veut, rétorqua-t-il avec raideur.

Anthéa applaudit de joie.

— Super ! Je vais à gauche.

Elle nous quitta en sautillant.

— Merde, Winter, marmonnai-je. T'étais censé faire preuve d'autorité et l'envoyer paître.

Il me jeta un regard vide.

— Et comment étais-je censé le savoir ? Et pour information, je ne te tiens pas en laisse.

— À part celle qui nous lie par la magie.

— Celle-là, ce n'est pas ma faute. Ça ne compte pas, gronda-t-il.

— Allez, Ivy ! cria Anthéa.

Je poussai un soupir. J'aurais dû trouver d'autres excuses et ficher le camp, mais je serais sûrement plus vite débarrassée si je lui obéissais. J'avançai vers le côté droit. Les sorciers qui avaient déjà joué formaient un demi-cercle autour de nous, et d'autres s'approchèrent par curiosité. En tant que non-membre de l'Ordre, j'étais un objet de fascination.

— Le but est d'envoyer l'adversaire au sol.

Anthéa débordait toujours d'enthousiasme et sautait d'un pied sur l'autre.

— Seules les runes sont autorisées. Le contact physique est interdit.

Un éclair d'humour illumina son visage et elle agita son index dans ma direction.

— Et pas le droit aux sortilèges de mort subite ou de démembrement. Tout ce que tu lances doit être réversible lorsque le combat se termine.

Le combat ? Ça devenait un peu trop sérieux à mon goût. Je lui jetai un coup d'œil, puis observai notre assemblée. Que j'attaque ou que je me défende, je savais, dans mon for intérieur, que je n'aurais pas de mal à gagner. C'était pas pour être prétentieuse, attention. C'était juste qu'Anthéa s'appuyait sur des runes apprises par cœur, enseignées par l'Ordre depuis des générations ; mais j'étais en mode guérilla depuis longtemps. Elle ne s'attendrait à aucun de mes sortilèges. Cela dit, si je laissais la fierté me mener par le bout du nez et montrais de quoi j'étais capable, je savais que les autres sorciers demanderaient forcément à en voir plus. Et pas seulement aujourd'hui : j'allais certainement devoir bosser pour l'Ordre pendant un moment, et si je devais éviter des adversaires potentiels pendant les quatre-vingt-seize jours restants, j'allais devenir chèvre. Par contre, si je leur démontrais que j'étais une faiblarde, comme ils le pensaient déjà tous, on me foutrait la paix. Il n'y avait vraiment pas de discussion.

Le maigrichon de la première partie s'avança d'un pas, lança sa pièce brillante, et l'attrapa. Il se tourna vers moi.

— Pile ou face ?

Je haussai les épaules.

— Pile.

Il me montra la pièce. Face. Encore mieux.

— Si tu es toujours debout après mon attaque, on échange. On a le droit de jeter une rune chacune, me lança Anthéa.

Je hochai la tête pour montrer que j'avais compris les règles, et réprimai la tentation de me tourner vers Winter et son visage maussade. J'essayai de communiquer par ondes mentales : t'inquiète, ça ne va pas prendre bien longtemps.

— Prête ? Je vais y aller doucement, promis, fit Anthéa.

Je souris. Elle me sourit en retour et esquissa sa première rune. Ses mouvements étaient lents, en tout cas comparés à quelqu'un comme Winter ; j'avais compris ce qu'elle préparait avant qu'elle ne termine son sort. Un Néophyte aurait pu manier la magie qu'elle avait choisi d'utiliser : ses doigts s'élevèrent pour dessiner un grand arc. Elle s'apprêtait clairement à faire apparaître une balle qui frapperait mes genoux et me ferait tomber en avant. Pour l'arrêter, je n'avais qu'à créer un mur simple. Ça ne me prendrait qu'un souffle. Je collai une expression stupide sur ma face et me contentai d'attendre.

La balle d'Anthéa apparut à cinq mètres de moi, sur le côté. Effectivement, elle avait beaucoup progressé depuis notre adolescence ; la balle était deux fois plus grosse qu'une boule de bowling et filait vers moi à une vitesse incroyable. Je fronçai les sourcils et me concentrai. Il fallait que je fasse ça bien.

Avec des gestes saccadés, je lançai ma rune de défense. Un sifflement retentit alors que l'air s'amassait autour de moi. Je projetai le talon de ma main en avant à la dernière seconde pour créer une rafale d'air qui aurait pu faire dévier l'attaque ; mais je savais que la vélocité de la balle était trop forte et que l'énergie de mon sortilège ne serait pas suffisante. Je pivotai légèrement pour me protéger et la balle s'écrasa contre mon mollet. Même si j'avais voulu rester debout, je ne crois pas que j'aurais réussi. J'évitai juste de m'écraser la tête la première en jetant mes deux mains en avant, sur l'herbe humide. Quelques ricanements secouèrent l'assemblée ; j'entendis au moins une sorcière murmurer :

— J'te l'avais dit.

Je me redressai d'un pas instable (j'avais mal, merde) et grimaçai en direction d'Anthéa. Elle avait l'air horrifié.

— Je suis désolée ! Est-ce que ça va ?

— Ouais, je vais bien. Tu es juste bien meilleure que moi.

— On peut réessayer. Tu pourrais attaquer.

Je lâchai un demi-sourire.

— Non, je crois que je me suis assez humiliée pour aujourd'hui.

Je haussai les épaules avec impuissance.

— Une novice comme moi ne peut pas faire grand-chose contre la puissance de l'Ordre.

Je grimaçai, clopinai jusqu'à elle, et lui serrai la main.

— Merci quand même. C'était… hum, pas très marrant.

— Je suis désolée, répéta-t-elle.

— Ne t'excuse pas, c'est le jeu.

Anthéa se mordit la lèvre.

— C'est moi qui ai dit à Tarquin que tu étais revenue.

— Je m'en suis doutée.

Je tapotai son épaule.

— T'inquiète pas.

Avant qu'elle ne puisse encore s'excuser, je me détournai et rejoignis Winter, qui ne souriait toujours pas.

— Et voilà, dis-je avec gaieté forcée. Je crois que ça suffira pour que personne ne soupçonne l'objet de notre mission. Si on se dépêchait comme des malades, quelqu'un finirait par se dire qu'il se passe un truc louche. Par exemple, qu'un des Manuscrits Cryptiques a été volé.

Il me regardait toujours.

— Est-ce que tu l'as laissé gagner ?

Quelque chose dans son ton me soufflait que l'idée de faire semblant de perdre lui était insupportable, plus encore que celle de participer à des petits défis magiques interdits par l'administration.

— Malheureusement pas, répondis-je. Tu crois que je me laisserais blesser délibérément ?

Je montrai ma jambe douloureuse.

— Je pense que je me suis pété un truc.

Il fronça les sourcils et baissa les yeux.

— C'est juste contusionné.

Bordel. Il fallait vraiment qu'il m'explique comment il faisait ça, un de ces jours.

— J'imagine que je suis pas une très bonne combattante.

Les yeux de Winter se plissèrent, suspicieux.

— Alors comment tu as fait pour battre deux sorciers toute seule et dans un espace confiné ?

Pendant une seconde, je restai complètement perplexe ; puis je me souvins de Connard et d'Alice. Ah oui. Alice était une Niveau Deux et on la connaissait dans l'Ordre pour ses méthodes ultra-agressives. Oups.

— Ils ne savaient pas que j'étais une sorcière lorsqu'ils m'ont ouvert la porte. Je les ai pris par surprise.

Je plissai les lèvres.

— Si j'avais eu le temps de me préparer, j'aurais peut-être réussi à battre Anthéa. Tu veux que j'y retourne pour essayer ? Je ne voudrais pas que tu aies honte d'être mon partenaire ; maintenant que tout le monde sait que je suis nulle en magie dans les situations de stress.

Je m'efforçai d'avoir l'air inquiet. Ça devenait franchement ridicule : autant lui dire la vérité. C'est ce que j'aurais fait, en temps normal, mais pour une raison inconnue, je n'avais pas envie que Winter pense du mal de moi parce que je n'avais pas fait l'effort de gagner. C'était toujours mieux qu'il me considère comme une sorcière faiblarde que comme une faiblarde tout court, nan ?

Je ne savais pas s'il m'avait crue ; il pouvait être super difficile à lire, quand il en avait envie. Finalement, l'importance de notre mission prit le dessus. Il vérifia sa montre et marmonna :

— Allons-y. Nous n'avons toujours pas avancé dans notre recherche du Volume IX.

Je hochai la tête et lâchai un soupir discret.

— Ouais. C'est parti.

19

Coup de chance, Tobias Worth-Jones était aussi bûcheur que Winter. C'était l'heure de la pause-déjeuner, mais il était assis derrière son bureau, sandwich en main, en train d'essayer de lire des papiers dont il avait grossi la police avec un sortilège. Et les gens se demandent pourquoi je ne veux pas bosser pour l'Ordre.

Lorsqu'il nous vit, les yeux de Tobias s'écarquillèrent, et il se leva d'un bond. Il avait encore la bouche pleine de pain de mie, mais ça ne l'empêcha pas de s'exclamer :

— Adeptus Exemptus Winter ! Qu'est-ce qui vous amène ?

Il postillonnait des particules de nourriture et de salive à chaque syllabe. Impossible d'épargner sa dignité en faisant semblant de ne pas le remarquer ; à la place, je pris bien soin de m'essuyer le visage et de prendre l'air écœuré. Malheureusement, Worth-Jones n'en avait rien à faire ; comme d'habitude, seul Winter comprit le message.

Il entra dans le vif du sujet sans attendre.

— Nous avons reconnu votre signature sur le registre des emprunts, aux ressources humaines. Vous avez en votre possession un dossier du personnel dont nous avons besoin, aboya-t-il. Et nous voulons savoir pourquoi vous l'avez retiré.

Tobias semblait plutôt indifférent.

— Je ne vois absolument pas de quoi vous parlez.

— Oscar Marsh, lançai-je. Vous avez emprunté le dossier d'Oscar Marsh.

— Pas du tout.

— C'est votre écriture, Tobias, dit Winter. Je reconnaîtrais votre gribouillage n'importe où.

— Et l'emprunt date de quand ?

— Du dix mars.

Worth-Jones se frotta le menton, pensif.

— Je suis bien allé aux RH ce jour-là, dit-il lentement. Et j'ai bien demandé un dossier, mais ce n'était pas celui d'Oscar March. J'ai pris le dossier d'un de mes propres employés.

Il grimaça.

— Un problème disciplinaire, hélas. Mais je ne m'étonne pas du malentendu, si c'est pour le dossier de Marsh que vous êtes venu.

Winter se figea.

— Pourquoi ? Que savez-vous d'Oscar Marsh ?

Tobias cligna des yeux.

— Oh, Diall se plaignait de lui véhémentement.

Est-ce que ce type venait vraiment d'utiliser le mot « véhémentement » sans y réfléchir ?

— Qu'est-ce que lui reprochait Adeptus Diall, exactement ? demanda Winter.

— Il disait que Marsh était souvent en retard et qu'il était venu ivre au travail à plusieurs reprises.

Il rit doucement.

— Mais enfin, qui n'est jamais venu ivre au travail ?

Je levai la main.

— Moi, dis-je.

Worth-Jones ne me regardait toujours pas. J'abaissai ma main et l'examinai attentivement. Non, je n'étais pas invisible. Il continua :

— Je pense que le vrai problème était autre. Marsh était incroyablement faible en magie. Il n'aurait pas dû être admis au sein de l'Ordre en premier lieu. Beaucoup de gens acquièrent de vagues notions de magie mais n'en deviennent pas pour autant des sorciers.

Il haussa les épaules.

— Marsh est tout de même Adeptus Minor. Je ne comprendrai jamais comment il a obtenu son grade.

Décidément, Diall avait laissé ses sordides petites empreintes partout. Winter ne mentionna pas ses soupçons à Tobias, cela dit. Il restait concentré sur l'affaire en cours.

— Savez-vous à qui nous pourrions nous adresser pour trouver l'adresse de Marsh ?

— Avenue Trumpton, répondit Tobias. Numéro vingt-deux, si je ne me trompe pas.

Winter haussa les sourcils.

— Comment le savez-vous ?

— Parce que Diall s'y est rendu à plus d'une occasion pour passer prendre Marsh. Il en a même fait une petite chanson. Comment c'était, déjà ?

Tobias se gratta la tête.

— Oui, c'est ça. Au vingt-deux avenue Trumpton vit le plus grand des ivrognes. Vodka, rhum, Bacardi et… Non, attendez. Rhum, vodka, gin… Mmh. Une seconde, je vais m'en souvenir.

— Je pense qu'on peut s'en passer, rétorqua Winter. Merci de votre aide.

Tobias chantonnait toujours pour lui-même lorsque nous quittâmes son bureau. Winter ferma la porte derrière nous.

— C'est lui le coupable, annonçai-je. C'est Tobias Worth-Jones, j'en suis sûre.

Winter soupira.

— Pourquoi ?

— D'abord, dis-je en comptant sur mes doigts, il mange à son bureau. Conclusion : il n'a pas le temps de prendre de pause, parce qu'il passe tout son temps libre à lire le Volume IX. En plus, il connaissait assez bien Diall pour connaître tous les ragots qui courent sur lui, donc il aurait très bien pu être invité chez lui et le tuer. Et troisièmement, il porte une cravate à rayures jaunes. Ne fais jamais confiance aux gens qui portent du jaune.

— C'est quoi, le problème du jaune ? C'est la couleur du soleil.

— Ça me donne l'air malade et fadasse, donc c'est la couleur du mal.

Winter prit une profonde inspiration et je lui souris.

— Tu comptes jusqu'à dix ?

— Tes théories sont assez peu communes, Ivy. Je croyais que c'était Price, le coupable.

— J'ai changé d'avis. C'est le privilège d'une Dame.

Winter s'arrêta brusquement. Il pivota lentement vers moi.

— Tu… toi, une dame ?

Ha, ha, ha.

***

Malgré sa dénomination super snobinarde, l'avenue Trumpton ne cassait pas trois pattes à un canard. Plutôt que la rue large, ombragée et semée de belles maisons victoriennes que j'avais imaginée, Winter et moi débouchâmes dans la version oxfordienne de l'enfer. Et même si je suis sûre que la mairie s'occupe de cette zone autant que du reste de la ville, la route était jonchée de cannettes de bière, de mégots, et d'autres détritus.

Sur le trottoir, un homme aux vêtements miteux marmonnait pour lui-même en marchant. Lorsqu'il nous vit, il nous cria de prendre garde au mouton à deux têtes avant de secouer la tête et de continuer son chemin. Un chat maigrichon, heureusement roux et non pas noir, croisa notre chemin et lança un sifflement de défi à Winter. Les maisons étaient petites, beaucoup de fenêtres avaient été barricadées. Les vitres étaient couvertes d'une épaisse couche de crasse.

— Je parie qu'ils ne mettent pas cet endroit dans les brochures touristiques, dis-je.

Winter restait silencieux, mais il semblait horrifié. Pour faciliter encore les choses, nous découvrîmes rapidement que le numéro vingt-deux n'était pas avant les numéros vingt-quatre et vingt-six, comme on aurait pu s'y attendre ;

nooon, ça aurait été trop logique. La maison de Marsh était en fait calée dans une impasse, un peu plus loin, comme si l'urbaniste avait décidé de s'amuser un peu en défiant les lois de l'arithmétique.

Winter me poussa doucement sur le côté pour être seul sur le perron pendant qu'il sonnait à la porte. Je me nettoyais les ongles en attendant. Puisqu'il voulait absolument faire tout le boulot, qu'il se fasse plaisir. Ma bouche était sèche et mes chaussettes toujours mouillées. À ce rythme, je n'aurais pas besoin de faire semblant d'être malade : j'allais finir à l'hôpital avec une pneumonie. Ou un genre d'horrible infection bactérienne.

Winter n'était pas d'humeur à attendre. Quand personne ne réagit à son coup de sonnette, il se mit à frapper violemment à la porte. Pas de réponse. Il cria :

— Oscar Marsh ! C'est la Branche Arcane ! Ouvrez la porte !

Il frappa de nouveau, avec une force qui fit trembler la porte entre ses joints.

— Tu pourrais essayer de tourner la poignée, suggérai-je. Ça demanderait beaucoup moins d'efforts.

Winter n'allait certainement pas opter pour la facilité. Il frappa de nouveau, avec plus de vigueur. Comme il n'avait pas de mandat, il ne pouvait peut-être pas entrer sans la permission du propriétaire. Mais je pouvais m'en charger. J'allais pas rester là toute la journée à bayer aux corneilles.

Je reculai d'un pas et me concentrai sur la poignée rouillée. Comme le reste de la maison, et de la rue en fait, elle avait vu des jours meilleurs. Mais ça n'avait pas d'importance : j'avais développé cette rune pour éviter de passer trois heures à retourner mon sac pour trouver mes clefs. Et, oui, ça n'a peut-être pas l'air très compliqué, mais je trimballe toujours une tonne de trucs, donc repêcher mes clefs est toujours un vrai calvaire. Avec ma petite rune, je n'avais pas besoin de m'inquiéter ; et Winter et moi n'aurions pas à attendre dehors jusqu'à ce qu'il se pète les phalanges.

Comme il me tournait le dos, je pouvais esquisser ma rune sans qu'il ne me remarque. J'ajoutai un petit mouvement gratuit de l'auriculaire à la fin, histoire de bien faire avancer les choses. Bingo. La poignée tourna et la porte s'ouvrit en craquant. Pas de beaucoup, mais assez pour révéler un couloir sombre et humide à l'intérieur.

— Hé, fis-je joyeusement. Il doit t'avoir entendu. Allons-y.

Avant que Winter ne puisse s'y opposer, je me faufilai devant lui et rentrai dans la maison ; la puanteur à l'intérieur me fit presque regretter ma décision. Irrité, Winter passa le perron et me suivit. Il me regardait d'un air suspicieux, comme s'il était sûr que j'avais quelque chose à voir avec l'ouverture miraculeuse de la porte. Lorsque l'odeur atteignit ses narines et lui fit plisser le nez, je sautai sur l'occasion pour détourner son attention.

— Ça sent fort, hein ?

Winter secoua la tête.

— Je n'ai jamais senti une chose pareille.

Je haussai les sourcils. Il rigolait, pas vrai ?

— Chips et sauce curry, dis-je.

Je levai le nez et reniflai.

— Et, si je ne me trompe pas, un zeste de kebab vieux de trois jours.

Au tour de Winter d'être surpris :

— Les gens mangent vraiment ce genre de choses ?

— Qu'est-ce qu'ils feraient d'autre avec ? Y a pas mieux qu'un bon kebab.

Je m'en léchai les babines.

— Surtout avec de la sauce chili. Laisse-moi deviner : t'es végétarien ? fis-je avec un rictus.

— Non. Mais je ne mange pas ces cochonneries.

Je ne l'avais toujours pas vu manger ; à ma connaissance, il ne vivait que d'oxygène et de sourcils froncés. Mon estomac gargouilla pour me rappeler que ça faisait un moment que je ne m'étais pas moi-même nourrie de façon substantielle.

— J'ai fait à dîner hier soir, remarqua Winter. J'ai même été faire les courses. Tu aurais remarqué si tu ne t'étais pas contentée d'engloutir une barre de chocolat avant de t'endormir.

Il avait cuisiné ? Avant que je puisse demander ce qu'il avait préparé, un grognement retentit dans la pièce adjacente. Winter se raidit et me jeta un regard d'avertissement, comme si j'avais besoin qu'on me rappelle de me taire. Je fis claquer ma langue tout doucement. Tsss.

Nous continuâmes lentement. Il y avait bien quelqu'un dans la maison : je pouvais entendre un léger ronflement. C'était un vrai miracle qu'il ne se soit pas réveillé lorsque Winter s'était mis à beugler derrière la porte. Je hochai la tête, admirative. Je suis toujours impressionnée quand les gens démontrent leur réel dévouement au sommeil.

D'un pas léger, Winter avança devant moi et s'arrêta au bout du couloir lugubre. Il frappa à la porte. Le ronflement continuait. Il ouvrit la porte en la poussant doucement avec son pied. À l'intérieur, la pièce était mal éclairée, avec de grandes fenêtres à guillotines à demi couvertes par de lourds rideaux en velours. J'aurais presque dit qu'ils étaient majestueux, mais ils avaient l'air d'avoir été jetés plutôt qu'accrochés à leur tringle, et pendouillaient à plusieurs endroits, sans attaches. Un écran de télé clignotait dans un coin et mon regard tomba sur un film porno particulièrement graphique où divers individus à poil découvraient des orifices auxquels j'aurais préféré ne pas penser. Winter attrapa précipitamment la télécommande et l'éteignit.

Il n'y avait qu'un meuble dans la pièce jonchée de bouteilles vides et de cannettes écrasées : un large sofa avec une grosse bosse. Lorsque la bosse expulsa un autre ronflement, je conclus que nous avions trouvé Oscar Marsh. Même si Adeptus Diall semblait avoir été un vrai con avant sa mort prématurée, il avait tapé dans le mille pour Marsh. Je doutais que l'Ipsissimus soit particulièrement fier de compter ce type-là parmi les membres de l'Ordre.

Je me demandais si Winter était parfois perturbé de passer autant de temps avec des sorciers plutôt infréquentables, quand l'Ordre faisait tant de bien dans le monde. Enfin, c'était la nature même de son boulot ; de notre boulot.

Winter s'éclaircit la gorge. S'il croyait que son petit toussotement suffirait à réveiller la Belle au bois dormant, il avait vraiment de l'espoir. Marsh avait la tête dans les coussins et les fesses en l'air, un bras jeté par-dessus le canapé. Vu la façon dont Winter m'avait sortie du lit quelques jours plus tôt, j'étais étonnée de le découvrir si délicat.

— Lance-lui de l'eau dans la figure, fis-je avec rancune. Ça a marché pour moi.

Winter grimaça.

— Parce que je savais que tu n'allais pas sauter sur tes pieds et m'attaquer. Avec ce type, c'est une autre histoire.

Je fronçai les sourcils.

— Premièrement, ce type est aux portes du coma. Même s'il se réveille, il risque pas de se mettre en position de combat. Il sécrète de l'alcool par les pores, Winter. Il va plutôt vomir et se masser les tempes, pas te lancer quoi que ce soit dans la tête. Et deuxièmement, comment tu sais que je n'allais pas attaquer ? J'aurais pu.

— C'est pas ton style, fit Winter sans plus d'explications. Si Marsh a tué Adeptus Diall et volé le Manuscrit Cryptique, alors il est bien plus dangereux qu'il n'en a l'air.

Je jetai un regard incertain vers le sorcier endormi. Aucune chance que ce soit notre coupable. Winter sembla lire dans mes pensées.

— Les apparences sont parfois trompeuses, Ivy. Peut-être qu'il cuve sa gueule de bois parce que la culpabilité l'a poussé à boire.

— Il n'y a aucune preuve…, commençai-je.

— J'ai dit « peut-être ». Et tu as accusé tous les sorciers que nous avons rencontrés aujourd'hui. Pourquoi pas lui ?

Je haussai les épaules. C'était pas très crédible. Quoi qu'il en soit, Oscar Marsh n'allait pas se réveiller de sitôt sans notre aide. Je lançai un regard circulaire dans la pièce. À moins de lui envoyer des restes de bière dans la face, il n'y avait pas grand-chose ici. Et franchement, le garçon sentait assez mauvais comme ça.

— Je vais trouver la cuisine et chercher de l'eau, marmonnai-je.

Je tournai les talons. La petite cuisine était située près de la porte d'entrée. Elle était étonnamment propre, mais Oscar Marsh ne faisait sûrement pas souvent à manger, s'il vivait au régime liquide. Je commençais à être agacée. L'Ordre savait qu'il avait des problèmes ; ils auraient pu lui venir en aide. J'ouvris les placards, finis par trouver une tasse, et fis couler l'eau à l'évier. Winter criait dans l'autre pièce. Je tendis l'oreille. Marsh ne s'était toujours pas réveillé, apparemment.

Je baissai le regard et tendis la main pour fermer le robinet. C'est à ce moment là que je remarquai un petit fragment de papier brûlé, coincé dans le trou d'écoulement. Je posai la tasse sur le plan de travail et attrapai précautionneusement le papier. Il ne faisait que quelques centimètres de largeur et était rongé par le feu, mais quelques mots étaient encore visibles.

Je plissai les yeux et mon sang se figea dans mes veines. J'avais peut-être eu tort à propos de Marsh. Je laissai l'eau dans sa tasse et courus retrouver Winter. Il était agenouillé près de Marsh et le poussait du doigt.

— Winter, murmurai-je.

Il ne réagit pas. J'essayai de nouveau :

— Raph !

L'urgence de ma voix le surprit. Il se tourna et leva les yeux vers moi. Maussade, je lui montrai le fragment de papier.

— J'aurais dû porter des gants, m'excusai-je en réalisant que je venais de contaminer les preuves.

Winter se leva et prit le papier. Il ne lui fallut qu'une seconde pour comprendre sa signification. Son visage se ferma et un éclair indéfinissable brilla dans ses yeux. Sans un mot de plus, il fit volte-face, rejoignit Marsh, et le souleva d'un seul coup par le col.

Même la violence de Winter ne suffit pas à éveiller immédiatement le sorcier. Il émit un grognement. Quand Winter le secoua, il ouvrit enfin les yeux, une confusion trouble dans ses prunelles marron.

— Qu… quoi ? bégaya-t-il.

— Philosophus Oscar Marsh, au nom du Saint Ordre des Lumières Magiques, vous êtes en état d'arrestation, cracha Winter, protocolaire. Toute tentative d'utiliser la magie pour provoquer, dissimuler, ou refuser d'assumer la responsabilité de vos actions pourra être retenue contre vous, indépendamment de votre culpabilité ou de votre innocence. Vous avez le droit de solliciter un représentant légal ou de soumettre votre cas à la cour de justice non-magique.

Marsh ne semblait pas comprendre la situation. Ça ne m'étonnait pas : il s'était tranquillement contenté de comater dans sa flaque de bave, et reprenait d'un seul coup conscience sous les cris d'un Adeptus. Mais mon regard vagabonda sur son accoutrement et je remarquai que parmi d'autres taches non identifiées, il y avait clairement du sang sur son t-shirt. Ma compassion s'évapora en deux secondes.

— Qu'est-ce que j'ai fait ?

Il clignait des yeux rapidement, comme pour essayer de se souvenir.

— Vous avez volé le sceptre de l'Ipsissimus et le Volume IX des Manuscrits Cryptiques. Et enfin, vous avez assassiné Adeptus Exemptus Diall, siffla Winter.

Marsh le regardait, bouche bée.

— Je ne crois pas…, gémit-il. J'ai vraiment mal au crâne. Est-ce qu'on pourrait faire ça un autre jour ?

Winter rit froidement.

— C'est peu probable. Vos jours de liberté sont comptés.

20

Quand nous quittâmes enfin Trumpton Avenue, Marsh dans notre sillage, sa maison grouillait de sorciers. Je dus résister à la tentation de remarquer joyeusement que j'avais eu raison pour l'odeur : les deux pauvres préposés au poubelle de la Branche Arcane avaient exhumé les restes d'un kebab, et des chips noyées dans une sauce curry tournée.

J'étais assise avec notre charge à l'arrière du van envoyé par l'Ordre pendant que Winter nous conduisait au quartier général. Une odeur particulière flottait dans l'air ; j'aurais bien dit que c'était Marsh, mais il ne sentait que la nourriture, l'alcool et la sueur. Personne ne prononça une parole pendant le trajet. Parler ne semblait pas approprié. Winter et moi attendîmes d'être installés à la Branche Arcane, dans une petite pièce, avant d'ouvrir la bouche.

Nous nous assîmes en face d'un Marsh pâle et suant, maintenant habillé d'une combinaison en papier.

— Tu sais que c'est la première fois que je viens ici ? Je travaille avec toi depuis des semaines et je n'ai jamais fichu les pieds dans ce bâtiment, dis-je à Winter.

Il me jeta un regard perplexe.

— Ça ne fait que quelques jours. Pas des semaines.

— J'ai l'impression que ça fait des semaines.

Il leva les yeux au ciel. Oscar Marsh ne nous prêtait pas beaucoup attention. Je m'éclaircis la gorge et me penchai en avant.

— Oscar… t'es déjà venu ici, toi ?

Il ne semblait pas comprendre la question.

— Qu… quoi ?

— Est-ce que tu es déjà venu à la Branche Arcane ?

— Euh… oui, quelques fois, fit-il en se grattant la tête.

— Tu peux nous en parler ? proposai-je.

Si Marsh avait des antécédents, je voulais les entendre de sa bouche. Vu la chance qu'on avait eue pour l'instant niveau dossiers, je ne donnais pas cher des informations que nous pourrions glaner auprès de l'Ordre.

— Euh…, lâcha-t-il de nouveau.

On connaissait déjà son mot favori.

— Je suis tombé dans le lac, une fois.

Je jetai un regard confus à Winter. Il hocha la tête.

— Vous parlez de la mare aux canards derrière le bâtiment de Géomancie ?

— Ouais, ouais, répondit Marsh. Pas de canards, cela dit. Juste beaucoup de trucs verts.

— C'est un peu injuste, non, de se faire interroger par la Branche Arcane pour une petite chute.

Le nez de Marsh remua.

— J'avais transformé l'eau en vodka. J'essayais de la boire quand je suis tombé dedans.

Je haussai les sourcils. Pas étonnant qu'il n'y ait pas de canards, dans cette mare. Je doutais que barboter dans un lac de liqueur soit le passe-temps favori d'un volatile ; moi, par contre, j'aurais pas dit non.

— Tu n'aimes pas le vin ?

— Hm ?

— Rien. Et quoi d'autre ?

Je gardais les yeux fixés sur lui. Il se tortilla de nouveau.

— Quoi d'autre, quoi ?

Soit ce type avait une mémoire de poisson rouge, soit il avait un talent certain pour éviter de répondre aux questions.

— Pourquoi t'a-t-on fait venir à la Branche Arcane ?

— Il y a aussi la fois où j'ai perdu le cahier des charges du château de Windsor, dit-il. Je ne sais pas pourquoi ils en ont fait tout un plat. On l'a retrouvé.

Intriguée, je pianotai des doigts sur la table.

— Où était-il ?

Il haussa les épaules.

— Dans un tiroir. J'avais oublié que je l'avais rangé là.

— Un tiroir, où ça ? demanda Winter.

— Chez moi.

Winter était assis plus raide que jamais sur sa chaise.

— Vous avez emmené des documents importants chez vous et les avez perdus ?

— C'était juste une fois, marmonna Marsh.

Il se frotta le visage.

— Est-ce que ça va prendre longtemps, tout ça ? Je ne me sens vraiment pas bien. Je crois que je vais être malade.

Winter fit glisser une petite corbeille vers lui.

— Voilà, déclara-t-il sans l'ombre d'un sourire. Vous pouvez être malade là-dedans.

Marsh prit la corbeille et la serra contre sa poitrine. J'espérais vraiment que son estomac tiendrait bon ; je ne gérais pas bien le vomi des autres.

Winter frotta ses mains l'une contre l'autre et s'enquit :

— Alors, vous avez une certaine expérience dans le vol de documents. Pourquoi ne pas nous expliquer pourquoi vous avez pris le Volume IX ?

— Le Volume IX ? murmura Marsh. Vous voulez dire, des Manuscrits Cryptiques ? Vous en avez parlé tout à l'heure…

Winter croisa les bras.

— Oui, j'en ai parlé. Où est-il ? Nous savons que vous avez brûlé au moins une page. Où est le reste ?

Marsh déglutit.

— Je n'en sais rien du tout. Je n'ai jamais approché les Cryptiques. Je ne les ai jamais vus à la bibliothèque, même.

Winter prit une note sur son carnet ; nous pourrions vérifier facilement si Marsh disait la vérité. Le sorcier continua :

— Je n'aurais jamais osé prendre les Manuscrits… Je ne saurais même pas comment les prendre. Ils sont protégés, non ?

Winter fit la moue.
— Habituellement.
Sa mâchoire se crispa.
— Mais vous avez trouvé un moyen de contourner cet obstacle, n'est-ce pas ? Vous avez trouvé une faille dans le système et failli nous tuer, Miss Wilde et moi-même, par la même occasion. C'est ça que vous voulez, Marsh ? Le pouvoir ? Vous pouvez nous le dire, maintenant. Le Manuscrit ne vous aidera pas en prison.
— Je ne sais pas de quoi vous parlez ! Je ne l'ai pas touché ! Je vous l'ai dit !
— Alors pourquoi avons-nous trouvé chez vous des preuves irréfutables que vous l'aviez ?
— Je ne sais pas !
Winter expira puis changea soudain de tactique, la voix douce.
— Que s'est-il passé avec Adeptus Diall ? Est-ce qu'il vous a menacé ? C'est pour ça que vous l'avez tué ? Nous savons que le meurtre n'était pas prémédité, Oscar. Peut-être que vous vouliez seulement vous défendre ? Nous pouvons vous aider si c'est le cas. Nous savons que Diall pouvait être difficile.
— Diall est un connard, grogna Marsh.
Il marqua une pause, puis leva les yeux.
— Il est mort ? Pff. Bon débarras.
Quelqu'un frappa à la porte et nous fit sursauter, même Winter. Il se leva et sortit dans le couloir. J'entendis des murmures bas avant que Winter ne me demande de le rejoindre.
— Il faut que tu entendes ça.
Je me levai.
— Ne bouge pas, dis-je à Marsh.
Il me foudroya du regard et fit tinter la chaîne qui emprisonnait ses chevilles.
— Y a pas de risques.
Je marchai jusqu'à Winter ; il m'entraîna dans le couloir

et ferma la porte derrière nous. Une femme au visage juvénile nous attendait.

— Nous avons reçu les rapports préliminaires, Adeptus, dit-elle. Le fragment que vous avez trouvé vient bien des Cryptiques. Il faut que nous vérifiions l'information, mais il semblerait que ce soit une des premières pages.

C'était déjà bien ; plus on avançait dans chaque Volume, et plus la magie abordée était puissante. Peut-être que Marsh n'avait lu qu'une ou deux sections. Il n'avait pas l'air d'avoir beaucoup de pouvoir ou d'autorité, là, maintenant ; à moins qu'il n'attende le bon moment pour utiliser la magie des Manuscrits contre nous.

— Merci. Et le reste ?

— Adeptus Leith nous a contacté. Ils ne peuvent décrypter que très peu de choses chez Philosophus Marsh. Il a mis en place des protections efficaces qui nous empêchent de jeter un sort et de voir ce qu'il a fait pendant ces derniers jours.

Winter hocha la tête. Il n'était pas surpris, contrairement à moi.

— Mais s'il est Philosophus, il n'est que Niveau Un. Tu m'as dit que seuls les Niveaux Deux savaient lancer ce genre de sortilèges.

— Il a volé un Volume entier des Manuscrits Cryptiques, Ivy, et nous a presque noyé tous les deux dans les égouts, répondit Winter. Je pense qu'on peut considérer qu'il a des talents magiques plus avancés que son Niveau supposé.

Je songeais à l'homme dans la pièce d'à côté, à ses yeux injectés de sang, aux vaisseaux éclatés au creux de ses joues et sur son nez. Il ne me donnait pas franchement l'impression d'être un grand mage incognito, mais c'était Winter l'expert, hein. Quoiqu'il en soit, ça me tracassait. Je ne le sentais pas.

— Le sang ? demanda Winter rapidement. Est-ce qu'on sait déjà s'il correspond à celui de Diall ?

La sorcière secoua la tête.

— Grâce aux tests préliminaires, nous savons que ce n'est pas le sang de Marsh et que c'est le même type que celui de Diall, mais nous n'avons pas encore de résultat définitif.

Elle semblait troublée.

— Nous avons fouillé sa maison de fond en comble, mais nous n'avons pas trouvé d'autre trace du Manuscrit Cryptique. Les gens commencent à paniquer.

Ah, quelqu'un avait vendu la mèche.

— Alors tout le monde sait ce que nous cherchons ?

Elle hocha la tête, mal à l'aise. Winter siffla d'agacement.

— Dans ce cas, marmonna-t-il, il faut que nous le trouvions le plus rapidement possible. La situation risque de nous échapper. Les accusations vont fuser de tous les côtés.

La bouche de la sorcière se crispa.

— Je vais faire mon possible pour calmer la population. Nous allons faire publier une déclaration.

Elle se détourna et partit en courant. Les membres de la Branche Arcane aimaient vraiment bosser à la vitesse de l'éclair.

— Tu penses qu'un grand nombre des sorciers de l'Honorable Ordre vont profiter de l'occasion pour accuser leurs collègues ? demandai-je.

Winter resta silencieux un moment.

— Comme tu l'as fait remarquer à plusieurs reprises, Ivy, l'Ordre rassemble des éléments très ambitieux. Peu importe ce que tu en penses, l'ambition est une bonne chose. Tout le monde veut s'améliorer, et, oui, je pense personnellement que la majorité des sorciers sont honorables dans leurs aspirations. Mais ils sont aussi soumis à de nombreuses pressions et se doivent de réussir. Si quelques-uns parvenaient à faire peser les soupçons sur leurs rivaux, ils pourraient avoir *de facto* de meilleures opportunités d'avancement.

— C'est pour ça que vous avez besoin de plus de gens comme moi. Des gens qui sont satisfaits de leur sort.

Je ne plaisantais pas. Il m'observa pensivement.

— Alors tu admets que tu es heureuse d'être ici ?

Je levai les mains.

— Woh ! Je n'ai pas dit ça. D'ailleurs, tu n'as pas vraiment besoin de moi. T'as oublié notre stratégie de bon flic, méchant flic ? C'est toi qui poses toutes les questions. Je voulais faire le gros dur pendant que tu lui minaudais des gentillesses, moi.

— Je suis formé pour les interrogatoires, remarqua-t-il gentiment. C'est sans doute mieux que je prenne la tête des opérations, dans ce cas-ci. Même si c'était une bonne idée de l'interroger sur ses autres délits.

Je ne sais pas si décrire un meurtre comme un délit était vraiment adéquat, mais pour une fois, je fermai mon clapet.

— Il faut que nous allions fouiller le bureau de Marsh, proposa Winter. Et il faudrait vraiment que nous mettions la main sur son dossier.

Il me jeta un œil de biais.

— Peut-être que tu pourrais faire pression sur ton petit copain.

Je fis la moue.

— Tarquin ? Y a plus de chance qu'il t'obéisse à toi. Il est fan.

Les coins de sa bouche se soulevèrent.

— Allons, Ivy, use de tes charmes. Sois… aussi pétillante que tu sais l'être. Il te mangera dans la main en un rien de temps.

Winter tourna les talons et retourna dans la salle d'interrogatoire pendant que je restais bouche bée dans le couloir. Est-ce que Winter me mangeait dans la main, alors ? Je lissai mes boucles et clignai des yeux. Sûrement.

***

Je me baladai tranquillement jusqu'au bâtiment des ressources humaines, en profitant de ma solitude pour flâner plutôt que de galoper comme un cheval de course. Pas besoin de se dépêcher : Tarquin n'allait pas disparaître. Quand j'arrivais, la réceptionniste maussade fit mine de m'envoyer paître, maintenant que j'étais seule ; mais le nom de Winter et quelques menaces peu crédibles mais plutôt imagées suffirent à la faire s'écarter. On se rappelait tous de la puissance de la Branche Arcane.

La porte d'Adeptus Price était ouverte. Je jetai un coup d'œil à l'intérieur, mais il était absent. Je zigzaguai jusqu'au bureau de Tarquin. Ses cheveux trop longs sautillaient en rythme alors qu'il tapait furieusement sur son clavier ; à tout les coups, il jouait à *Candy Crush* – c'est ce que moi j'aurais fait, en tout cas.

Il ne remarqua pas ma présence avant que je sois juste à côté de lui ; j'avais une vue imprenable sur son écran. Pas de *Candy Crush* : il était en train de remplir un formulaire de candidature pour la Branche Arcane. Je sentis un rictus moqueur naître sur mes lèvres. Trop tard.

— Salut, Judas, fis-je aimablement.

Une grimace très laide froissa son joli visage.

— Qu'est-ce que tu veux ?

Je me perchai sur son bureau, très à l'aise. Il avait un sachet de bonbons à la menthe près de son écran d'ordinateur, et j'en piochai un au passage. Grosse erreur. Le bonbon se colla directement sur le bord intérieur de mes dents et j'eus du mal à postillonner ma phrase suivante :

— Je veux le dossier d'Oscar Marsh, dis-je.

Mes mots étaient indistincts, mais il comprit le message. Un sourire mauvais passa sur son visage.

— Ah, oui. Tout le campus est au courant, tu sais. Pourquoi est-ce que Marsh voudrait les Manuscrits Cryptiques ? Tu l'as rencontré ? Il ne pourrait même pas déchiffrer les volumes les plus simples.

— Donne-moi juste ce foutu dossier, ordonnai-je.

Je n'avais aucune envie de faire la commère avec Tarquin.

— On a déjà eu cette conversation. Le dossier a été

emprunté. Ton partenaire n'a pas voulu dire qui l'avait pris. C'est votre problème, pas le nôtre.

— Laisse-moi voir le registre encore une fois.

Tarquin sourit.

— Oblige-moi.

Je haussai les épaules.

— OK.

Je me redressai et haussai la voix pour que tout le monde dans le bureau m'entende :

— Je suis de la Branche Arcane et j'enquête pour le compte de l'Ordre sur l'affaire la plus sérieuse de la décennie.

C'était sûrement vrai. Impossible d'en être sûre, mais… peu importait : ça avait l'air important, quoi.

— Si vous continuez à faire obstruction à cette enquête capitale, je n'aurais pas d'autres options que de vous arrêter et vous…

— Très bien ! m'interrompit Tarquin.

Je souris. Winter pensait peut-être que je pouvais séduire Tarquin avec mes jolies mirettes, mais le menacer avec une humiliation publique était bien plus efficace. Il recula violemment, en envoyant du même coup voler sa chaise dans la pauvre sorcière assise derrière lui, puis s'achemina d'un pas lourd vers la section Dossiers. Je le suivais de si près que je lui marchais sur les talons. Il me fusilla du regard mais resta silencieux. Ah ! Il avait compris la leçon.

Tarquin attrapa le registre et me le tendit brutalement.

— Tiens.

Je l'ouvris et trouvai la page que nous avait montré Price plus tôt dans la journée. Je fis glisser mon doigt sur la ligne : le dossier de Marsh était bien noté, et la signature, presque illisible, correspondait donc à celle de Tobias Worth-Jones. Modifier le registre avec la magie était sûrement possible, mais compte tenu de l'effort demandé, le jeu n'en valait pas la chandelle. Le registre devait être protégé contre les faussaires. La signature de Worth-Jones n'avait pas l'air facile à imiter sans modèle, et Winter ne l'avait pas trouvé suspect lorsque nous étions allés lui rendre visite.

J'ajustai ma prise sur le bouquin tandis que Tarquin m'observait, amusé. Cette saleté de cahier était lourd, quoi. Alors que je bougeai le pouce, je réalisai que la page opposée était gaufrée par l'écriture située de l'autre côté de la feuille. Je tournai la page précédente, puis la suivante, à deux reprises. Pas besoin de magie : c'était une astuce digne d'un gosse qui avait impliqué Worth-Jones.

— Qu'est-ce qui se passe ? demanda Tarquin.

— Vous êtes des incompétents, rétorquai-je. Vous ne faites jamais attention aux gens qui passent dans votre bureau et prennent des dossiers, ici ?

— C'est le travail de Rebecca, répondit-il avec un geste vague vers la réceptionniste.

Comme d'habitude, Tarquin rejetait la faute sur les autres. Les gens comme lui me foutaient le cafard. Je poussai un soupir et montrai la page précédente.

— Regarde. C'est là que Tobias Worth-Jones a emprunté le dossier d'un de ses employés. Tu vois ?

— Ouais ? Et alors ?

Mais quel abruti. Je tournai la page pour montrer la ligne qui mentionnait Oscar Marsh. Elle était parfaitement alignée derrière la signature de Worth-Jones, une page plus tôt.

— Quelqu'un a repassé sur sa signature en appuyant fort pour que l'empreinte apparaisse sur la page d'après. Ensuite, ils se sont contentés de la calquer pour que Worth-Jones ait l'air d'avoir emprunté le dossier de Marsh. Et en bonus, il a une écriture illisible.

Les yeux de Tarquin suivaient mon explication.

— C'est… c'est grotesque, marmonna-t-il.

Il évitait mon regard comme s'il avait peur que je l'accuse.

— Ce qui est grotesque, c'est d'utiliser le mot « grotesque ». Dis-le plusieurs fois. C'est un mot débile.

— Écoute, Ivy, siffla Tarquin entre ses dents, je ne sais pas ce que tu insinues, mais je peux t'assurer que les ressources humaines prennent leurs responsabilités très à cœur. Nous n'aurions pas laissé n'importe qui tripoter le registre et repartir tranquillement avec un dossier. Ces documents sont privés, et nous ne les confions pas à tout le monde sans autorisation préalable.

— La preuve que si, dis-je doucement. Bon. J'ai quand même besoin du dossier.

— Je ne sais pas où il est.

Il baissa la voix :

— Je sais que j'ai triché, il y a toutes ces années, mais je ne ferais jamais une chose pareille.

J'arquai un sourcil.

— Je n'ai jamais suggéré que c'était de ta faute, mais tu protestes très…

Je marquai une pause.

— *Véhémentement*, lâchai-je avec satisfaction.

Tarquin fit un geste vers les meubles à tiroirs, le corps raide et crispé.

— Tu peux fouiller si tu veux, mais j'ai déjà cherché, sur les ordres d'Adeptus Price, au cas où le dossier aurait été mal rangé.

C'était intéressant, tout ça. Pourquoi est-ce que Price aurait demandé à Tarquin de fouiller les caissons s'il pensait que quelqu'un avait emprunté le dossier ?

Tarquin n'avait pas fini :

— Qu'est-ce que tu fiches ici, de toute façon ? Tu ne veux pas être membre de l'Ordre, Ivy. Quand tu es partie, il y a huit ans, tu as juré que tu ne reviendrais jamais.

— Je ne suis pas partie, lui rappelai-je. J'ai été expulsée. À cause de toi.

— Quoi qu'il en soit, c'est pas ton genre. Même à l'époque, tu ne voulais pas travailler pour la Branche Arcane. Alors pourquoi tu restes ? Pourquoi tu ne rentres pas chez toi ? Pourquoi tu ne laisses pas quelqu'un d'autre prendre ta place ? Il y a plein de gens qui voudraient ton poste.

— Oh, on sait tous que tu parles de toi, Tarquin, répliquai-je. Mais tu ne peux pas l'avoir. Que je le veuille ou non, je suis obligée de travailler avec Winter. Nous sommes liés par la magie. Tu ne peux rien faire contre ça, mon pote.

— Ça ne peut pas être un lien si puissant que ça, remarqua-t-il. Tu es ici, et pas lui. Comment t'expliques ça, hein ?

J'ouvris la bouche pour répondre, mais réalisai soudain qu'il avait raison. Les termes du lien nous obligeaient, Winter et moi, à travailler en tandem, pas seulement de rester à moins de huit kilomètres l'un de l'autre. J'avais cru que nous devions rester ensemble pour mener l'enquête ; mais cette fois, même si nous étions séparés, je n'avais pas ressenti de démangeaison, comme les fois précédentes. Peut-être que le sortilège était conscient que j'obéissais à un ordre de Winter. Ou peut-être qu'il y avait une autre explication.

— T'es vraiment pas un expert en magie, hein, Tarquin ? fis-je avec mépris. Pas étonnant que t'aies eu besoin de tricher pour arriver jusqu'ici.

Il me foudroya du regard et je répondis avec un sourire.

— Ah, si les regards pouvaient tuer.

Je lui tapotai l'épaule.

— Mais c'est pas le cas. Du coup, je vais continuer à mener mon enquête absolument vitale pour la Branche Arcane, et tu vas pouvoir retourner trier tes papiers.

Et je le plantai là.

21

La Branche Arcane était en plein remue-ménage. Il y avait dans l'air une électricité nouvelle, et je remarquai que les visages autour de moi étaient soulagés et heureux. Deux capuchons rouges se tapèrent joyeusement sur l'épaule. Je plissai les lèvres. Il se passait un truc.

Je retournai à la salle d'interrogatoire. Winter était en train de menotter Oscar Marsh lorsque j'entrai dans la pièce.

— Qu'est-ce qui se passe ? demandai-je.

— Nous avons retrouvé le Manuscrit perdu, répondit Winter.

Je clignai des yeux, abasourdie.

— Vraiment ?

— À part la page brûlée que nous avons trouvée, il est heureusement intact, dit-il en secouant légèrement le coude de Marsh.

Je retrouvai l'usage de la parole :

— Où était-il ?

Winter sourit sévèrement.

— Ici, dans les quartiers de l'Ordre.

Mon regard passa de Winter à Marsh à plusieurs reprises. Je sentais que je n'allais pas être surprise par la réponse, mais je posai tout de même la question :

— Où exactement ?

— Dans le tiroir du bureau d'Oscar.

Sans déconner.

— Il était verrouillé ? Protégé ? Difficile à forcer, au moins ?

— Aucun des trois.

Je m'humectai les lèvres.

— Et tu trouves pas ça bizarre ?

— Je ne sais pas ce qu'il fichait là ! cria Marsh. C'est un coup monté !

L'effort nécessaire à sa panique sembla lui retourner l'estomac ; quand il s'interrompit, son visage avait tourné au vert. J'espérais que Winter avait gardé la corbeille à portée de main.

— Taisez-vous, ordonna Winter d'une voix néanmoins clémente.

Il baissa les yeux sur moi.

— As-tu réussi à obtenir son dossier ?

— Nan.

Winter serra les lèvres, mais ne réagit pas. Deux types en robes rouges entrèrent dans la pièce. Ils posèrent sur Marsh un regard de pur dégoût. Winter leur laissa Marsh, puis se tourna vers moi.

— Tout est bien qui finit bien, dit-il.

Je réfléchis.

— Sauf pour Adeptus Diall et son petit meurtre entre amis. Tu trouves pas qu'accuser Marsh, c'est juste un peu trop commode ? Que cette résolution est un peu facile ?

Winter haussa un sourcil.

— Je croyais que tu aimais les solutions de facilité.

Tout à fait, mais je savais qu'il fallait toujours faire un effort pour la trouver ; la culpabilité de Marsh était beaucoup trop simple. Il était à peine capable de tenir une conversation ; comment aurait-il pu orchestrer un crime pareil ? Mais Winter ne semblait pas accorder beaucoup d'importance à mes inquiétudes.

J'insistai tout de même :

— Est-ce que le sang sur la chemise de Marsh correspond à celui de Diall ? demandai-je.

— Nous attendons toujours les résultats du laboratoire.

Winter sourit brièvement.

— Oh, allez. Je te ramène et tu pourras t'étaler sur ton lit et dormir pour la reste de la journée.

Je fronçai les sourcils.

— T'as vu l'heure ? La journée est déjà finie.

Il rit doucement et me tapota l'épaule, puis sortit de la pièce devant moi. Je regardais son dos, perplexe. Depuis quand Adeptus Exemptus Raphaël Winter était-il du genre à glousser tranquillement ?

***

Winter me déposa devant mon immeuble ; apparemment, il ne voyait plus l'utilité de rester avec moi. Quand je suggérai que nous pourrions profiter de l'occasion pour libérer Connard et Alice et les livrer à l'Ordre ou à la police, il secoua la tête et me demanda d'attendre le lendemain. C'était pas son genre non plus, ça. Je restai plantée sur le trottoir pendant que sa voiture s'éloignait. Il me manquait une info.

Harold, lui, semblait parfaitement heureux. Quand je quittai l'appartement d'Ève, il s'était avachi près d'Alice en ronronnant profondément. Inconstante créature. Enfin, pas aussi inconstante que Princesse Parma Pervenche. Elle était introuvable. Elle avait dû prendre exemple sur son propriétaire et partir chasser sa propre nourriture parce que se faire servir une boîte de conserve, c'était trop générique. Ou alors, elle avait décidé qu'elle n'aimait pas traîner par ici et était retournée chez elle. Mouais.

Je pris une longue douche brûlante. Lorsque je sortis de la baignoire, Brutus me fixait.

— Manger.

— Ouais, ouais.

Je me penchai et lui grattai le menton. Il me mordit les doigts.

— Manger.

Le téléphone se mit à sonner. J'allai répondre en lui jetant un sourire innocent.

— Allô ?

— Ivy ! Dieu merci, tu réponds enfin ! J'ai essayé de te joindre, mais tu n'es jamais là.

Nous étions toutes les deux bien conscientes que ça ne me ressemblait pas.

— Salut, Ève. Tout va… bien. Harold va bien. Je vais bien. Mais bref, comment vas-tu ?

Sa voix irradiait de bonheur :

— Super bien ! On a presque fini, ici. Je croyais que j'avais fait des bêtises parce que l'Ordre a envoyé deux autres sorciers, mais ils m'ont bien aidée, et je rentre demain. Je suis impatiente de voir mon petit chou.

J'espérais qu'elle parlait d'Harold, et pas de moi.

— C'est… génial, hésitai-je. Est-ce que les deux autres sorciers t'ont dit quoi que ce soit sur ce qui se passe à Oxford ?

Ce que je voulais savoir, c'est si elle savait que j'avais pris la place pour laquelle elle avait tant travaillé.

— Nan, pas vraiment, répondit-elle joyeusement.

Je poussai un soupir de soulagement. Elle finirait bien sûr par l'apprendre, mais c'était le genre de nouvelles que je préférais annoncer en personne.

— Tu seras là à quelle heure ?

— Dans le milieu de l'après-midi, je pense. Tu es sûre que tout va bien ?

— Oui, oui. Mais viens me voir avant de faire quoi que ce soit d'autre, d'accord ?

Le soupçon emplit immédiatement sa voix.

— Pourquoi ?

— Rien de très important.

En tout cas, pas une question de vie ou de mort.

— Je veux juste te parler, vite fait.

Elle laissa échapper une exclamation enchantée.

— Tu veux qu'on parle d'aller courir ensemble, c'est ça ?

Euh…

— Ouais, dis-je d'un ton pas franchement enthousiaste. C'est *exactement* ça.

Impossible qu'elle croie à mon mensonge, non ? Enfin,

ça me convenait, si ça pouvait dissiper son angoisse jusqu'à ce qu'on puisse se voir.

— Mangeeeeeer ! brailla Brutus.

Il était peut-être un peu saoulé par la longueur de notre conversation. Je coupai court :

— Il faut que j'y aille. Brutus commence à s'énerver.

Ève rit.

— J'entends bien. À bientôt !

Je grimaçai et raccrochai le téléphone. Ève était quelqu'un de bien. J'espérais qu'elle ne serait pas blessée en découvrant ce qui s'était déroulé en son absence.

Je donnai à Brutus son thon favori, puis m'affalai sur le sofa avec un soupir de bonheur.

— Bonsoir, mon vieil ami, fis-je à haute voix. Ça fait trop longtemps.

J'aurais juré que le sofa avait grogné de ravissement en réponse. La tête en arrière, je m'étirai et fermai les yeux. Puis je les rouvris. Je grimaçai et tournai sur le flanc en attrapant la télécommande. J'allumai la télévision et passai en revue mes enregistrements pour trouver le dernier épisode d'*Enchantement*. La musique du générique démarra ; je coupai le son et me redressai contre le dossier.

Brutus entra dans le salon d'un pas nonchalant, en se léchant les babines.

— Salut connasse.

— Quelque chose ne va pas, lui répondis-je.

Il sauta sur mes genoux pour que je lui câline les oreilles.

— Je devrais laisser tomber. C'est la meilleure chose à faire. Non ?

Je baissai les yeux sur lui. Il s'enquit :

— Où homme ?

Mmh, on se posait la même question, alors. Je me mordillai la lèvre, puis tendis la main vers le téléphone encore une fois.

— Hello Iqbal, dis-je lorsqu'il décrocha.

— Ivy ! Comment ça va ? T'as trouvé de la racine

d'ossombe, ou pas encore ? J'attends notre séance de karaoké.

L'image du bocal de Diall, planqué dans ma salle de bains, me traversa instantanément l'esprit.

— Je n'appelle pas pour ça, atermoyai-je.

Pour je ne sais quelle raison, je n'étais pas encore prête à me séparer de Winter.

— Je veux connaître l'autre façon de défaire le lien.

Je soupçonnais l'étrange odeur qui m'avait alertée dans le van de ne pas avoir émané de Marsh, mais de Winter.

— La méthode avec les herbes. Tu m'as parlé d'une rupture temporaire, la dernière fois que tu m'as appelée ?

— Ouais, ouais. T'es désespérée, hein ? Winter doit vraiment être un partenaire de merde.

— Mmmh. Il est pas si mal.

Iqbal rit.

— Oh, tu fais dans le sarcasme ?

Je fronçai le nez. C'était pas ce que j'avais voulu dire.

— La solution temporaire ? insistai-je.

— Ouais, attends une seconde. Je l'ai écrite quelque part.

J'entendis Iqbal fouiller dans ses papiers, puis il reprit le combiné.

— Voilà. Racine de canivot. On l'utilise habituellement dans les sortilèges de purification, mais j'ai trouvé plusieurs références qui suggéraient qu'elle fonctionnerait aussi sur ce genre de magie. Mais pas très longtemps. Ses effets s'évaporeront vite face aux défenses du lien magique.

Bon, au moins, c'était une plante dont j'avais déjà entendu parler. Vaguement.

— Ça sent quoi, la racine de canivot ?

— Le moisi, l'humidité. Ça sent plutôt fort, répondit-il. Je crois que ça ressemble plus ou moins à de la mousse séchée.

Je ne connaissais pas le parfum de la mousse séchée, mais j'aurais parié que je l'avais déjà senti : près de Winter, dans la camionnette. Mon cœur se serra étrangement. C'était moi qui était sensée me battre pour détruire notre lien, pas Winter. Pourquoi avait-il voulu me tenir à distance ? Non. Je savais bien pourquoi, mais pour une fois, j'allais écouter les conseils de Winter et attendre d'avoir plus de preuves.

— Merci, Iq, fis-je d'une voix absente.

Il murmura une réponse, et je raccrochai. Brutus avait commencé à me pétrir les cuisses à coups de griffes.

— Pas la peine de te mettre à l'aise, ordonnai-je.

Ses oreilles tressaillirent et il tourna la tête vers moi.

— Dehors ? Encore ?

Je soupirai.

— Encore.

Dieu seul savait pourquoi. J'aurais dû rester dans mon canapé et profiter de ma soirée. Mais Winter avait peut-être besoin de mon aide, qu'il le veuille ou non.

— Si tu croyais que quelqu'un était victime d'un coup monté, où est-ce que tu chercherais des preuves de son innocence ? demandai-je.

Brutus cligna des yeux. Je le poussai gentiment pour qu'il descende de mes genoux, et me levai.

— Ouais. C'est ce que je pense aussi.

22

Quand j'arrivai sur le campus de l'Ordre, le soleil s'était couché. Je laissai mon taxi sur la bande d'arrêt d'urgence : c'était près de ma destination, et il y avait peu de chance que je bloque qui que ce soit à cette heure de la soirée. Je me frayai un chemin entre les ombres et les bâtiments sombres. J'essayai de rester discrète : je ne voulais pas me retrouver face à Winter tant que je n'étais pas prête à l'affronter. J'étais si déterminée à l'éviter que je manquai de rentrer dans un autre groupe de sorciers qui marchaient dans la direction opposée.

— Hé, c'est Ivy Wilde !

Je souris à Weathers, le réceptionniste de Géomancie, et jetai un œil à ses deux acolytes, Bethany la préposée au café et Rebecca, la porte de prison des ressources humaines.

— Comment ça va ?

Weathers sourit jusqu'aux oreilles.

— Super ! Et toi ? J'ai entendu dire que vous avez arrêté quelqu'un pour le vol d'un Volume des Manuscrits Cryptiques.

Il secoua la tête.

— J'arrive pas à croire que quelqu'un puisse être assez fou pour essayer d'en piquer un.

— C'était qui ? demanda Bethany en m'observant dans la pénombre. Le coupable ? Je ne comprends pas pourquoi quelqu'un voudrait voler une magie aussi puissante… c'était forcément un Niveau Deux, non ? Sinon, ça ne serait même pas plausible.

— Ne croyez pas à tout ce qu'on vous dit. Les ragots, c'est pas très fiable, répondis-je.

L'expression de Weathers s'assombrit légèrement.

— C'est pas un Niveau Deux ?

Je le menaçai de l'index.

— J'ai jamais dit ça.

Rebecca me lança un sourire inattendu. C'était la première fois que je la voyais… heureuse ?

— T'es marrante, toi. Mais la vérité finit toujours par triompher. Il va écoper de ce qu'il mérite.

Je me demandais ce qu'elle avait réellement entendu dire. Comment savait-elle que nous avions arrêté un homme, par exemple ? Quoi qu'il en soit, j'avais autre chose à faire que de papoter avec eux.

— Certes.

Je leur souris pour leur indiquer qu'il fallait que je me bouge les fesses ; ils comprirent le message et s'écartèrent de mon chemin en murmurant des « au revoir ». J'expirai lentement. Il valait mieux que je regarde où j'allais.

Je continuai ma route jusqu'à ce que j'atteigne le bâtiment bas et familier des ressources humaines. Quelques lumières étaient encore allumées à l'intérieur, et des robes rouges bougeaient derrière les vitres. Je traînai un moment devant l'entrée en essayant de ne pas attirer l'attention (j'échouai misérablement). Je reconnus vaguement quelques visages, mais personne de connu. Même ce fayot de Tarquin avait disparu pour la soirée.

— Eh bah, Ivy, c'était une super idée, marmonnai-je pour moi-même. Tu pourrais être tranquille à la maison. À la place, tu rôdes dans le noir comme un pervers.

Winter n'était peut-être même pas dans les parages. Pour ce que j'en savais, il avait peut-être un rendez-vous torride et il ne voulait pas que j'en entende parler. Sauf qu'il n'aurait pas eu besoin de bloquer les effets du lien s'il s'était contenté de sortir dîner.

Bon, les derniers bourreaux de travail des ressources humaines n'avaient pas l'air de vouloir bouger de sitôt, et je n'allais pas attendre toute la nuit. Il fallait que je trouve un moyen de me débarrasser d'eux sans éveiller les soupçons. Je réfléchis à deux ou trois options, mais les rejetai aussi sec. Il fallait que tous les employés sortent du bâtiment, et je devais m'assurer qu'aucun d'entre eux ne reviendrait. J'aurais pu faire sauter un tuyau et espérer que l'inondation les ferait déguerpir, mais ils enverraient une équipe de maintenance pour que les dégâts soient pris en charge avant le matin. J'aurais bien évité les nunuches des RH, mais je devrais expliquer ma présence à des sorciers beaucoup plus baraqués. J'aurais pu appeler le bureau, faire semblant d'être d'un autre département et les inviter à venir boire un verre et partager des pizzas, mais à moins que tout ça ne se matérialise quelque part (et à condition que tous ces intellos soient d'humeur assez sociable pour tomber dans le panneau), je ne donnais pas cher de mes chances non plus.

Une grosse goutte de pluie s'écrasa sur le bout de mon nez. Super. En plus de ça, j'allais me faire tremper. *Encore*. Je levai les yeux et observai les nuages menaçants qui dissimulaient le croissant de lune. Mon regard tomba sur la bibliothèque qui surplombait les autres bâtiments. Je souris lentement. Voilà, j'avais la solution.

En sifflotant, j'enfonçai mes mains dans mes poches et avançai vers la bâtisse. Elle serait ouverte pendant encore quelques heures. Maidmont m'avait bien dit qu'ils ne fermaient pas avant vingt-deux heures ; y entrer ne présenterait pas de problème.

Je n'avais pas envie de gâcher mon temps ou mon énergie et, plutôt que de m'infiltrer en douce pour mettre mon plan en pratique, j'allai directement vers le bibliothécaire qui rangeait des bouquins dans un coin du rez-de-chaussée.

— Hello, Phil !

Il fit un bond de trois mètres ; il avait été si préoccupé par sa corvée qu'il ne m'avait pas entendue arriver.

— Miss… Miss Wilde, bégaya-t-il. Content de vous voir.

Il jeta un coup d'œil par-dessus mon épaule, surpris de ne pas voir Winter apparaître. Je rentrai immédiatement dans le vif du sujet, avant qu'il ne commence à poser des questions compliquées auxquelles je ne pourrais pas répondre.

— Nous avons besoin de votre aide, dis-je énergiquement.

Les yeux du bibliothécaire s'écarquillèrent et un éclair de joie traversa sa pupille : ses services étaient toujours requis. Peut-être qu'il rêvait secrètement d'être un espion. Pratique.

— Mais je croyais que le Manuscrit disparu avait été retrouvé.

— Oh, c'est le cas.

Je me penchai vers lui en baissant la voix, pour lui faire comprendre qu'il était dans la confidence.

— Mais nous pensons que le véritable coupable n'a pas encore été identifié.

Maidmont se mordit la lèvre.

— J'ai vérifié les registres des Cryptiques, murmura-t-il sur le même ton. Oscar Marsh n'est jamais venu consulter les Manuscrits. Pas une seule fois.

Je tapotai ma narine. Maidmont comprit immédiatement.

— Je ne dirai rien, promit-il. Que puis-je faire pour vous ?

— Il nous manque un dossier. Celui d'Oscar Marsh.

Maidmont avait l'air de plus en plus excité.

— Il n'est pas chez les RH ?

— Justement, c'est le problème, murmurai-je.

Deux jeunes sorciers passèrent près de nous. Je m'interrompis et pris le coude de Maidmont pour l'entraîner dans un coin plus calme.

— Le dossier devrait être aux ressources humaines, mais ils nous ont juré qu'ils ne l'avaient pas. Ils n'ont pas *du tout* aidé, dans cette enquête. J'ai besoin d'entrer dans leurs bureaux pour voir s'ils nous ont dit la vérité.

Il était horrifié.

— Vous pensez qu'un département entier travaille contre vous ?

— Non, c'est sûrement l'histoire d'une ou deux personnes. Mais qui sait ? conclus-je d'une voix lourde d'inquiétude.

— Que voulez-vous que je fasse ? souffla-t-il.

— Chaque minute compte.

Parce que je n'avais pas envie de poireauter dehors dans le froid en attendant que le bâtiment se vide.

— Il s'agit de sauver un homme innocent, poursuivis-je.

Maidmont hocha vigoureusement la tête.

— Oui. Oui.

— J'ai besoin…

Je marquai une pause et me repris :

— *Nous* avons besoin d'accéder immédiatement aux bureaux des ressources humaines. On ne peut pas attendre le départ de tous les employés. Il faut qu'ils quittent le bâtiment pour que nous puissions le fouiller de fond en comble. Et la seule solution, c'est…

Je retins mon souffle avant de finir ma phrase, pour l'effet. Maidmont marchait à cent à l'heure.

— Quoi ? Quoi ? Dites-moi !

— Un incendie, terminai-je. Un incendie à la bibliothèque.

J'aurais probablement pu demander n'importe quoi, et Philippe Maidmont me l'aurait offert sur un plateau d'argent, mais mettre le feu à sa bibliothèque bien-aimée, c'était dépasser un peu les bornes. Il recula d'un pas, les yeux fixés sur moi, horrifié.

— Jamais, murmura-t-il. Ça ne vaut pas le coup.

Mince.

— Ne vous inquiétez pas, enchaînai-je rapidement. Je ne vous demande pas de mettre quoi que ce soit en danger. Il ne faut que quelques flammes pour que les protections magiques réagissent, non ?

Il hocha la tête, méfiant.

— Oui.

— Vous pourriez aller au sous-sol. Faites un peu de place au centre de la galerie et faites brûler un ou deux morceaux de carton. Tous les membres qui sont encore dans le quartier vont accourir. Le feu sera déjà éteint quand ils arriveront, mais personne ne le saura.

Maidmont avait l'air soulagé ; juste un peu.

— Et qu'est-ce qui les empêchera de retourner dans leurs bureaux lorsqu'ils auront compris qu'il n'y a pas de dégâts ?

— Vous, dis-je simplement. Il va falloir que vous leur fassiez tout un cinéma, d'accord, Philippe ? Nous comptons sur vous. Il faut leur dire qu'après les évènements des derniers jours, vous ne voulez pas laisser la bibliothèque sans surveillance. Que tous les sorciers restants doivent passer la nuit ici pour s'assurer que les livres et les précieux manuscrits et les documents secrets sont en sécurité.

— Ils ne me croiront jamais.

Je posai la main sur son épaule.

— Ils vous croiront si vous êtes convaincant. Ils viennent d'apprendre que nous avons manqué de perdre un Volume des Cryptiques, Phil. Personne ne voudra avoir le mauvais rôle et refuser de veiller toute la nuit. Ça ferait pas joli joli sur leur CV.

— Mais…

— Faites-moi confiance, souris-je. Ça va marcher.

***

J'avais à peine atteint les ombres qui s'amoncelaient autour du bâtiment des RH lorsque l'atroce hurlement retentit. Les yeux sur les sorciers à l'intérieur, je notai la seconde d'horreur glacée qui précéda leur mouvement de panique ; ils quittèrent les lieux au galop. Je me félicitai silencieusement et m'accordai quelques secondes d'attente. Pour une fois, ma patience fut récompensée.

Peu de temps après le départ des employés, leurs capes flottant dans le vent nocturne, une silhouette sombre se dessina à l'angle du bâtiment. J'aurais reconnu cette démarche raide n'importe où. Winter s'avança, puis s'arrêta pour jeter un coup d'œil vers la bibliothèque. Je retins mon souffle en espérant qu'il allait continuer son chemin. Il y avait bien assez de sorciers dans le coin pour sauver les bouquins. Il reprit sa route vers les portes des ressources humaines, et je sautillai de joie en comprenant qu'il venait de prendre la bonne décision. Il pensait qu'il pouvait m'embobiner, mais il avait tort. Personne n'était plus rusé que moi, OK ? Enfin, à part Brutus. Et peut-être l'Ipsissimus. Non, je pouvais lister d'autres personnes, en fait. Mais ce soir, j'étais aux commandes.

Je comptai jusqu'à vingt pour laisser à Winter le temps de rentrer. Puis je m'avançai à mon tour, sur la pointe des pieds. Je voulais qu'il saute au plafond lorsque je le prendrais en flagrant délit de trahison. Je poussai la porte aussi doucement que possible et entrai dans le hall. Je commençais à bien connaître le plan des bureaux, après les visites des derniers jours. Je contournai le bureau de Rebecca la Réceptionniste et me faufilai dans l'open space. Il était vide et, désert, avait l'air vaguement apocalyptique.

Une petite lumière flottait au-dessus de la tête de Winter, dans le coin le plus éloigné. Dossiers. Ah ha. Je marchai tout doucement dans sa direction. Il était occupé à ouvrir les tiroirs, et je parvins à me glisser juste derrière lui sans qu'il me remarque. Trente centimètres à peine nous séparaient. Je m'arrêtai net et souris largement. J'espérais bien lui arracher un petit cri quand j'annoncerais ma présence.

— Ne reste pas plantée là, Ivy, ordonna Winter d'un ton sec. Viens m'aider à chercher.

Je sursautai brutalement. Oh, le salopard. Le gros salopard.

— Tu savais que j'étais là ? Depuis le début ?

— Bien sûr.

Il ne se tournait toujours pas, concentré sur les dossiers qu'il passait en revue avant de les replacer proprement.

— Qui d'autre serait assez impatient pour mettre le feu à la bibliothèque plutôt que d'attendre que les gens finissent leur journée de travail ?

Je me hérissai un peu.

— *Je* n'ai pas mis le feu. C'était Maidmont.

Winter me jeta enfin un coup d'œil.

— Tu as embarqué ce pauvre bibliothécaire dans tes machinations ?

Je me redressai.

— Machinations ? Machinations ? C'est toi le machinateur, monsieur !

Il semblait exaspéré.

— Je ne voulais pas que tu m'accompagnes, c'est vrai, admit-il. Mais quand je t'ai vue traîner dehors, j'ai compris que tu finirais par me rejoindre et que t'exclure n'avait pas de sens.

J'essayai d'éliminer le petit nœud de douleur qui me comprimait la poitrine, et posai les mains sur les hanches.

— Tu as trouvé une façon de briser le lien.

— Ne t'emballe pas, c'est temporaire.

— Pourquoi ?

— Je voulais venir ici et enquêter tranquillement, sans subir les stupides répercussions du lien.

— C'est comme ça que tu me vois ? sifflai-je. Une répercussion stupide ?

Ses yeux couleur de saphir brillèrent de surprise.

— Je parlais des démangeaisons et des douleurs que provoque le lien, pas de toi, soupira-t-il. Je ne crois pas qu'Oscar Marsh soit le sorcier que nous cherchons, malgré les preuves qui l'accablent. Si j'ai raison, le véritable coupable n'est pas seulement intelligent, il est aussi très dangereux. Tu as laissé une sorcière de Niveau Un te battre avec un sortilège qui n'aurait même pas posé problème à une Néophyte, aujourd'hui. Je ne voulais pas risquer que tu sois blessée. C'était plus prudent de mettre notre lien en pause pendant quelques heures.

Son expression s'était faite un peu désabusée.

— J'aurais dû me douter que tu t'en apercevrais. J'espérais que tu sauterais sur l'occasion et que tu resterais tranquillement chez toi pour te prélasser en paix.

— J'ai fait semblant de perdre ce foutu duel, rétorquai-je. Et tu l'aurais pigé si tu me connaissais un minimum. J'avais pas envie de passer les cent prochains jours à refuser de me battre avec tous les sorciers du coin.

— Comment j'aurais pu le savoir ? Pourquoi tu ne me l'as pas dit ?

Je baissai les yeux.

— J'avais pas envie que tu penses du mal de moi. Je veux dire, je sais que tu penses que je suis une feignasse. Et je *suis* une feignasse, mais je voulais pas que tu le penses encore plus. Même si c'est vrai.

Le regard de Winter s'adoucit.

— Tu n'es pas aussi paresseuse que tu penses l'être. Tu es venue, après tout.

— Et tu n'es pas aussi coincé et guindé que je le pensais, fis-je à contrecœur.

— Je suis assez coincé et guindé pour ne pas mettre le feu à la bibliothèque pour gagner quelques heures.

— Oh, la ferme. Maidmont contrôle la situation.

Je souris.

— En plus, c'est bien mieux que je sois venue. Tu cherches au mauvais endroit. Tarquin a déjà passé ces dossiers-là au peigne fin.

Winter haussa les sourcils.

— Et tu le crois ? demanda-t-il.

— À ce sujet, oui. Il aime bien qu'on le prenne pour un employé modèle. Si quelqu'un d'autre avait découvert le dossier de Marsh plus tard, au fond d'un tiroir, Tarquin en aurait pris plein la tête. Il voudrait pas qu'on le pointe encore du doigt. Il est déjà sur un terrain glissant, vu ce qu'il a fait à Ève.

Winter inclina la tête.
— Qu'est-ce qu'il a fait à Ève ?
J'avais oublié que je ne lui avais pas raconté l'anecdote.
— Peu importe. Ça n'a pas de rapport avec l'affaire.
Il n'insista pas.
— Si le dossier de Marsh n'est pas là et qu'il n'est pas à la maison de Diall, je ne sais pas où il pourrait être caché. Mais il contient peut-être des informations vitales. Si nous réussissons à comprendre pourquoi Marsh a été choisi comme bouc émissaire, alors nous aurons de meilleures chances de trouver le salaud qui perpétue ces crimes.
Je fronçai les sourcils.
— Mais c'est évident, non ? Il a choisi Marsh parce que Marsh n'est pas en position de se défendre. Il ne s'en sort pas très bien dans la vie, et il n'y a pas beaucoup de gens qui prendront son parti, compte tenu de ses petites infractions et de son comportement en général. Le coupable a rendu le Volume IX parce qu'il n'a pas réussi à accéder à la magie qu'il contient, ou bien… parce qu'il a déjà obtenu ce qu'il voulait.
— Certes, mais ça ne nous aide pas à trouver la vérité. La disparition du dossier de Marsh ne peut pas être une coïncidence. C'est celui qui l'a volé qui est notre principal suspect, mais nous n'avons aucun moyen de connaître son identité.
Je croisai son regard et une épiphanie me frappa soudain. Winter avait toutes les réponses. Il voulait juste que j'arrive à la même conclusion. Ses preuves chéries manquaient effectivement à l'appel, mais il avait peut-être compris que les preuves n'étaient pas si indispensables que ça. Pas quand Oscar Marsh avait été jeté en taule à cause de preuves théoriquement concrètes.
— Nous sommes aux ressources humaines pour une bonne raison, dis-je doucement. On peut raisonnablement penser que Diall a usé de ses pouvoirs pour voler le sceptre et le Manuscrit Cryptique parce qu'il avait la puissance

nécessaire, mais ce n'est pas lui, le monstre de l'histoire. Quelqu'un l'a assassiné et s'est approprié le Manuscrit. Nous savons que Diall aidait certains sorciers à s'élever dans la hiérarchie de l'Ordre, même si leurs capacités ne leur auraient pas permis d'en faire autant sans son appui. Peut-être qu'un de ces sorciers-là s'est retourné contre lui. Peut-être que Diall lui en demandait trop.

Je haussai les épaules.

— Ou peut-être qu'il ne l'aimait pas, tout simplement.

Winter sortit de sa poche une feuille pliée avec soin.

— Ça m'a pris un certain temps, mais j'ai trouvé les noms de tous les sorciers promus grâce au vote de Diall. Il y en a vingt-trois.

Je sifflai tout bas.

— C'est beaucoup. C'est pas insurmontable, mais on va avoir besoin de temps pour les étudier tous.

— Exactement. Et si le Manuscrit nous a été rendu parce que le coupable a eu le temps d'en absorber la magie, il n'y a pas une minute à perdre. Il faut agir avant qu'il ne passe à l'attaque.

— C'est trop facile.

Un éclair d'amusement passa sur les traits de Winter.

— Tu trouves ?

Je levai les yeux au ciel.

— Je te le dis depuis le début : Adeptus Price est le connard qu'on cherche.

— En réalité, tu as d'abord accusé l'Ipsissimus. Et tu t'es rabattue sur Price parce qu'il porte des mocassins.

— Je n'ai pas directement accusé l'Ipsissimus, me défendis-je. Pas vraiment. Et j'avais d'autres arguments contre Price. C'est plus clair, maintenant. La personne qui a tué Diall connaissait son adresse et les protections en place dans sa maison. En tant que directeur des RH, Price a accès à ces informations. Et il ne fait clairement pas bien son boulot. Ses employés le méprisent. Je parie qu'il fait partie de la liste.

Winter ne nia pas, mais n'approuva pas non plus ma théorie. J'insistai :

— Tarquin nous a donné son alibi cet après-midi. Il a dit que Price était avec Practicus Lee. Mais Tarquin l'a probablement vu dans son agenda. Il n'aurait pas été avec eux pendant la réunion. Price pourrait avoir annulé à la dernière minute, sans que personne ne le sache. Et comme il connaît bien les sorciers de l'Ordre, Price doit être conscient des problèmes de Marsh. Il faisait même sûrement partie du comité disciplinaire qui a averti Marsh plusieurs fois. Price savait qu'Oscar Marsh serait le pigeon parfait.

— Il n'y a pas de preuve, répondit Winter. Si Price a pris le Volume IX, il ne l'a plus en sa possession. Et s'il a tué Diall, il n'y aura sûrement pas de traînée de sang qui nous mènera facilement jusqu'à lui.

Je levai la main.

— Mais s'il a le dossier d'Oscar Marsh, soufflai-je, alors il y a une chance. Il faut juste le trouver.

J'attendis une seconde.

— Ou alors, on attend que Price utilise ses nouvelles aptitudes magiques pour contrôler le monde et devenir notre dictateur attitré.

Winter sourit.

— Je préfère l'autre solution.

— Très bon choix.

Je me redressai.

— Et tu n'as pas besoin de m'exclure ou d'essayer de me protéger, Raph. Je sais me défendre. Et je crois que je te suis plus utile qu'autre chose.

Son sourire s'effaça, et il m'observa sérieusement.

— Tu as raison. À tous les niveaux.

Il se pencha vers moi ; je pouvais sentir son souffle sur ma peau.

— Price est bien sur la liste. Mais je ne le prenais pas au sérieux, pas avant que tu ne le mentionnes, la première fois.

Je lui lançai un sourire crâneur, les yeux dans les siens.
— Tu vois ? Les mocassins.

23

Nous abandonnâmes la fouille stérile des casiers de rangements et nous dirigeâmes vers le bureau de Price. Il y avait peu de chances qu'il ait planqué quoi que ce soit là-bas, puisqu'il était souvent hors du bureau et que tout le monde y avait accès, mais vérifier ce qu'il dissimulait dans ses tiroirs était toujours plus prudent.

J'étais déjà entrée une fois dans la pièce, mais je m'étais focalisée sur Tarquin et la pauvre fille qu'il menait en bateau. Cette fois, je prêtai vraiment attention à mon environnement. Il n'y avait pas grand chose à voir : Price n'était pas franchement bordélique. Sur son bureau, il n'y avait qu'un plateau vide, un unique crayon bien taillé, et un cahier. Il n'y avait même pas une photo de ses proches. Tous les tiroirs étaient fermés à clef.

Je pris le cahier et souris.

— J'ai toujours voulu faire ça.

J'attrapai le crayon et ombrai la première page blanche avec le graphite.

— Attends…, dis-je. Attends…

Je jetai un œil aux lettres que l'opération avait dévoilées.

— Ah ha !

Winter se pencha au-dessus de moi pour regarder. L'effluve de racine de canivot qu'il gardait sur lui m'enveloppa.

— Tu sais, tu peux te débarrasser de ta plante magique, maintenant.

— Je vais la garder encore un peu. J'aime bien que tu sois là de ton plein gré, murmura-t-il à mon oreille.

Un frisson d'excitation me traversa. Mais qu'est-ce que j'avais, en ce moment ? L'Ordre avait une influence vraiment merdique sur moi. Je montrai la page du cahier.

— Il s'est écrit une note, regarde.

Winter observa mon chef-d'oeuvre plus attentivement.

— Lait. Pain. Liquide vaisselle. Pas vraiment le coup de grâce qu'on cherchait.

— Ouais, mais ça a marché ! Sans magie, je peux maintenant lire des détails intimes de sa vie ! J'ai l'impression d'être Alice Roy.

— Si ça te fait plaisir…, murmura-t-il.

Il s'éloigna et s'accroupit près du bureau.

— Protégé. Si j'avais les bonnes plantes, je pourrais les ouvrir…

J'esquissai ma bonne vieille rune pour l'aider, et les trois tiroirs s'ouvrirent brutalement.

— Et voilà. Ne me remercie pas, fis-je avec une petite révérence.

Winter se tourna et fixa son regard sur moi.

— Tu viens de les ouvrir.

Quel petit génie, ce garçon.

— Ouais.

— Mais ils étaient protégés.

Perplexe, je haussai les épaules.

— Pas super bien, apparemment.

— Montre-moi cette rune.

Sa voix ne laissait pas de place au débat. Je haussai les épaules ; ça me faisait ni chaud ni froid de lui apprendre. J'esquissai ma rune une nouvelle fois, en visant le dernier tiroir verrouillé, de l'autre côté du bureau. Il s'ouvrit avec fracas et frappa la jambe de Winter. Winter ne bougea pas ; il regardait toujours mes mains.

— Ce n'est pas une rune connue.

— Tu connais toutes les runes ?

— Ma mémoire est presque eidétique, Ivy. Je me suis entraîné à me souvenir. Et je n'ai jamais vu cette rune.

L'interrogatoire commençait à devenir gênant.

— Et alors ? Je l'ai développée toute seule.

Il s'approcha d'un pas.

— Est-ce que tu sais combien c'est inhabituel ?

Je poussai un soupir.

— Seulement parce que l'Ordre est obsédé par les traditions et n'enseigne que les runes traditionnelles.

— Non. Ils s'en tiennent aux runes traditionnelles parce qu'en créer de nouvelles est incroyablement difficile. Nous avons un département entier de recherche et développement dédié à la création des runes, et même eux n'en produisent qu'une nouvelle tous les deux ou trois mois.

Quelque chose d'indéfinissable brillait dans ses yeux.

— Je crois que je commence à te comprendre vraiment, maintenant.

Je ne pigeais rien à ce qu'il racontait.

— Je ne suis pas une voleuse, me défendis-je. Je cambriole personne, ou quoi. C'est juste une rune que j'ai inventée au cas où je perdrais mes clefs.

Il leva les mains.

— Pas la peine de te sentir attaquée.

— Pas la peine d'être aussi énigmatique. Qu'est-ce que tu veux dire, tu me « comprends maintenant » ?

— Tu aurais pu te battre contre ton expulsion. D'accord, ton petit copain a des amis haut placés, mais si tu avais crié plus fort, si tu t'étais défendue plus violemment, les gens t'auraient écoutée. Et tu ne l'as pas fait. Tu *voulais* être renvoyée.

Je restai bouche bée.

— Quoi ? Tu dis des conneries. À l'époque, pas du tout.

Il me scrutait attentivement.

— Peut-être pas consciemment.

Il baissa la voix.

— Mais tu t'ennuyais.

Il commençait sérieusement à m'agacer.

— Et alors ? Être Néophyte, c'est jamais super excitant. Tu dois t'en souvenir, avec ta mémoire super entraînée.

— J'ai adoré chaque seconde.

Il ne m'avait toujours pas lâchée du regard. Il continua :

— C'est le syndrome du génie paresseux.

— Hein ?

— Tu es imprévisible. La vie ne te stimule pas assez, donc tu abandonnes tout, ou presque. L'Ordre avance trop lentement pour quelqu'un comme toi. Tu étais probablement soulagée, d'une certaine façon, quand ils t'ont renvoyée. C'est plus habituel que tu ne le crois ; beaucoup de gens très intelligents finissent par tout laisser tomber. C'est un syndrome psychologique diagnostiqué.

— Ouais, raillai-je, je suis un génie. C'est pour ça que je conduis un taxi.

Il s'avança vers moi.

— Tu as besoin d'une stimulation cognitive intense. C'est quelque chose que tu ne trouves pas chez les autres gens, ni dans la plupart des métiers. Alors tu te rabats sur la seule personne en qui tu peux avoir confiance : toi-même.

Il sourit.

— Mais tu aimes bien *ce* travail-là. Tu es stimulée, maintenant.

Je levai le visage vers lui.

— Il faut dire que tu es très *proche*, susurrai-je.

— Plaisante si tu veux. J'ai raison et tu le sais.

Il recula d'un pas.

— Si j'étais un génie, j'aurais déjà trouvé la preuve irréfutable que Price a fait le coup, remarquai-je d'une voix trop forte.

— C'est vrai. On devrait se dépêcher de la trouver.

Winter se détourna et se mit à fouiller le tiroir du haut.

Je l'observai un moment. J'avais du mal à accepter que sa théorie stupide était peut-être juste, puis je haussai les épaules. Winter pouvait m'analyser autant qu'il voulait ; c'était un pays libre, après tout. Ça ne voulait pas dire que je devais lui prêter attention.

Je le laissai fouiller le bureau de Price et pivotai vers le caisson à dossiers. Paradoxalement, il n'était pas verrouillé. Bien sûr : fermer ton bureau pour empêcher les voleurs de piquer tes stylos, c'était vital, mais les dossiers confidentiels pouvaient rester en libre service. Je levai les yeux au ciel. Price était peut-être un assassin et un voleur, mais il avait vraiment pas inventé le fil à couper le beurre.

Je passai mon doigt le long des dossiers et sifflai tout bas lorsque je remarquai une étiquette particulière : CRYPTIQUE. Ha, ha. Je tirai sur la chemise en papier à l'instant où Winter reculait et me marchait sur l'orteil. Je poussai un petit cri et lâchai le fichier.

— Mec !

— Pardon.

— J'espère bien. Tout le monde sait que les muscles pèsent plus lourd que la graisse et tu pèses une tonne, marmonnai-je.

Il sourit à ma fausse insulte. Je m'accroupis pour récupérer le dossier, tout en inclinant le visage pour mater son corps. Peut-être que c'était pas si mal, le sport. Pas pour moi, évidemment. Mais pour lui. Pour lui, c'était une très bonne idée.

J'attrapai la feuille qui s'était glissée sous le bureau en étendant les doigts. Quelque chose attira soudain mon attention.

— Winter, fis-je lentement.

— Je préfère quand tu m'appelles Raph, murmura-t-il.

— Arrête de bavasser. Viens voir.

Je montrai du doigt le dessous du bureau. Il s'agenouilla près de moi et suivit mon doigt du regard. Il inspira profondément en voyant le dossier scotché contre la paroi interne.

— Tu crois que…

— Ne tirons pas de conclusions hâtives.

Il sortit une longue pince à épiler de sa poche. Je me déplaçai pour lui laisser la place nécessaire et l'observai avec impatience tandis qu'il détachait précautionneusement le dossier. Il le sortit avec la délicatesse d'un chirurgien, se redressa, et le plaça sur le bureau. Je le rejoignis.

C'était le dossier d'Oscar Marsh. Son nom était calligraphié en italique sur le devant, et, pour éviter toute confusion, était aussi imprimé sur la languette de la chemise. Je retins mon souffle ; Winter utilisa sa pince pour l'ouvrir.

Toutes les informations concernant Marsh étaient là : son âge, son adresse, sa position, ses fichiers médicaux. Il y avait aussi des notes détaillant ses problèmes : l'Ordre ne l'avait apparemment pas laissé pourrir dans son alcoolisme comme je l'avais cru. On lui avait demandé d'assister à des séances de conseil et de soutien, mais il ne s'y était jamais rendu. Une vague de compassion inattendue me submergea.

— Preuve irréfutable, déclarai-je avec un grand sourire.

— Pas exactement, répondit Winter. Mais on se rapproche.

Je secouai le dossier Cryptique sous son nez.

— Il y a ça, aussi.

Je l'ouvris. Il n'y avait rien d'autre qu'une longue liste des sortilèges disponibles dans les Manuscrits, mais c'était un autre clou dans le cercueil de Price. Un clou ténu et un peu tordu, mais tout de même.

— Ce n'est pas suffisant. Notre argumentaire doit être indiscutable, compte tenu de la nature de l'enquête et de la personne que nous accusons.

Je croisai les bras.

— Price a gardé le Volume IX pendant des jours, rappelai-je. On ne peut pas le laisser libre de faire ce qu'il veut. Il pourrait déjà être en train de mettre ses plans à exécution. On cherchait le dossier de Marsh. On l'a trouvé. Arrête Price et arrache-lui une confession.

Winter secoua la tête.

— Il peut encore profiter du déni plausible.

— On ne peut pas le laisser comme ça ! Il pourrait passer à l'attaque ! La solution la plus facile…

— Mais nous ne cherchons pas la solution la plus facile, Ivy. Nous cherchons la *bonne* solution.

Je le fusillai du regard. Bordel, qu'est-ce qu'il pouvait être énervant.

— Et c'est quoi, la bonne solution ?

Il croisa mon regard.

— On retrouve Price, et on le suit, dit-il d'un ton sérieux. Comme ça, on découvrira exactement ce qu'il a l'intention de faire.

***

Moins d'une heure plus tard, je garais mon taxi devant l'Herboire. Deux ou trois coups de fil avaient suffi à Winter : il avait vite entendu dire que Price passait la plupart de ses soirées dans ce bar à vin prétentieux. Personnellement, je ne savais même pas que les bars à vin existaient encore à notre époque.

Winter attendait déjà dehors et scrutait la devanture comme s'il venait de découvrir une espèce inconnue.

— Bienvenue dans les années quatre-vingt-dix ! fis-je en le rejoignant.

Il me jeta un regard perplexe.

— Je ne suis pas sûr de comprendre ce que tu veux dire, dit-il. Et je ne vois toujours pas pourquoi on n'a pas pris ma voiture.

— Je veux dire qu'aucun gosse de la génération Y qui se respecte n'accepterait un retour dans le passé aussi ringard que ce que propose ce bar, expliquai-je. Et j'ai pris mon taxi pour ne pas avoir à repasser par le campus avant de rentrer chez moi.

Je lui jetai un regard appuyé.

— Tu aurais pu monter avec moi et laisser ta voiture.

Winter ricana.

— Tout l'équipement dont nous avons besoin pour une arrestation est dans mon coffre.

J'ouvris grands les yeux.

— Menottes ?

Il hocha la tête.

— Entre autres.
— Un fouet ? Des chaînes ?
Je me hissai sur la pointe des pieds et le dévisageai attentivement.
— Dis-moi, tu passes beaucoup de ton temps libre dans les clubs SM ?
Il fit claquer sa langue. Je lui lançai un sourire moqueur. Plutôt marrant.
— Alors, c'est quoi le plan ? poursuivis-je.
— On attend que Price sorte et on le suit, en restant à distance.
Je réfléchis.
— Et s'il se contente de rentrer chez lui ?
— On surveille sa maison jusqu'à ce qu'il bouge.
— Mais ça pourrait prendre des jours.
— Si c'est ce qu'il faut pour prendre ce connard en flagrant délit, pas de problème.
Winter était peut-être partant pour rester là et attendre que Price fasse un pas de travers, mais j'avais personnellement une flemme monstre. Et surtout, j'avais une bien meilleure idée. Mais je savais qu'elle ne plairait pas beaucoup à mon grognon-en-chef, alors je hochai la tête.
— OK, du coup je vais faire une petite sieste. Je veux être fraîche et dispose quand il commencera à soumettre la planète avec sa toute nouvelle puissance.
Je montrai le bar à vin du doigt.
— À moins qu'il ne soit déjà en train de persuader le proprio de ce trou de lui obéir au doigt et à l'œil, et dans ce cas… il est déjà trop tard.
Winter regarda à travers la fenêtre.
— Il prend juste un verre. Il n'y a presque personne à l'intérieur. Je pense que c'est bon pour le moment.
Il m'avait répondu d'un air complètement sérieux, comme si Price avait planifié de prendre le contrôle de l'Angleterre en usant du puissant réseau de bars à vin qui tapissaient le pays. Il me jeta un coup d'œil.

— Tu as sérieusement besoin d'une sieste ?

— Oh, oui, fis-je en hochant la tête avec vigueur. On peut alterner. Tu pourras te reposer après moi.

Avant qu'il ne puisse me démontrer à quel point mon idée était aberrante, je trottai jusqu'à mon taxi et me glissai à la place du conducteur. Je m'enfonçai dans le siège, comme si j'étais en train de me mettre à l'aise, consciente que Winter me regardait toujours. Pendant quelques minutes, je crus que je n'allais pas pouvoir m'en sortir aussi facilement ; mais Winter finit par se détourner et reprendre à son poste de surveillance. C'était mieux comme ça. Je n'avais pas envie de pister Price pendant des jours. Ou même des heures. Winter me remercierait plus tard.

Je n'eus pas besoin d'attendre bien longtemps. Je commençais tout juste à me détendre, les paupières lourdes, quand la silhouette maigrichonne de Price émergea du bar. Je me redressai d'un seul coup, attachai rapidement ma ceinture de sécurité, et allumai mon lumineux pour signaler que mon taxi était libre. Price jeta un regard des deux côtés de la route, finit par me remarquer, et leva le bras. Je m'applaudis mentalement.

— Ivy, murmurai-je, Winter avait raison. Tu *es* un putain de génie.

Je démarrai le taxi et allumai mon clignotant en avançant vers Price. Dans la nuit sombre, et avec mes phares allumés, il ne pourrait pas voir mon visage avant qu'il soit trop tard. Il grimpa dans le fond de la voiture et grommela :

— Allée de Willowbrook. Et je connais le chemin par cœur, donc n'essayez pas de me rouler en faisant des détours.

Je lui laissai une petite seconde pour qu'il me reconnaisse. Mais il se contenta de s'affaler dans son siège et tourna son visage vers la vitre. Je souris plus largement.

— Aucun problème, monsieur, murmurai-je.

J'aperçus le visage pâle de Winter alors qu'il sortait de l'ombre et observait la voiture s'éloigner ; je passai devant lui et hochai légèrement la tête en croisant son regard. Travaille plus intelligemment, pas plus dur, mon pote. Il finirait par comprendre la leçon.

La petite escapade de Price et le verre qu'il avait enfilé n'avaient rien fait pour le détendre. Ses cernes étaient plus prononcés que jamais et il tortillait ses doigts sur ses genoux. Il avait l'air de porter le poids du monde sur ses épaules ; ou alors, un gros sentiment de culpabilité. Je me demandais ce que j'allais bien pouvoir faire ensuite quand son téléphone se mit à sonner. Son visage se tordit ; il décrocha tout de même.

— Oui ?

Je gardais les yeux sur la route, mais mon attention était entièrement sur Price. Est-ce qu'il parlait à un complice ? Peut-être que j'aurais toutes les preuves dont j'avais besoin en me contentant de conduire mon taxi. Avec un peu de chance, il me filerait même un pourboire.

— Je ne peux pas faire ça, Mère, siffla-t-il. Je n'ai pas le temps.

Il s'interrompit pour écouter son interlocutrice. La réponse ne sembla pas lui plaire du tout.

— J'ai des comptes à rendre de tous les côtés. Non, pas seulement l'Ipsissimus. J'ai plusieurs abrutis sous mes ordres, et ils me font tous bien comprendre combien ils me méprisent. Villeneuve a fait n'importe quoi. Il a envoyé une Niveau Un à Perpète-lès-Oies, et c'est moi qui me retrouve sur la sellette. C'est un bordel sans fin. Et ce n'est certainement pas ma faute. Personne ne comprend la pression de ma position.

La personne à l'autre bout du fil répondit, mais, même en tendant l'oreille, je ne pouvais deviner qu'un murmure indistinct.

— Tu ne crois pas que j'ai déjà essayé ? cria Price d'une voix geignarde. Ils ne m'écoutent jamais ! Je ne sais plus quoi faire. Même cette foutue réceptionniste me jette des sales regards quand elle pense que je ne la vois pas. Elle laisse tout le monde passer comme si elle n'en avait rien à faire, et elle m'a ri au nez quand j'ai essayé de la sermonner ce matin. Ce sont tous des incompétents et des paresseux. J'en ai assez. Je ne veux plus de ce boulot. Je pense à démissionner, d'accord ?

Une pause.

— Je m'en fiche, que les sorciers ne démissionnent pas ! J'en ai assez !

Il pressa brutalement le bouton de son téléphone et le jeta sur le siège d'à côté.

Je plissai le nez. Avec un haussement d'épaules, je décidai de passer au plan B, et allumai mon clignotant droit alors que j'aurais dû prendre à gauche. Malgré son avertissement, Price ne s'en aperçut pas immédiatement. Je m'étais déjà engagée dans une rue sombre et roulais dans la direction opposée à son adresse, vers la banlieue, quand il comprit finalement que je ne suivais plus le bon chemin.

— Hé ! protesta-t-il en se penchant en avant. Je vous ai dit, pas d'entourloupes ! Où sommes-nous ?

— On prend un raccourci, fis-je d'un air jovial en l'observant dans le rétroviseur.

Sur cette route-là, et à cette heure-ci, il y avait peu de chance qu'on croise beaucoup d'autres véhicules ; et j'avais besoin de garder les yeux sur mon prisonnier.

Price cligna des yeux.

— Vous êtes une femme ?

— Vous n'aviez pas remarqué ?

Pas que ça me surprenait beaucoup, vu ce que je savais de lui. Il fixa l'arrière de mon crâne, puis chercha mon reflet dans le rétroviseur.

— Je vous connais, dit-il lentement.

— Oui, vous me connaissez.

Je souris. Ses yeux s'abaissèrent et il plongea ses doigts dans sa poche. Je lâchai le volant d'une main et esquissai rapidement une rune pour que sa ceinture se resserre. Elle le plaqua en arrière et embarrassa sa tentative d'attaque.

— Qu'est-ce que vous faites, putain ? cria-t-il. Laissez-moi partir !

Il se balançait contre la ceinture, soudain paniqué. Il avait toujours les mains libres, et il comprit avec un temps de retard qu'il pouvait toujours me jeter un sort. Les doigts de sa main droite commencèrent à dessiner, bien trop lentement, une rune destinée à me faire du mal. Je répondis en élevant une barrière magique entre nous, contre laquelle son sortilège s'écrasa, sans effet. Sa bouche s'ouvrit.

— Qu'est-ce que c'était ?

— Oh, un truc sur lequel je travaille depuis un moment, répondis-je.

En réalité, je n'avais même pas été sûre que ma défense marcherait contre des sorts de haut niveau. Price avait vraiment été promu au-dessus de ses capacités. Mais ma barrière ne tiendrait pas contre un autre sort, aussi faible soit-il. Enfin… il n'avait pas besoin de le savoir.

— Essayez quoi que ce soit, menaçai-je, et vous le regretterez.

La peur s'alluma dans ses yeux ; il ne fit rien pour la déguiser.

— Laissez-moi sortir ! Arrêtez cette voiture et laissez-moi sortir, salope !

— Pourquoi on en arrive toujours à « salope » ? soupirai-je.

Price était trop occupé à me brailler dessus.

— Laissez-moi sortir ! Laissez-moi sortir ! Laissez-moi sortir !

Mon Dieu. Même Connard et Alice n'étaient pas aussi insupportables, et ils étaient attachés depuis des jours.

— Vous avez peur ? Parce que vous devriez, dis-je doucement.

Je n'avais encore rien fait, mais la terreur de Price augmentait à vue d'œil. J'étais plus habituée à être un objet de dérision que d'horreur, ces jours-ci. Ça m'inquiétait un peu que j'apprécie autant le changement. Price commençait à marmonner des mots sans queue ni tête. J'étais surprise qu'il n'essaie pas de me lancer un autre sort ; c'était comme s'il avait déjà abandonné, et c'est ce qui me dérangeait le plus. J'aimais penser que, si j'étais prise en otage, je me battrais jusqu'à mon dernier souffle. En dehors de son monologue frénétique, Price n'avait même pas l'air de vouloir *essayer* de se défendre.

Je venais juste d'arriver à destination quand une nouvelle paire de phares apparut sur la route derrière nous. Je jetai un coup d'œil dans le rétroviseur ; apparemment, Winter nous avait rattrapés. Ça me donnait environ trente secondes pour passer à la prochaine étape. OK, OK. Je me garai, éteignis le moteur, et, en ignorant le gémissement terrifié de Price, contournai la voiture pour le tirer violemment hors de son siège.

— Écoutez-moi bien, sale petit rat, sifflai-je contre son visage en le tenant par le col.

Heureusement que c'était un petit gabarit : je n'aurais certainement pas pu faire un truc pareil avec un type à ma taille.

Il gémit.

— Laissez-moi partir. Je n'ai rien fait.

Je me retins de lui rire au nez.

— Oh si. Je sais tout. Pauvre Oscar. Pourquoi vous avez choisi de lui faire porter le chapeau, hein ? Qu'est-ce qu'il a bien pu vous faire ?

Price se décomposa tout à fait.

— Qui… Qui est Oscar Marsh ?

T-t-t-t.

— Marsh ? C'est son nom de famille ? Je crois pas l'avoir mentionné…

Price comprit son erreur trop tard et tenta de se rattraper aux branches.

— Si ! Vous l'avez dit ! explosa-t-il. Vous cherchiez

son dossier l'autre jour ! Et vous avez dit son nom à ce moment-là !

Merde. Il avait pas tort. Puis il déglutit bruyamment, et sa nervosité le trahit. Je baissai la voix jusqu'à ce qu'elle soit dangereusement douce, en prenant exemple sur Winter quand il était *vraiment* vénère. Hé, si ça avait marché pour lui, je pouvais toujours essayer. En plus, Winter se garait à son tour et je n'avais plus de temps à perdre.

— Pourquoi vous avez tué Diall ? Est-ce que c'était pour lui voler le Manuscrit Cryptique ?

Price tourna la tête vers la voiture de Winter, priant de toute évidence pour que quelqu'un le sauve de la tarée blonde qui venait de l'enlever. Winter, cependant, se contenta de sortir de sa voiture et de croiser les bras sur sa poitrine large. Ses phares nous illuminaient, Price et moi. Lorsque Winter avança dans la lumière, Price réalisa *qui* venait de nous rejoindre, et ses épaules ployèrent sous le poids de sa défaite.

— C'était un accident, dit-il. Je n'avais pas l'intention de le tuer.

Le triomphe enflamma mes veines.

— Mais encore ? répondis-je d'une voix toujours égale, même si je luttais pour ne pas lever mon poing en l'air.

— Je suis allé le voir pour lui demander de l'aide. Je venais de trouver le Manuscrit dans mon tiroir mais ce n'est pas moi qui l'avais mis là, je le jure ! Je ne l'avais pas volé. Quand j'ai compris ce que c'était, j'ai paniqué. Je savais que personne ne me croirait. J'ai supplié Diall de faire quelque chose. Au début, il m'a dit qu'il ferait le nécessaire, mais il ne s'est rien passé. Il n'a rien fait pour m'aider. Vous commenciez à mettre votre nez partout, et Diall me laissait tomber. Alors j'ai été le revoir. Il m'a dit que c'était trop tard, que j'avais été idiot, et que la meilleure chose à faire serait de confesser mon crime. Il était juste inquiet pour sa peau. Il craignait les conséquences sur sa réputation, expliqua Price. Il m'a dit qu'il avait fait une erreur en m'aidant à obtenir mon poste, que j'allais tout gâcher malgré ce qu'il avait fait pour moi. Il ne voulait pas que qui que ce soit fourre son nez dans mes dossiers, parce qu'ils risquaient de l'incriminer, lui. Il m'a dit que je devais avouer que j'avais volé le Manuscrit pour sauver tous les autres. Il se foutait de moi ! Il ne pensait qu'à lui !

Je dévisageai Price. Il avait l'air sincère. Il était trop anxieux et paniqué, il voulait juste vider son sac. Est-ce qu'on lui avait vraiment tendu un piège, depuis le début ? Et si oui, qui avait bien pu monter un coup pareil ?

— Qu'est-ce vous avez fait du Manuscrit ?

Il laissa retomber son visage sur sa poitrine. L'image même du malheur.

— Je l'ai placé dans le bureau de Marsh. C'est un ivrogne et un idiot. Diall se plaignait de lui assez souvent, et je savais qu'il serait le suspect parfait. Si quelqu'un devait absolument tomber pour le vol du Manuscrit, je préférais que ce soit quelqu'un d'autre. J'ai brûlé une page, je suis allé chez lui, et j'ai laissé un fragment là-bas, pour que quelqu'un le trouve.

Il me fixait avec de grands yeux sauvages et exorbités.

— Mais c'était seulement parce que je n'avais pas le choix ! Je n'avais pas d'autre issue ! Vous ne m'auriez jamais cru si je vous avais dit la vérité !

— Est-ce que vous avez tué Adeptus Exemptus Diall parce que vous n'aviez pas le choix ? demanda Winter si calmement qu'il fallut un certain temps à Price pour le comprendre.

Il tourna finalement son regard vers lui.

— C'était un accident ! Quand je lui ai dit que je n'avouerais pas un crime que je n'avais pas commis, il a essayé de m'arrêter ! Il allait utiliser un sort contre moi et me livrer à la police, alors j'ai pris un couteau pour le repousser. Je n'avais pas l'intention de le blesser…

— Il n'y a pas *d'intention* qui tienne, Price, répondit Winter. *Vous* l'avez blessé. *Vous* l'avez tué.

Price tomba à genoux et se mit à sangloter.

— Mais je ne voulais pas ! Je ne voulais pas. Oh, mon Dieu, aidez-moi, s'il vous plaît.

Ses épaules tremblaient, et il couvrit son visage de ses mains, incapable d'en dire plus.

Winter ne faisait pas dans la compassion. Il sortit une paire de menottes de sa voiture, et entonna :

— Adeptus Major Price, au nom du Saint Ordre des Lumières Magiques, vous êtes en état d'arrestation. Toute tentative d'utiliser la magie pour provoquer, dissimuler, ou refuser d'assumer la responsabilité de vos actions pourra être retenue contre vous, indépendamment de votre culpabilité ou de votre innocence. Vous avez le droit de solliciter un représentant légal ou de soumettre votre cas à la cour de justice non-magique.

Il ferma les menottes autour des poignets de Price et le releva. Je lui lançai un sourire satisfait. Eh ouais, je venais d'élucider le meurtre de Diall.

Dans ta face, Adeptus Exemptus Junior. Dans. Ta. Face.

24

Je suivais la voiture de Winter, qui avait embarqué Price pour le quartier général de l'Ordre. C'était probablement mieux comme ça, parce que j'avais mis la musique à fond. C'était le milieu de la nuit, oui, et alors ? Je venais d'élucider un crime. Je méritais bien ça. Ça n'empêcha pas Winter de me foudroyer du regard lorsque nous arrivâmes au bâtiment de la Branche Arcane.

Pendant que l'agent de service enregistrait Price et prévenait la police, Winter me tira dans une petite pièce au bout d'un couloir étroit. Je regardai autour de moi.

— C'est ton bureau ? demandai-je. C'est minus. Tu devrais essayer les ressources humaines. J'ai entendu dire qu'une place vient de se libérer.

Il m'ignora.

— Qu'est-ce que tu étais en train de faire, là-bas ? demanda-t-il, glacial.

— Ton boulot, rétorquai-je en me perchant sur son bureau et en balançant mes jambes. Et maintenant, j'ai un peu faim. T'as un truc à manger par ici ?

Winter serra les dents.

— Tu aurais pu être blessée, Ivy. Si Price s'en était pris à toi…

— Il a essayé, et il a échoué. Il n'allait pas m'avoir, tu sais. Et je n'aurais jamais réussi à l'embringuer si tu ne t'étais pas baigné dans la racine de canivot pour te débarrasser de moi.

— Un animal aux abois…

— Ouais, ouais, mes méthodes ne sont pas orthodoxes, mais ça a marché. Arrête de te plaindre.

Je lui lançai un gentil coup de poing dans le bras.

— Tout est bien qui finit bien.

— Vraiment ?

Je levai les yeux vers lui.

— Ah, tu penses que Price a dit la vérité à propos du Manuscrit, dis-je. Que le Volume a été déposé dans son bureau délibérément et qu'il a paniqué quand il l'a trouvé.

Winter resta silencieux.

— C'est possible, admis-je. Le stratagème que les voleurs ont mis en place pour chiper le Volume IX paraît trop complexe pour lui. Ça ne m'a pas demandé beaucoup d'efforts pour le faire avouer, d'ailleurs. C'est comme s'il avait voulu se soulager en me confiant son crime. Mais si Diall avait pris le Manuscrit, il aurait pu le placer dans le bureau de Price parce qu'il voulait se débarrasser de lui. Son petit protégé ne bossait pas aussi bien qu'il l'espérait, et il voulait se délester du poids mort. Et finalement, c'est lui qui a clamsé.

Winter se frotta le menton.

— Non. Dans ce scénario, Price aurait accusé Diall sans hésiter. N'oublie pas que Price a dit que Diall ne voulait pas être incriminé car la Branche Arcane allait fourrer son nez dans les dossiers RH. Ils doivent contenir des détails qui prouvent que Diall a profité de sa position pour pistonner des incompétents. Pour éviter qu'on s'intéresse aux dossiers, il fallait que Price se rende de son plein gré. Mais ce n'était pas le plan de Diall, à la base. Price a bien dit que Diall avait promis de l'aider quand il avait fait appel à lui, la première fois.

Je claquai des doigts.

— Parce que Diall pensait qu'il avait l'avantage sur *toi*. Tu voulais ouvrir une enquête sur Diall, tu l'as dit toi-même. Il devait savoir que tu le tenais à l'œil, et il avait décidé de prendre des mesures contre toi. Il avait peur que tu passes à l'action. Quand Price est venu le voir, il avait déjà envoyé Connard et Alice chez Ève. Ils ne sont pas venus pour le Volume IX, mais parce que Diall était inquiet et qu'il voulait en savoir plus sur tes avancées. Mais quand Connard et Alice ne sont pas revenus…

Ma théorie commençait à lui plaire ; il continua :

— Il a compris que quelque chose avait mal tourné. Il ne savait pas que tu étais ma partenaire, mais ça n'avait pas d'importance. C'était trop tard. Comme Fairclough et Connor n'avaient pas refait surface, il ne pouvait pas savoir exactement ce qui s'était passé. C'était son seul espoir : peut-être qu'il pouvait faire accuser Price sans encombre. Si Price était arrêté pour le vol du Volume IX, Diall aurait pu faire de la surenchère et personne ne l'aurait remis en cause. Dans tous les cas, Diall voulait la plus grande marge de manœuvre possible, et il était prêt à se retourner contre Price et à oublier le marché qu'ils avaient conclu. En voyant son seul allié l'abandonner, Price s'est senti désespéré. Nous savons qu'il a utilisé les dossiers RH pour trouver Oscar Marsh. Il était victime d'un coup monté et, incapable de trouver une issue, il a décidé d'incriminer quelqu'un d'autre à son tour.

— Mais quelqu'un a voulu faire croire que Price avait volé le Volume IX. Si ni Price, ni Diall ne l'ont pris, alors qui est le cambrioleur ?

— Quelqu'un qui en voulait à Price.

Winter marqua une pause.

— J'ai parlé à Maidmont. Il pense que le Manuscrit n'a pas été touché, à part pour la page brûlée. Peut-être que nous n'avons pas abordé le problème de la bonne façon. Nous nous sommes d'abord concentrés sur les sorciers de haut Niveau, puis nous avons cherché les ennemis de Diall. Et si c'était le contraire ? Et si c'était quelqu'un en bas de l'échelle, quelqu'un qui aurait voulu se venger de Price pour avoir investi une position qu'il ne méritait pas ?

Je réfléchis un moment.

— Est-ce que c'est important ? demandai-je. Le voleur n'a tué personne. Et il n'a sans doute pas eu le temps d'assimiler les sortilèges contenus dans le Volume avant de le cacher dans le tiroir de Price. Je comprends pourquoi Price n'a jeté des sortilèges de protection que sur son bureau, d'ailleurs : il a dû décider de le protéger après avoir trouvé le Manuscrit.

— Le voleur n'a peut-être pas gardé le Volume, mais ses actes ont eu des conséquences désastreuses. Sans compter que celui qui a pris le Manuscrit a tenté de nous noyer, Ivy.

Ah, Winter marquait un point. Apparemment, nous allions devoir travailler encore un peu pour trouver le coupable. Winter poursuivit :

— Mais bien sûr, ce ne sont que des spéculations. Il n'y a pas de preuves.

— Bien sûr, fis-je en levant les yeux au ciel. Dis, quand est-ce que nous avons entendu parler de Price pour la première fois ?

— Quand nous sommes allés l'interroger à propos d'Oscar Marsh.

— Mais on ne s'est pas contentés de parler de Marsh, pas vrai ? Bethany-la-préposée-au-café a mentionné Marsh, mais elle nous a aussi expliqué que Price était venu au Département de Géomancie pour voir Diall. Elle a même insisté sur le fait qu'il était frénétique.

Winter haussa les sourcils.

— Qu'est-ce que tu veux dire ?

Je ne répondis pas. À la place, je sautai du bureau et fonçai vers salle de détention. Price était avachi sur un siège, sous la surveillance de plusieurs sorciers en cape rouge, au cas où il essaierait de s'enfuir. Je les dépassai sans leur prêter attention.

— Price, dis-je. Écoutez-moi.

Il ne bougea même pas la tête.

— Quoi ?

— Quand vous êtes allé voir Diall après avoir trouvé le Manuscrit, la première fois, est-ce que vous l'avez retrouvé au Département de Géomancie ?

Il leva vers moi un regard trouble.

— Quoi ? Non, ne soyez pas stupide. J'ai été chez lui.

Diall n'appréciait pas qu'on nous voie ensemble en public. Si j'avais été le trouver dans son bureau, il m'aurait envoyé paître.

Je fis instantanément volte-face pour rejoindre Winter, mais il était déjà sur mes talons.

— Bethany a menti, dit-il.

— C'est elle qui soulevé les premiers doutes contre Price. C'était subtil, pas assez pour éveiller les soupçons, mais suffisant pour qu'on se pose des questions.

Winter secoua la tête.

— Quel est son grade ? Néophyte ? Zelator ? Elle n'a pas les connaissances nécessaires pour réussir à voler le sceptre.

— Pas toute seule, dis-je. Mais peut-être qu'on l'a aidée.

Winter me jeta un coup d'œil interrogateur.

— Je l'ai vue, expliquai-je. Je l'ai vue, hier, sur le chemin des ressources humaines. Tu sais, quand tu m'as larguée.

Il leva les yeux au ciel.

— Je ne t'ai pas larguée.

— C'est ça. En tout cas, elle n'était pas toute seule. Elle était avec Weathers, le réceptionniste de Géomancie, et Rebecca, la réceptionniste des RH.

— Celle qui ne sourit jamais ?

— Exactement. Sauf qu'elle souriait, là.

Winter resta silencieux un moment.

— On ne peut pas l'interroger sous prétexte qu'elle souriait.

— Non.

J'enchaînai :

— Mais elle aurait une bonne raison d'en vouloir à Price si elle pensait que d'autres sorciers moins talentueux étaient favorisés par rapport à elle. Et les deux autres auraient le même mobile pour comploter contre Diall.

Il était pensif.

— Et si Diall n'avait pas écrit la note que nous avons trouvée chez lui ? Celle sur le sceptre et la cave de la bibliothèque ? Si elle avait été écrite *à son intention* ? Peut-être que le piège dans les égouts ne nous était pas destiné ; peut-être que Diall était sensé s'y rendre, déclara-t-il.

— On a été assez malchanceux pour y aller avant lui.

Je lui jetai un regard moqueur.

— Et tout ça, de la part d'un homme qui ne croit pas aux superstitions ou aux théories sans preuves tangibles.

Winter haussa les épaules.

— Nous pourrions au moins chercher leurs adresses et leur rendre visite.

Je souris.

— Maintenant ? C'est le milieu de la nuit. Et nous n'avons aucune preuve, si ce n'est un petit mensonge.

Winter s'humecta les lèvres. Lui aussi, il voyait le bout du tunnel, je le savais. On était sur la bonne voie ; je le sentais jusque dans mes os.

— Tu as raison. Mais il est temps d'en finir avec cette affaire.

Je levai ma paume pour qu'il m'en claque une. Winter la fixa comme si c'était une créature étrange et alien qu'il n'avait encore jamais rencontrée. Je laissai retomber ma main, écœurée, mais je gardai mon stupide sourire scotché sur la face. Et cette fois, Winter souriait aussi.

***

Le petit appartement de Weathers était calme et silencieux, comme celui de Bethany. La magie de Winter nous assura qu'ils étaient vides. Il ne restait que Rebecca. Quand nous arrivâmes devant sa maison, dans la banlieue proche, l'adrénaline pulsait rapidement dans mon corps. Plus j'y pensais, et plus la théorie de Winter me semblait être la bonne.

— Ils sont tous dans le coup, soufflai-je. Et ils conspirent contre l'Ordre. C'est la seule solution logique.

— Nous n'avons pas l'ombre d'une preuve, Ivy, m'avertit Winter.

— Mais ça explique tout. Tu le sais.

Il ne me répondit pas. Nous regardions tous les deux

la façade de la maison en briques rouges. Il y avait de la lumière à l'intérieur, visible au-dessus des rideaux tirés.

— Trois personnes, grogna Winter.

— Tu vois ! m'écriai-je.

— Fais moins de bruit, murmura-t-il. Ce n'est pas non plus une preuve. Peut-être qu'ils se détendent juste tous les trois après une grosse journée de travail. C'est normal qu'ils se connaissent, ils ont le même âge et le même Niveau.

— Il est plus de deux heures du mat', Winter. C'est plus de la détente…

Des éclats de rire retentirent.

— C'est une fête, conclus-je.

Winter passa une main dans ses cheveux. Pour la première fois, je lui trouvais l'air fatigué.

— Ta technique ne marchera pas avec eux. Ils vont se soutenir les uns les autres. Si nous ne les séparons pas, ils n'avoueront jamais. Et, sans preuve, il nous faut une confession, me rappela-t-il sévèrement.

Je me creusai la tête.

— Et si on les mettait sur écoute ? On pourrait avoir les informations dont on a besoin.

Il fronça les sourcils.

— La maison est protégée contre les sorts.

— Même s'ils sont Niveau Un ?

— Rappelle-toi de quoi nous les accusons, répondit-il.

Pas faux. Si notre théorie était correcte, ils n'étaient pas aussi inexpérimentés en magie que ne le laissait croire leur Niveau.

— Alors on fait ça dans les règles de l'art. Je rentre dans la maison en douce. Tu m'attends ici jusqu'à ce que je t'appelle.

Winter enfonça ses mains dans ses poches et secoua la tête.

— Non, j'y vais. Tu attends ici jusqu'à ce que je t'appelle.

Je ricanai.

— Tu veux juste t'attribuer tout le mérite.

Winter eut l'air ébahi.

— Pas du tout. En réalité…

Sa voix vacilla lorsqu'il remarqua mon sourire.

— Très bien, lâcha-t-il. On y va tous les deux. Mais tu me suis, d'accord ? On sait déjà que ces trois-là peuvent être très dangereux.

Il s'interrompit une seconde.

— Et ils pourraient très bien être en train de prendre un verre après le boulot. Ils sont peut-être complètement innocents, insista-t-il.

— Peut-être que c'est pas un verre. Peut-être que c'est une orgie. Enfin, un plan à trois, en tout cas, corrigeai-je.

Winter verdit légèrement.

— J'espère que non. Allons-y. Il y a sûrement une porte à l'arrière.

Il prit les devants. Un petit sentier menait au jardin de Rebecca, derrière la maison ; c'était pratique mais pas vraiment optimal, niveau discrétion, parce que le chemin était couvert de gravillons. Winter releva le verrou du portillon qui fermait le jardin, entra, et s'arrêta après quelques pas. J'étais sur ses talons.

— Voyez-vous ça, murmurai-je. Le mystère s'épaissit.

Je passai le jardin de Rebecca en revue. Même sous le couvert de la nuit, il était clair que Rebecca prenait la phytologie très au sérieux. Des plants d'herbes diverses et variées étaient arrangés minutieusement et quadrillés par un chemin qui lui permettait de désherber, d'élaguer, et tout le tralala.

Winter s'agenouilla et caressa une petite feuille violette.

— Ce n'est toujours pas…

— Une preuve, je sais, soupirai-je. Mais tu dois admettre que c'est sérieusement suspect. Quel genre de Niveau Un tient un jardin aussi avancé, hein ?

Winter ne répondit pas. Ma paupière me démangeait, et je me frottai l'œil.

— J'ai un cil, murmurai-je.

Je posai le cil sur le dos de ma main et l'observai avant de souffler doucement dessus, et de faire un vœu.

— Ça ne marchera pas, déclara Winter en levant les yeux au ciel.

— On verra bien, fis-je d'un ton de défi.

Je lui montrai la porte qui menait à l'intérieur de la maison.

— Allez, viens.

Il posa son index contre ses lèvres pour me faire signe, inutilement, de me taire. Avec des mouvements lents et délibérés, il tourna la poignée. Un petit couinement retentit lorsque la porte s'ouvrit, et je retins mon souffle. Mais les éclats de rire résonnaient toujours à l'intérieur, et je soupirai de soulagement.

Winter s'avança dans la cuisine de Rebecca. Il n'y avait personne dans la pièce, mais plusieurs bouteilles de vin vides avaient été remisées sur le comptoir. Je regardai autour de nous. De l'autre côté du couloir, une lueur perçait sous la porte de ce que j'imaginais être le salon.

— J'aurais tout donné pour voir la tête de Price, s'écria la voix familière de Weathers.

Chacun de ses mots était illuminé par le gloussement qu'il retenait.

— Il mérite tout ce qui lui tombe dessus.

C'était Rebecca.

Je tournai le visage vers Winter, mais il fronça les sourcils et secoua la tête. Il avait besoin de plus que ça. Je fronçai les sourcils. Ils se congratulaient mutuellement, c'était clair. Nous avions trouvé ce que nous étions venus chercher.

— Demain, je vais aller déposer ma candidature pour la Branche Arcane, annonça Weathers.

— Ils ne voudront pas de toi.

— T'en sais rien.

— Oh, voyons. Personne ne sait ce que nous avons réussi à faire. Tu restes un Niveau Un, fit Bethany.

— Je sais faire plein de choses.

Sa voix trahissait sa moue.

— Je sais, mais personne d'autre n'en est conscient. Jusqu'à ce que les choses se calment, il va falloir que tu gardes tes compétences pour toi. Il faut qu'on fasse profil bas pendant un moment… tant qu'on n'est pas sûrs que tout s'est déroulé comme prévu.

Je donnai un coup de coude triomphant à Winter. Il me foudroya du regard et secoua la tête de nouveau. Pour l'amour du ciel, quel genre de preuve lui fallait-il, au pauvre garçon ? Il m'avait ordonné de ne pas prendre d'initiative, mais si je l'écoutais, on allait y passer la nuit. Encore une fois, j'allais devoir lui forcer la main.

Je l'écartai doucement de mon chemin ; il tendit le bras pour attraper le mien mais, pour une fois, j'anticipai son mouvement et l'évitai de justesse. Avant qu'il puisse réagir, j'ouvris la porte du salon en grand et lançai un grand sourire aux trois pauvres sorciers.

— Bonsoir !

Une seconde presque comique s'écoula, pendant laquelle ils me fixèrent tous d'un seul regard, leurs visages figés d'horreur. Puis Rebecca brisa le silence en sautant sur ses pieds, et tendit la main vers une pile d'herbes déjà mélangées, posée sur sa table basse.

— Non ! m'exclamai-je.

J'essayais tout à la fois d'empêcher Winter de me rejoindre tout de suite et Rebecca d'attaquer.

— Je suis toute seule et je ne suis pas venue pour vous causer des ennuis.

Je me tournai vers Weathers ; à mon avis, c'était le plus susceptible de me croire et de s'adoucir.

— Je suis de votre côté, continuai-je en levant mes paumes pour indiquer que j'étais venue en paix. Je n'avais pas l'intention de vous aborder ce soir, mais quand j'ai vu la lumière, j'ai su qu'il fallait que j'agisse. Il fallait que je vous parle de ce que vous avez fait.

Je plaquai sur mon visage un masque d'admiration ; il fallait qu'ils me croient pour que mon plan fonctionne.

— Va inspecter l'arrière de la maison, dit Bethany.

Rebecca restait immobile, toujours prête à lancer son mélange d'herbes et la vacherie douloureuse qu'il contenait sûrement.

Weathers fila dans le couloir, passa la tête dans la cuisine, puis vérifia le jardin. Je retins mon souffle en espérant que Winter avait eu la bonne idée de se planquer.

— À ce que je vois, il n'y a personne, déclara Weathers.

Bethany attrapa un chandelier et le brandit dans ma direction.

— Alors parle, cracha-t-elle. Qu'est-ce que tu fais ici ? Tu crois que tu peux entrer chez les gens comme ça ?

— Le colonel Moutarde dans la bibliothèque avec un chandelier, pépiai-je gaiement. Ou plutôt, vous trois, dans la bibliothèque, avec le sceptre. Vous comprenez ce que je veux dire.

Je me laissai tomber sur une chaise et leur souris.

— Vous êtes mes héros.

— Qu'est-ce que tu racontes ?

— Oh, c'est bon, vous savez que je ne veux pas faire partie de l'Ordre. Vous êtes aux ressources humaines. Je parie que vous avez jeté un œil à mon dossier. Price a fait une connerie et c'est pour ça que je suis obligée de bosser avec cet abruti de Winter. Mais quiconque complote de l'intérieur pour faire tomber ces tarés de haut Niveau a toute mon admiration.

Mes yeux brillèrent.

— Je veux faire partie de l'équipe.

Bethany croisa les bras.

— De quoi tu parles ?

— Vous avez piégé Price. Vous avez volé le Manuscrit et vous l'avez planté dans son bureau.

— C'est ridicule, s'exclama Weathers.

Ses paroles étaient démenties par la panique de son

regard. J'ignorai sa réponse faiblarde et m'enfonçai contre le dossier en essayant d'avoir l'air détendu.

— Comment vous avez su que la protection autour du sceptre s'était dégradée ? C'était vraiment un coup de génie de voler ce truc.

— Nous ne l'avons pas volé !

Je haussai les épaules.

— Emprunté, alors. Caché dans les égouts de la bibliothèque.

Je leur jetai un regard féroce.

— Vous savez, j'ai failli mourir dans cette cave. C'est ce qui m'a foutu en rogne et m'a poussée à chercher le vrai coupable. Mais j'ai compris la vérité plus tôt dans la soirée : ce n'était pas moi, la cible, et ce n'était pas non plus Winter. Vous visiez Diall. C'est logique.

Rebecca restait calme.

— Nous n'avons rien fait. Tu es folle. Et où est ton partenaire, bordel ?

Je secouai une main dédaigneuse.

— Il a chopé de la racine de canivot et a bloqué notre lien pour quelques jours. Il travaille sans moi. Comme si j'avais envie de travailler avec lui, reniflai-je. Ce type est un crétin.

Bethany jeta un coup d'œil à Rebecca. Elle hocha la tête lentement.

— La racine de canivot ferait l'affaire, c'est vrai.

Mais son regard se durcit de nouveau :

— Qui d'autre sait que tu es ici ?

— Personne. Je suis venue sur un coup de tête, souris-je. Alors, c'est quoi le plan ? Qui est-ce que vous voulez attaquer ensuite ? Price est en taule. Et il ne va pas sortir de sitôt, Winter va s'en assurer. Et maintenant que je suis de la Branche Arcane, j'ai beaucoup de choses à vous apporter.

Je tapai dans mes mains.

— On peut renverser l'Ordre entier. Ça leur apprendra.

Ils échangèrent un regard.

— Qu'est-ce qui t'a menée jusqu'à nous ? demanda Bethany en prenant garde à n'utiliser que des mots neutres et n'exprimer aucune culpabilité.

Je restai aussi proche de la vérité que possible. Plus j'embellirais la réalité, plus j'aurais des chances de me faire prendre. Si j'arrivais à les convaincre que j'étais dans leur camp, alors ce serait dans la poche.

— Elle souriait, fis-je en montrant Rebecca du menton. Quand je vous ai vus tous les trois ce soir. Ça ne lui ressemble pas.

Rebecca me lança un regard noir.

— Et c'est toi qui m'as d'abord mise sur la piste de Price, pas vrai, Bethany ? continuai-je.

Je secouai la tête, pseudo-admirative.

— Je n'étais sûre de rien, mais comme vous êtes là tous les trois…

Mon visage se défit soudain.

— Ne me dites pas que j'ai tort. Je veux vraiment travailler avec vous.

Bethany s'affala dans le canapé.

— On n'avait pas l'intention de prendre le sceptre. On visait plutôt quelques vieux livres, fit-elle en haussant les épaules. N'importe quoi, du moment que les bibliothécaires décidaient de remettre les protections à jour. Mais Weathers a remarqué que la protection autour du sceptre était affaiblie et que nous pouvions la briser.

Elle lui jeta un regard agacé.

— Et il a failli tout faire rater. Nous sommes parvenus à jeter le sort de dissimulation *in extremis*.

— Vos connaissances sont vraiment impressionnantes.

— Ouais, rétorqua Rebecca sèchement. C'est vrai. Nous devrions tous les trois être des Niveaux Deux, à ce stade. Nous avons la magie suffisante, nous l'avons prouvé. Mais on n'a pas léché les bottes des bonnes personnes, alors on est coincés dans des jobs minables.

Elle me foudroya du regard.

— Mais soyons clairs. Nous ne voulons pas renverser l'Ordre.

Je clignai des yeux.

— Oh.

— Ouais, fit Weathers. « Oh ».

— Nous adorons l'Ordre, continua Rebecca. C'est ce qui motive toutes nos actions, depuis le début. Nous voulons que l'Ordre soit aussi puissant que possible. Nous voulons que les gens soient traités avec respect, qu'ils atteignent leurs Niveaux respectifs parce qu'ils le méritent, pas en faisant de la politique. Alors oui, on a trouvé une façon de faire tomber Price et de se débarrasser de Diall.

— Le piège des égouts n'avait pas été monté contre vous, mais contre Diall. On a eu de la chance que Price le tue pour nous ensuite, dit Weathers.

Chance ? Hm, c'était une façon particulière de voir le meurtre, et pas forcément celle que j'aurais choisie.

— Il aurait mieux valu que tu te noies, cela dit, lâcha Bethany d'une voix songeuse. On n'aurait pas eu besoin de faire ça.

Oh oh.

— Faire quoi ?

Rebecca leva la main qui contenait encore sa mixture d'herbes.

— Ça.

Elle la lança brusquement sur moi.

Je me dépêchai de dessiner une rune de protection, mais il était trop tard. Je ne pus que minimiser les effets de l'attaque. Quand les herbes m'atteignirent, je me sentis étouffer. Ma poitrine se serra et j'eus du mal à respirer.

— Quoi ! haletai-je. Pourquoi ?

— Tu n'es pas des nôtres.

Son visage se pencha vers le mien ; elle me fixait avec un sourire méprisant.

— Winter est un mec bien. Nous avons besoin de plus de sorciers comme lui, et moins de sorciers comme toi,

Diall ou Price. *Vous* êtes les poids morts. Nous sommes ceux qui menons les choses à bien.

Mes mains griffèrent ma gorge ; je sentis ma trachée se fermer. Qu'est-ce qui m'arrivait, punaise ? Et pourquoi Winter n'avait pas encore déboulé dans la pièce ?

— L'Ordre doit être puissant, commenta Weathers avec le zèle du fidèle converti. Toi, tu es faible.

Mes genoux se dérobèrent sous moi et ma vision se troubla. C'était pas bon, pas bon du tout.

— Je ferais attention à ce que je dis, à votre place, interrompit soudain la voix de Winter.

Je l'entendis avancer derrière moi. Je fermai les yeux de soulagement. Dieu merci. Je ne pouvais toujours pas respirer, cela dit.

— Ivy n'est pas faible. Elle est, cependant, remarquablement imprudente.

Et le chaos éclata autour de moi.

Weathers bondit sur Winter et amorça une rune tandis que Rebecca cherchait d'autres herbes à l'aveugle. Je m'étouffai, incapable de déceler plus que des formes vagues. Le sang battait dans mon crâne et j'eus un haut-le-corps. Quelque chose vola à travers la pièce, mais je ne réalisai que le projectile était en fait Weathers que lorsqu'il s'écrasa contre le mur opposé puis sur le sol avec un grognement. Winter évita une poignée d'herbes de Rebecca et murmura une incantation à toute vitesse. Simultanément, il avait sorti son propre mélange végétal et le lança sur elle.

Bethany lâcha un cri de guerre et se jeta sur lui. Un cri de souffrance retentit lorsqu'il esquissa une rune et la faucha en plein vol. Je m'effondrai sur le flanc. Tant mieux pour Winter, murmura une petite voix dans ma tête.

— Tu es une idiote.

Je me forçai à ouvrir les yeux. Je pouvais tout juste deviner les traits de Winter. Il siffla d'irritation et enfonça sa main dans sa poche, avant d'en sortir un petit sachet d'herbes. Il passa une pincée ténue sous mon nez et je pris une bouffée d'oxygène.

— Je peux respirer, suffoquai-je.

Je commençai à tousser.

— Oh, Dieu merci.

Je clignai rapidement des yeux et passai la scène en revue. Weathers était dans le coin le plus éloigné et gémissait bruyamment. Bethany et Rebecca étaient complètement inconscientes. Je tournai un regard ébahi vers lui.

— T'as défoncé les trois ?

Winter soupira.

— Oui.

— En genre, trois secondes ?

— Ils sont peut-être trois, Ivy, mais ils ne sont que de Niveau Un. Connaître un ou deux sortilèges supérieurs ne fait pas d'eux des Niveau Deux. Ils ne sont pas aussi bons qu'ils le pensent.

Et apparemment, moi non plus. J'attrapai la main de Winter et me relevai avec difficulté.

— *Tu* es vraiment très bon, toi.

— Oui, déclara-t-il sans une trace de vanité. C'est vrai.

Je réfléchis un instant. Il fallait croire que l'entraînement proposé par l'Ordre n'était pas si mal, finalement. Je plissai les lèvres.

— Merci, marmonnai-je.

— Pas de problème.

Il hésita une seconde.

— Merci de les avoir fait avouer.

Je me sentis gênée, d'un coup.

— On fait une plutôt bonne équipe.

Je jetai un œil à Weathers.

— Et t'aurais pu en faire partie ! Et notre site internet, Weathers ?! Tu m'as trahie.

Winter leva les yeux au ciel.

— La prochaine fois, ne te jette pas comme ça dans la gueule du loup. En tout cas, pas avant de m'en avoir parlé.

Tu n'arrêtes décidément pas de prouver que tu te fiches de ta propre sécurité. Tu aurais pu être sérieusement blessée.

— J'ai *été* sérieusement blessée ! Je vais avoir besoin de plusieurs semaines de convalescence. J'ai failli mourir ! Encore ! Qu'est-ce qui t'a pris autant de temps, hein ?

— J'étais caché dans le placard et je me suis empêtré dans l'aspirateur.

Il pencha son visage vers le mien.

— Ne le dis à personne.

Un rictus narquois courba mes lèvres.

— Motus. Promis. Je n'oserais pas raconter que le grand méchant Adeptus Exemptus Raphaël Winter a manqué de laisser sa partenaire crever et de rater la bataille parce qu'un appareil électroménager s'est mis en travers de sa route.

— Ivy…

Je souris largement.

— Gênant ?

25

Je n'avais jamais été aussi crevée de ma vie. Même mes os étaient claqués. Je n'étais pas rentrée chez moi avant que la nuit tombe depuis des jours. Mais tout de même, quand je sortis de la voiture, un étrange bourdonnement d'euphorie courait dans mes veines. On avait élucidé des crimes, Winter et moi. Je commençais à comprendre pourquoi il aimait tant son boulot. *Commençais* tout juste, attention : j'étais pas encore convertie. Mais si l'Ordre acceptait de me laisser faire des semaines de trois jours, je pourrais peut-être me rallier à la cause…

Winter sortit de l'autre côté de la voiture, et nous échangeâmes un regard de satisfaction. La bagarre avait débraillé ses fringues impeccables, détaché le premier bouton de sa chemise et foutu sa cravate de travers ; il était plutôt adorable, comme ça. Je baissai les yeux pour voir mon propre état. Eh bah. L'un d'entre nous au moins était beau à regarder.

— Par curiosité…, murmura-t-il. C'était quoi, ton souhait ? Avec le cil ?

— Faire la grasse matinée demain, pépiai-je.

— Tu rigoles.

— Nan.

Winter poussa un soupir théâtral, mais j'étais sûre d'avoir vu le fantôme d'un sourire sur sa bouche. Comme pour le cacher, il s'agenouilla et rattacha son lacet. De l'autre côté de la rue, le bruit d'une porte de voiture claqua et une voix familière retentit.

— Ivy ! Je savais pas si j'allais pouvoir te croiser !

Iqbal traversa la route en courant, le visage éclairé par un grand sourire. Je l'accueillis avec un câlin bref.

— Oh ! Ça me fait plaisir de te voir. Qu'est-ce que tu fais là ?

Son sourire s'élargit encore.

— Tu vas m'adorer, promit-il.

Je lui donnai un petit coup sur l'épaule.

— Je t'adore déjà, Iqqy Pop.

Iqbal attrapa ma main et commença à murmurer. Une étrange sensation de picotement grouilla sur mon bras, puis explosa comme une brûlure. Soudain paniquée, j'essayai de lui arracher ma main. Mon cœur battait la chamade entre mes côtes et un voile de moiteur tomba sur mon front. Je fixai Iqbal avec horreur, mais il souriait toujours, même si ses dents étaient serrées, comme s'il se concentrait très fort.

De l'autre côté de la voiture, j'entendis Winter s'exclamer :

— Qu'est-ce que…

Il chancelait vers nous lorsqu'Iqbal me délivra. La douleur disparut presque immédiatement. Iqbal s'inclina fièrement.

— De rien ! rit-il.

— Le lien…, dis-je d'une voix lente.

Il hocha la tête avec vigueur et ouvrit sa main. À l'intérieur, je reconnus la racine d'ossombe. Ce n'était qu'une quantité infime, mais c'était suffisant. La magie invisible qui m'avait attachée à Winter avait disparu. Je n'avais pas besoin de faire un essai : je le *sentais*.

— Après ton appel d'hier, j'ai compris que la situation devenait vraiment désespérée, pépia Iqbal joyeusement. Je me suis renseigné, et un de mes anciens professeurs m'a dit qu'il avait un échantillon de racine d'ossombe dans son bureau. Il a accepté de me le donner si je promettais d'envoyer le plan de ma thèse pour la fin du mois.

Il fronça un peu les sourcils.

— Du coup, tu me dois vraiment une fière chandelle, Ivy. Je mérite au moins une chanson d'amour.

Ma bouche était sèche. Je déglutis plusieurs fois et lançai un regard de détresse à Winter. Un masque implacable était tombé sur son visage.

— On est libres, murmurai-je.

Winter se raidit.

— Apparemment.

Iqbal lui jeta un regard nerveux.

— Bonjour, Adeptus Exemptus Winter. J'ai remarqué votre présence trop tard. J'espère que ça ne vous gêne pas que j'aie brisé le lien, mais je savais qu'Ivy commençait à désespérer.

Winter ne le regardait pas ; ses yeux étaient fixés sur moi. Je ne pus que hausser les épaules, gênée.

— Ouais. Désespérée.

Merde.

Une étrange expression passa sur le visage d'Iqbal lorsqu'il remarqua que je ne sautillais pas d'extase autour de lui comme il s'y était attendu. Il se redressa un peu, me jeta un coup d'œil perplexe, puis, attribuant peut-être mon manque de réaction à la présence maussade de Winter, m'attrapa par les épaules.

— Le Chaudron. À sept heures. Vous pouvez venir aussi, Adeptus, lança-t-il à Winter. Vous n'avez pas vécu tant que vous n'avez pas entendu Ivy chanter. Allez, il faut que j'y aille et que je bosse sur mon plan.

Il secoua son index sous mon nez, menaçant.

— Ne sois pas en retard ! J'ai mérité ma récompense.

Mes épaules s'affaissèrent. Crétin.

Pour monter à mon appart', je pris l'escalier aux côtés de Winter. Je n'avais même pas tenté d'appeler l'ascenseur ; c'était trop d'effort. Winter ne prononça pas une parole, et moi non plus. Pour une fois, je ne savais pas quoi dire. Arrivée en haut, j'entendis des pas trotter derrière nous. Croyant qu'Iqbal avait oublié de me dire quelque chose, je me tournai ; mon cœur se serra. Ève. Toute l'euphorie que j'avais ressentie cinq minutes auparavant s'était définitivement envolée.

— Ivy !

Un plaisir sincère éclaira ses traits.

— Ça me fait tellement plaisir de te voir ! Sérieusement, tu ne peux pas imaginer tout ce qui m'est arrivé ; en réalité…

Sa voix vacilla lorsqu'elle reconnut mon compagnon.

— Adeptus Exemptus Winter. Qu'est-ce que vous faites là ?

Winter toussota, et me jeta un coup d'œil. Je me grattai la nuque.

— Peut-être qu'on devrait aller chez moi, suggérai-je. Tu vas pouvoir me faire un thé. On a des choses à te dire, Ève.

***

— Je suis promue au Niveau Deux ?

Ève avait les yeux ronds et brillants. Je gigotai, mal à l'aise.

— Ouais. Je suis désolée. Le lien a été annulé, donc tu vas peut-être pouvoir travailler avec Winter, en fin de compte. J'aurais dû te le dire avant, mais je voulais pas le faire au téléphone…

Ève m'écoutait à peine.

— Niveau Deux ? J'espérais y arriver, bien sûr, j'espérais, mais je pensais que je devrais passer les examens, d'abord. Mes parents vont être si heureux ! *Je* suis si heureuse ! Et la Branche Arcane ?

Elle jeta un regard à Winter.

— Vous pensez que j'ai encore une chance d'y entrer ?

— Une place vient juste de se libérer, répondit Winter avec raideur.

Il ne me regardait pas. Ève sauta sur ses pieds.

— C'est génial, s'écria-t-elle en secouant la tête, toujours incrédule. Il faut que j'aille l'annoncer à Harold Fitzwilliam de Major III.

Elle partit en courant. Je tortillai mes doigts sur mes genoux.

— Ça s'est mieux passé que je le pensais, dis-je.

Winter murmura quelque chose d'indistinct. J'inspirai profondément.

— Je ne savais pas qu'Iqbal allait faire ça, expliquai-je précipitamment. Je ne lui ai pas demandé. Enfin, pas vraiment. J'ai trouvé de la racine d'ossombe il y a quelques jours, tu sais, et je l'ai planquée dans mon placard de salle de bains. Le lien, c'était pas si mal.

Winter ne disait toujours rien. Bordel, c'était du boulot, de communiquer avec ce type.

Un bruit sourd résonna dans ma chambre. Soulagée d'avoir une distraction, j'allais ouvrir la porte. Ma réserve secrète d'herbe-aux-chats avait été attaquée, et une traînée verte menait jusqu'à mon lit. Brutus et Princesse Parma Pervenche se roulaient sur la couverture avec des airs de pure extase féline. Winter jeta un œil par-dessus mon épaule et grogna de désapprobation.

— Ivy ?

De l'autre côté du salon, Ève était réapparue avec une expression de perplexité sur le visage, les bras ballants.

— Pourquoi est-ce qu'il y a deux personnes attachées au milieu de mon salon ?

Épilogue

Il restait dehors, les mains enfoncées dans ses poches, les lèvres plissées en une moue maussade. Le bar était animé et bien éclairé. Chaque fois que la porte s'ouvrait sur un nouveau client, la musique atroce résonnait à l'extérieur. Il pivota pour partir. Il ne comprenait pas pourquoi il était venu jusqu'ici ; il valait mieux qu'il rentre chez lui. Il avait des rapports à écrire, et il savait que d'autres missions tout aussi chronophages viendraient bientôt l'occuper, jour et nuit. Elle n'avait sans doute pas réellement voulu qu'il vienne.

La porte s'ouvrit de nouveau, et un groupe d'amis trébucha sur les marches en gloussant. À l'intérieur, la musique s'évanouit au profit d'une voix hilare :

— Et notre prochaine victime est la fabuleuse Ivy Wilde, qui…

La porte claqua en noyant les derniers mots.

Winter poussa un soupir. Puis ses pieds contournèrent le groupe bruyant et l'emportèrent dans le bar de leur propre chef.

L'ami d'Ivy, si c'était bien son… statut, était en train de la pousser sur la petite estrade. Elle riait ; ses boucles blondes rebondissaient, auréolées de lumière. Il pouvait voir sa réticence, même à distance. Elle se tourna dans sa direction, le menton levé, et il bifurqua rapidement vers le comptoir et croisa le regard du barman.

Quand on lui servit son whisky, Ivy était déjà à la deuxième strophe. Ses joues étaient roses et ses doigts tremblaient sur le microphone. Elle ne chantait pas particulièrement mal, mais son manque d'enthousiasme altérait sa performance. Il aurait aimé qu'elle cesse de balancer ses hanches comme elle le faisait. Le mouvement accentuait ses courbes et, malgré la qualité du whisky, il sentait sa bouche s'assécher inconfortablement.

Malgré son malaise, le public semblait apprécier ses efforts. Tout le monde l'acclamait et l'applaudissait avec enthousiasme. Et plus ils hurlaient, plus Ivy semblait prendre confiance en elle, au point qu'elle replaça finalement le micro sur le support et troqua sa danse sensuelle pour des mouvements plus énergiques. Ce que personne ne semblait remarquer, c'est qu'elle avançait de plus en plus près du bord de la scène. L'estrade n'était pas très haute : à peine un mètre ; mais Ivy avait sans doute bu un ou deux verres, et elle risquait de tomber et de se faire mal. C'est en tout cas ce qu'il se dit lorsqu'il traversa la foule au coude-à-coude pour se rapprocher d'elle.

— Hé !

Un homme gras avec une pinte de bière à la main le foudroya du regard. Le coup d'œil que Winter jeta dans sa direction suffit à le faire reculer ; Winter hocha la tête, satisfait.

Il venait d'atteindre le devant de la scène lorsqu'Ivy fit volte-face à toute vitesse. En pleine pirouette, ses yeux brillants tombèrent sur lui et s'écarquillèrent. Malheureusement, sa surprise causa sa perte : ses pieds continuèrent à avancer, mais son corps ne suivait plus et, presque au ralenti, elle chavira vers l'avant. Winter ne réfléchit pas. Il avança d'un pas, bras tendus, et l'attrapa contre lui.

— Ouf !

Ivy enlaça sa nuque et lui sourit largement. Elle sentait le miel et le soleil, avec une touche de magie ancienne. Il inspira profondément.

— Mon héros, gazouilla-t-elle.

Winter l'observait, le visage insondable.

— Tu veux vraiment t'estropier ?

— Non mais, c'est clair. C'est pour ça que je déteste le karaoké. C'est beaucoup trop énergique.

— Ivy ! Ça va ?

Son ami apparut, l'air inquiet. Ivy se dégagea de l'étreinte de Winter et mit pied à terre.

— En dehors de l'horreur de cette chanson, Iqbal, je vais bien.

Elle tapota la poitrine de Winter.

— Mon partenaire m'a sauvée.

La mâchoire de Winter se crispa.

— Nous ne sommes plus partenaires.

Une ombra passa une seconde sur le visage d'Ivy, mais elle s'éclaira de nouveau.

— Tu devrais être content, sourit-elle. Je te donne beaucoup trop de boulot supplémentaire.

Winter brûlait de répliquer qu'elle aurait dû savoir, depuis le temps, qu'il aimait le boulot supplémentaire. Mais quelqu'un d'autre s'appuya soudain sur eux et leur tendit des verres à shots.

— Tequila ! s'écria Ivy en se léchant les babines. Je ne devrais pas, mais…

Elle prit quand même un verre et le but cul sec. Iqbal en prit un autre et le tendit vers Winter.

— Adeptus Exemptus, vous le méritez bien, pour cette belle prise !

Dans n'importe quelle autre situation, Winter aurait refusé, mais il savait qu'Iqbal s'y attendait ; il attrapa le verre et l'avala d'une traite, en grimaçant légèrement lorsque le liquide brûlant enflammait sa gorge.

— Génial !

Iqbal le frappa sur l'épaule.

— Allons chercher une autre tournée !

Il se dirigea vers le bar.

— Viens, dit Ivy en tirant Winter par le coude. On a une table dans un coin.

Il se laissa guider à travers la foule. Ivy s'affala sur une des chaises avec un soupir heureux. Winter hésita un instant, puis s'assit à son tour.

— Qui est ton ami ?

Sa voix était plus dure qu'il ne l'aurait voulu.

— Tu ne nous as pas présentés lorsqu'il t'a donné la racine d'ossombe.

— Hein ?

Ivy sembla perdue un instant, puis comprit de quoi il parlait.

— Oh, tu veux dire Iqbal. On se connaît depuis des lustres, fit-elle en secouant la main. C'est un type bien. Il aime juste beaucoup trop le karaoké.

Elle posa les yeux sur lui.

— Alors, comment ça se passe, à l'Ordre ?

— Tu veux vraiment savoir ?

Elle plissa les lèvres.

— J'ai risqué ma vie et mes membres, Winter. Je pense que je mérite de savoir.

— Raph, s'entendit-il répondre. Tu devrais m'appeler Raph.

Un sourire plus doux flotta sur les lèvres d'Ivy, mais avant qu'elle ne puisse dire un mot, Iqbal réapparut avec un nouveau plateau de shots. Il le posa sur la table.

— J'ai pris plusieurs goûts ! cria-t-il au-dessus de la musique. J'étais pas sûr de ce que vous préfériez.

Ivy sourit pour montrer son approbation et choisit un verre au hasard. Winter l'observa alors qu'elle reniflait légèrement son contenu, puis haussait les épaules.

— Santé !

Winter choisit un des petits verres sans les regarder. Il gardait les yeux sur Ivy, et fit tinter son verre contre le sien avant de le boire.

Iqbal s'éclaircit la gorge.

— Alors, Adeptus. Comment ça se passe à l'Ordre maintenant que la vérité a triomphé ?

— C'est ce que je lui ai demandé ! s'exclama Ivy. Allez, dis-nous !

Winter haussa les épaules. La nouvelle ferait la une des

journaux du matin, donc il n'avait aucune raison de rester discret.

— À la lumière des évènements, l'Ipsissimus a demandé que toutes les procédures promotionnelles soient réexaminées. Tous les sorciers au-delà du Niveau Un vont être inspectés. Cela va prendre des mois, mais ça vaut le coup.

— Et Connard et Alice ? demanda Ivy.

Une boucle était tombée sur son front et Winter eut envie de la replacer. Il posa ses mains sous la table pour s'en empêcher.

— Qui ?

— Euh… Connor. Matthew Connor et Alice Fairclough. Qu'est-ce qui leur est arrivé ?

— Ils ont été relâchés, mais ils sont en liberté conditionnelle.

Ivy fronça les sourcils.

— Ils étaient sous les ordres de Diall, expliqua Winter.

Elle renifla sans délicatesse.

— C'est pas une bonne excuse, contra-t-elle.

En son for intérieur, Winter était d'accord.

Ivy bondit maladroitement sur ses pieds. Par automatisme, Winter se leva également, mais elle ne fit que lui lancer un regard perplexe.

— Je vais aux toilettes, déclara-t-elle. J'ai besoin d'aller faire pipi. Tu viens aussi ?

— J'ai juste des bonnes manières, marmonna-t-il.

Elle ne l'entendit pas ; elle jouait déjà des coudes dans la foule. Winter se rassit et prit un autre verre sans y penser. Iqbal sourit et leva le sien.

— À l'Ordre !

— À l'Ordre.

Winter avala l'alcool d'un trait. Il jeta un œil derrière lui ; Ivy avait disparu. Iqbal se pencha en avant.

— Alors, quelles sont vos intentions ?

Winter cligna des yeux.

— Pardon ?

— Avec Ivy, répondit Iqbal, une étincelle aiguisée dans son regard sombre. Elle vous aime vraiment bien, vous savez, mais elle est plus vulnérable qu'elle ne le fait croire.

Une démangeaison inconfortable picotait la peau de Winter.

— Je l'aime bien aussi. C'est une sorcière extraordinairement douée. C'est dommage qu'elle ne fasse pas partie de l'Ordre.

Iqbal le scrutait toujours.

— C'est pas ce que je voulais dire.

Winter lui rendit son regard. Ivy n'avait pas répondu à sa question, tout à l'heure.

— Est-ce qu'elle et vous…, commença-t-il.

— Non, répondit Iqbal. Mais c'est une bonne amie.

Son nom retentit à l'autre bout de la salle, et il se tourna vers la voix qui l'appelait.

— Il faut que j'y aille. Ça m'a fait plaisir de vous voir, Adeptus Exemptus Winter. Soyez gentil avec Ivy.

Il quitta la table alors que la jeune femme en question revenait vers eux. Lorsqu'ils se croisèrent, Iqbal pencha sa tête et murmura quelque chose à son oreille. Les joues d'Ivy se colorèrent d'une adorable nuance de rose et Winter fronça les sourcils. Elle traversa la foule avec difficulté, et rejoignit la table.

— J'ai fait mon devoir et chanté mes chansons, déclara-t-elle. Maintenant, je veux rentrer chez moi et dormir pendant trois jours.

Ses yeux brillèrent.

— Je crois que je le mérite.

— C'est vrai, répondit-il. Je t'accompagne dehors.

Il semblait faire beaucoup plus froid à l'extérieur que lorsqu'il était arrivé. L'air glacé le frappa presque immédiatement, et il réalisa que boire l'estomac vide l'avait bien amoché. Il n'était pas le seul : Ivy vacillait dangereusement et se cogna contre lui. Il parvint tout juste à ouvrir les bras et à la maintenir debout.

— Attention, dit-il d'un ton bourru. Tu es saoule.

Ivy éclata de rire.

— Toi aussi !

Elle tourna son poignet pour lui montrer l'endroit où leur lien avait été placé.

— On faisait une bonne équipe, tu sais. Je suis presque triste que ce soit terminé.

Il croisa les bras.

— Presque ?

Elle ne l'entendit pas.

— T'es un mec bien, Adeptus Exemptus Raphaël Winter.

Elle le dévisageait attentivement.

— Et t'as vraiment des yeux incroyables. Le bleu… de la Méditerranée un jour de soleil…

Elle s'avança plus près.

— Ou du lapis-lazuli.

Elle se hissa sur la pointe des pieds pour mieux l'observer.

— Tu sais, en Italie et en Espagne, le Prince Charmant est connu sous le nom du Prince Bleu.

Il avait baissé les yeux sur elle, un nœud étrange dans la poitrine.

— Tu es bien trop têtue pour être Cendrillon, dit-il. Et tu t'en sors mille fois mieux qu'elle, niveau bagarre. Aucune marâtre n'arriverait à faire de toi une petite servante.

Il s'interrompit, conscient qu'il commençait à dire n'importe quoi.

— Et tu n'as pas besoin d'une robe de bal pour être belle.

Ivy sourit.

— Je préfère la Belle Au bois dormant. C'est plus mon genre.

Winter rit. Elle leva un sourcil.

— Pas parce qu'elle passe ses journées au lit, Winter. Parce que je préfère la façon dont elle est sauvée.

Un peu confus, Winter fixa son regard sur elle. Ivy fit claquer sa langue.

— Peut-être que c'est toi qui as besoin d'être sauvé.

Puis elle l'embrassa.

***

— Winter !

La voix pénétra les voiles de son sommeil.

— Winter !

— Mmmh.

Il ouvrit lentement les yeux. Pendant une seconde, il se sentit pleinement satisfait. Ivy avait le visage penché vers lui, les cheveux ébouriffés et les lèvres légèrement rougies. Il ne pensait pas avoir jamais vu quoi que ce soit d'aussi joli. Puis il prit conscience que l'expression de son visage était horrifiée.

Il se redressa brutalement. Ivy agrippait la couverture.

— Salut, dit-elle.

Il ne l'avait jamais vue aussi mal à l'aise ; et il incluait leur premier matin, à la salle de sport. Il fronça les sourcils alors qu'une pensée lui traversait l'esprit. Est-ce qu'elle ne se rappelait pas de la veille ? Ils étaient tous les deux très éméchés. Il s'immobilisa. Est-ce qu'il avait profité d'elle ? Son sang se glaça.

Ivy jeta un coup d'œil sous la couette, d'abord sur elle-même, puis de son côté. Elle tenta de sourire pour couvrir sa surprise, mais il était très clair qu'elle était choquée de les trouver, elle comme lui, nus comme des vers.

— Salut, répondit-il.

Il s'éclaircit la gorge. Merde.

— Hum…

C'était pathétique.

— Alors.

Ivy s'humecta les lèvres.

— Alors.

Elle n'avait pas l'air bouleversé, plutôt extraordinairement gênée. L'estomac noué, Winter comprit qu'elle était embarrassée de ce qui s'était passé entre eux. Prêt à tout pour qu'elle se sente mieux, il se déplaça un peu.

— On devrait ne jamais en reparler.

Ivy hocha vigoureusement la tête.

— Totalement ! s'écria-t-elle en sautant sur l'occasion avec un empressement qui emplit Winter de désarroi. C'est jamais arrivé, poursuivit-elle.

Elle se tortilla jusqu'au bord du lit. Winter baissa les yeux. Quel idiot fini.

Sans avertissement, Ivy tira violemment sur la couverture et l'enroula autour d'elle, puis fila vers la salle de bains ; pour lui échapper, pensa-t-il. Elle claqua la porte derrière elle. Winter soupira et se tourna vers le mur. Il n'avait plus qu'à prendre ses habits et déguerpir. Ivy regrettait de toute évidence d'avoir passé la nuit avec lui. Il ne pouvait pas la regarder dans les yeux alors qu'il ressentait exactement le contraire.

Il se redressa et attrapa son pantalon. Brutus le rejoignit d'un bond et fit buter sa tête contre ses jambes, avant de s'asseoir devant lui. Les yeux dans les siens, il déclara tranquillement :

— Le problème, lorsqu'on s'accointe avec un partenaire au tempérament si opposé au sien, réside dans l'impossibilité, au petit matin, de savoir si elle est trop extatique pour parvenir à exprimer ses émotions, ou simplement trop horrifiée par la situation.

Et il lui lança un clin d'œil.

Imprimé en France
FROC021016281118
19981FR00007B/7/P

9 782375 745038